師父の遺言

松井今朝子

集英社文庫

本書は、二〇一四年三月、NHK出版より刊行されました。

初出
NHK出版WEBマガジン　二〇一二年九月〜二〇一三年八月

師父の遺言　目次

師父の遺言

はじめに

反抗期の無い子供が現れたという話を聞いたのはもうずいぶん前になるが、それはそれで心配されていたりするから、人間の親子関係は実にやっかいだ。動物の子別れのように、親のスイッチが一瞬にして切り替わる感じにはどうしてもならないのだろうか。調べてみたら、日本で反抗期という言葉が一般に使われだしたのは、私がちょうど子供の頃のようである。「一生反抗期」という言葉も早くに生まれていて、自分はきっとそれなのだろうと思っていた。

親子はあらゆる人間関係の基本だから、反抗期も広範囲に発揮される。学校の先生、会社の上司、あらゆる目上の人間を、私は素直に認めることができなかった。通りいっぺんの道徳や、権威や、規範や、体制を素直に信じる人びとが、どうも理解できないのである。

「あんたみたいな変わった子は知らん」

というのが母親の口癖だった。

しかし別に目立った反抗をした覚えはない。学校では概《おおむ》ね優等生で通っていた。テストでは出題者が何を答えさせたいのか想像して、その通りに書いておけば、そこそこの成績は収められる。学校の勉強は所詮その程度だと割り切った、嫌みな優等生の典型だったかもしれない。

通りいっぺんの質問には、通りいっぺんの答えを書いておけばいいというふうに、世の中をずっと舐《な》めて渡る生き方だって、人間しようと思えばできなくはないのだ。もしかしたら、そのほうが当たりさわりなく無事な一生を過ごせたりするかもしれない。それが面白いかどうかは別として。

ところが私の場合は、順風航路に突如として入道雲が湧き立ったように、たまたま舐めては通れない相手と遭遇した。それが幸いだったかどうかは別として、がぜん人生がそこから面白く感じられるようになったのは確かである。

私の前に立ちはだかった相手は武智鉄二《たけちてつじ》という、変わりすぎるほど変わった人物だった。この人は私どころではなく、世の中を完全に舐めきっているようにも見えたが、それゆえに私が脱帽したというわけでは断じてない。

通りいっぺんの道徳や、権威や、規範や、体制を蹴散らしながら歩き続けたこの人物を、私は一生の師と仰いだ。おかげでやっと世の中を本当の意味で受け入れられるようになった気がする。

武智鉄二師の業績は、近年さまざまな方面で紹介や研究もなされているが、本書はあくまで私が身近に知って、多大な影響を受けた人物としての紹介に留《とど》まるはずだ。ただ一生反抗期を通したかもしれない私だからこそ見えた武智師の人となりや魅力も確かにある。それを語ろうとするなら、その前にまずは自己紹介をしておく必要があるかもしれない。

武智師と私を結びつけたのは歌舞伎を主とした日本の伝統文化だった。そしてそれらの文化を生み育んだのは前近代の日本社会なのである。

第二次大戦後に急速な近代化を遂げた世界では、その反動として前近代文化の見直しが起こり、日本では海外発のジャパネスクにも似たかたちで江戸ブームが到来した。前近代の日本社会を体感していた世代にはなかった日本の伝統文化に対する「憧れ」が、体感していない世代から生まれたといってもいいだろう。

戦後生まれの私は日本の伝統文化に対する「憧れ」なぞなく、ただ前近代的な「家」に生まれたので、幼い頃から身近に接していたに過ぎない。しかし、だからこそまた、それらの文化がいかに魅力的でも、それらを生んだ前近代の日本社会ははっきりと決別して、離脱すべき対象であることを、自身の体験を通じて実感する者なのだともいえる。

武智師は日本の伝統文化と深く関わることで、それらの背景に残存する前近代的な日本社会との格闘を余儀なくされた人物だった。それについて詳しく触れるつもりはないが、その苦闘を実感できる人びとが少なくなった今、安易に昔を美化して回帰する誘惑に釘《くぎ》を刺す意味でも、私にはこれを自身の生い立ちから書き下ろす使命があるように思えたのだった。

一　複雑なお家の事情

物心がついてからしばらくの間、私は自分の本当の両親が誰なのかよくわからなかった。それが反抗期を長引かせた原因のひとつでもある。

三歳から六歳まで、私は里子に出されて他人の手で育てられている。幸い里親はとても可愛《かわい》がってくれたが、それでかえって実の両親との関係がぎくしゃくした。こうした幼少期の経験を持つ人はあまり多数派ではなさそうなので、反抗期前史ともいうべき生い立ちに触れておきたい。

生家は京都市の繁華街、四条大橋の畔《ほとり》に建つ日本料理店で、戸籍は現在もそこにあるが、そこで過ごした記憶はほとんどないといってもいい。間口十五間、地下一階、地上三階建ての大きな木造建築物で、薄暗くてえんえんと続く長い廊下で迷子になる夢を幼い頃にしょっちゅう見て怖かったのは、その建物の記憶がぼんやり留まっていたせいだろうか。

店を創業したのは曾祖父の初代松井新七で、天保十（一八三九）年に神戸で生まれた彼は幕末に京都へ移住し、明治になって当地で自ら店を構えたらしい。彼はさまざまな料理法を独自に編みだしてもいるが、瀬戸内海の明石に漁場を持ち、そこから鮮魚を直送させて店を大繁盛させた。なにしろ輸送手段も保存法も未発達な時代だけに、魚の便が到着しだいに深夜の二時三時でも開店し、待ちかねたお客さんがどっと押し寄せたという当時の人気ぶりも伝わっている。

当時の京都で稀少《きしょう》な産直の鮮魚を提供する話題の店は、しだいに流行《はや》りの名店となって文人墨客にも愛されたようだ。俳人高浜虚子が明治四十年代に書いた小説『俳諧師《はいかいし》』*1にはその店名（西石垣《さいせき》の千本《ちもと》）が登場し、同じ頃に発表された泉鏡花の『祇園《ぎおん》物語』*2では重要な舞台として使われている。もっと丹念にリサーチすれば、この店に触れた作品が他にもいろいろ出てくるかもしれない。

初代松井新七は四男一女に恵まれて、長男が二代新七となり、他の男子はいずれも他家へ養子に出された。長女の千代は二代實川延若《じつかわえんじゃく》*3という歌舞伎役者の元へ嫁いでおり、その縁もあってのことか、二代新七は当時関西のスーパースターだった初代中村鴈治《がんじ》郎《ろう》*4の娘、照《てる》を妻に迎えた。

ちなみに初代鴈治郎の長男、林又一郎《またいちろう》*5の孫が林与一《よいち》である。次男は二代鴈治郎*6で、そこに現四代坂田藤十郎《とうじゅうろう》と中村玉緒が誕生する。末子のたみは長谷川一夫*7に嫁いで林成《なり》年《とし》と長谷川季子《としこ》を誕生させており、考えてみれば二代新七の妻になった照だけが芸能界から遠ざかったことになるのだった。

松井家はこうして梨園と二重の姻戚関係を結び、鴨川《かもがわ》を挟んで南座の真向かいに店を構えていたから、おのずと役者たちの出入りが多かった。二代新七は素人義太夫《ぎだゆう》*8の芸名を持つくらいに自らも芸事が好きで、六代目尾上菊五郎《おのえきくごろう》*9や十五代目市村羽左衛門《うざえもん》*10ら東京の役者とも親交が厚かったらしい。戦後の混乱期には六代目がわが家で寝泊まりできるように、彼専用の風呂を新たにこしらえたという話もある。

「あなたのお祖父《じい》さんに、僕はずっと憧れてたのよ。そのしぐさを見てるだけでも惚《ほ》れ惚《ぼ》れするような人だった」

と、私自身はかつて坂田藤十郎に聞かされた覚えがある。料理で独特の美意識を発揮したこの人は、日常の立ち居ふるまいでもプロの役者を唸《うな》らせるほどのダンディーぶりを示していたらしい。この二代新七は実のところ私の戸籍上の祖父であって、血縁的には大伯父になるのだった。

私の本当の祖父は初代新七の三男坊で、同業者の村井家の婿養子となり、村井家に生まれた次男の英夫すなわち私の父が、ふたたび松井家に戻るかたちで養子に入った。

こうした複雑な縁組みはまさに前近代的な「家」制度のなごりだから、現代人には呑《の》み込みにくい。私自身、祖父の葬式で初めて聞かされた時は非常に頭が混乱した。これを読まれる方も少々我慢してお付き合いを願いたい。

二代新七と照との間にはひとり娘があったが、早世したため、村井家から英夫を養子に迎えた。それとほぼ同時に大阪で旅館業を営む今井家から次女の信子が英夫に嫁ぎ、ふたりの間に松井家の初孫として誕生したのが私である。

◎

祖父となった二代新七は初孫の私を「おけえ、おけえ」と呼んで可愛がっていたらしい。姓名占いで今朝子《けさこ》と名づけたのもこの人だが、私には新七と照夫婦の記憶がまったくない。そのくせ二代延若に嫁いで出戻っていた千代という大伯母の顔はぼんやりとでも憶《おぼ》えている。幼時の記憶は誰しもこんなふうに断片的で、曖昧で、不条理なのだろう。

だが子供にとってもっと不条理なのはオトナの気持ちである。私は三歳の時に父母もろともこの家から出ることになった。事情をはっきりと知らされたのは高校生の時で、これまた非常に理解がしづらい話に少なからずショックを受けたものだ。ここで説明もしづらいのだけれど、避けて通るわけにはいかない話だろうと思う。

二代新七は女性関係が絶えず、正妻の照以外の愛人が何人かいたというのは、当時のことだからそう珍しくはないのかもしれない。ただし、ふたりの愛人を正妻と一つ屋根の下に同居させていたという話を聞いた時は、まるで江戸時代の大奥だと私は思ったものので、ちょうどその頃『大奥』*11というTVドラマが流行っていたのを想《おも》い出す。そうした暮らしが第二次大戦後もあったというのは、身内ながら異常としかいいようがないが、現実にそれが原因で、まさに江戸時代の御家騒動さながらの事態となり、父母は私を連れて家を出たのだった。

現在も同じ場所に建つ店の経営者は二代新七とは血のつながりがなく、彼の過去は問題にもならないだろう。むしろ一部でもDNAを受け継いだ私としては触れずに済ませたかった話なのだけれど、前近代的な「家」とは実際にどのような姿だったのか、敢《あ》えてひとつの悪《あ》しき例を紹介したつもりである。

八〇年代後期以降、日本はずっと過去へ回帰する潮流に乗ってしまったようで、近代的な「家庭」で健全に育った人が、江戸時代をある種ユートピア的に語ることに、私は強いとまどいと抵抗を覚えたものだ。自身が時代小説を書くにあたっても、江戸をそれほどお気楽に描くことはできないでいる。

過去は良い面ばかりではない、現代人の感覚ではついていけない面のほうがはるかに大きかったはずだ。前近代の不便や、不合理や、不都合や不幸の数々を、本当には知らない人たちが今は圧倒的に多いのだろう。だからこそ、それにふたをして、安易に過去を美化したり、無批判に肯定することは決してしてはならないように思うのである。

ともあれ私の人生は前近代的な「家」の犠牲者としてスタートしたといってもよい。母親は私を抱いて鴨川の疏水に身投げしようとまで思いつめた瞬間があったらしい。むろん私はそんなことを知る由もなく、親たちが互いの実家を転々としていた頃の記憶がぽつぽつしたシーンで蘇《よみがえ》るのみだ。

父親の実家村井家は森枡楼《もりますろう》*12という京都の聖護院《しょうごいん》に古くからあった料亭を営んでおり、そこは今に存続していないが、当時は熊野神社の前にかなりの敷地を有していた。大きな母屋とは別に離れの茶室がいくつかあって、両親は一時期そのひとつに身を寄せていた。記憶に残る最初の家が茶室だったからだろう、私が日本らしい建築物として真っ先にイメージするのは今でも数寄屋普請《すきやぶしん》である。

母親の実家は戦前の関西で八軒の店舗を構えた「大野屋」という旅館だった。シティホテルのなかった時代は関西一の高級宿泊所として繁盛したようだが、空襲で大半が焼け、戦後は時流に乗れず、神戸に一軒のみの没落を余儀なくされていた。その神戸の旅館には大きな池があって、鯉《こい》がたくさん泳いでいたのをよく憶えている。

当時の記憶でやはり一番はっきりとしているのは、里親の手に引かれて母と別れた時のそれだろう。母は井戸のそばで洗濯板を使っていて、私は彼女の背中に何度も「ちゃあちゃん」と呼びかけたが、ついに振り返ってはくれなかった。

その後わんわん泣きながら川端の道を長靴で歩いている自分の姿がシーンとして浮かぶのは面白い。自分を俯瞰《ふかん》するような目線があったとはさすがに思えず、体験と伝聞がない交ぜとなってそうしたシーンを脳内で作ったのだろうが、記憶の構造とは実に不可思議である。ただ俯瞰的な映像記憶を心に留めたことで、私はさほど感傷的にならずに済んでいたのかもしれない。

二　里親との暮らし

三歳の私が託された里親を、両親は「おはるさん」と呼んでいた。おはるさんは松井家の自称「奉公人」で、これも自称「おさんどん」である。歌舞伎や文楽などに出てくるこの二つの古語を私が初めて知ったのは、彼女の口を通してだった。また奉公人は勤め先で本名とは別の名を与えられるのが通例だったことも、彼女を通して知ったのである。

おはるさんの実家は丹後の農家で、十二人兄弟の真ん中に生まれたと聞いている。絶えず子守をさせられて尋常小学校にも通えなかったといい、文字はかろうじてひらがなが読める程度だった。にもかかわらず私にひらがなを最初に教えてくれた人は、両親でも先生でもなく、彼女だったのだ。

おはるさんは三十三間堂《さんじゆうさんげんどう》にほど近い鞘町《さやまち》通りに面した鉄工所の二階に間借りをし、四畳ふた間の狭いスペースに暮らしていた。そこで見た記憶があるのは小さな仏壇と茶《ちや》箪笥《だんす》と丸火鉢と吊《つ》り棚に置かれたラジオくらいだろうか。炊事場は一階の土間にあって、階段はかなり急だった。私は何度もそこを転げ落ちて泣いたが、ほかのことで泣いた覚えはあまりない。

丹後から九州の佐世保に嫁いだおはるさんは、すぐ夫を戦地に取られて未亡人となり、京都に戻って松井家の炊事場で働いていたらしい。仏壇には兵隊姿の遺影が飾られ、白い骨箱が置かれていたが、「中を開けたら石がふたつ入ってただけや」と、ぼやいていたのを妙によく憶えている。

カバとゴリラを混ぜたような顔だと子供心に見ながら、私は彼女を「おばちゃん」と呼んでよく懐いた。向こうは私を「けえちゃん」と呼んでとても可愛がってくれた。あんなに子供好きだったのに、わが子が得られなかった彼女は、まぎれもなく戦争の犠牲者だったのだと今にして思いあたる。

私を預けた両親は、五条坂《ごじょうざか》に借家住まいをして、独立した料理屋を祇園安井辺の屋台店から開業し、やがて木屋町《きやまち》を流れる高瀬川の畔で「川上」の看板を掲げるに至った。おはるさんはそこへもしばしば連れて行き、お正月やお盆休みには必ず私を両親の元に返したのだが、

「あんたがすぐにおばちゃんのとこへ帰りたい言うて泣くさかい困ったわ。そやけど、おはるさんがそれくらいあんたのことを可愛がってくれてるのやと思たら、ほんまに有

り難うて、こっちまで涙が出たえ」
と、後年これは母親から聞かされている。

病気がちの子だったせいもあって、おはるさんはとにかく栄養価の高いものを私に食べさせようとした。祖母の照が開放性結核だったので私は小児結核を患い、直射日光に当てないようにという診断が下されたらしく、そのおかげでサメ肌になってしまったという。それを治すため、炭火で焼いた新鮮な鶏のレバーやハツを毎日のように食べさせられていた。つぶした直後の鶏を売る市場に連れていかれた想い出もあり、そのショッキングな映像は今もまぶたに焼きついている。

サプリメントはおろか栄養剤も乏しかった時代だから、ダイレクトな食養生が今よりはるかに有効と考えられていたのはまだわかる。とはいえ漢方や民間療法が当時そこまで活用されていたのかと、わがことながら驚いてしまうような記憶もあった。小児喘息《ぜんそく》にもかかっていて、その薬はなんと「狐の舌の黒焼き」なるもの。ただの炭の粉にしか見えないそれをオブラートにくるんで飲まされていた。

ハシカにかかった時は、柱と柱の間に細引き縄が張られて、そこに伊勢エビの殻がずらっと吊《つる》されていたのを想い出す。干した伊勢エビの殻を煎じると黄色い水になり、私はそれを呑んでハシカを治したのだった。

後年この話を友人にしたら、ふつうの家庭だと伊勢エビの殻を入手するのは困難だといわれ、かなり特殊な民間療法だったらしいとようやく気づいたものだ。事ほど左様《さよう》に、子供の頃は誰しも自分の見える範囲が世界の中心である。当時の私には自分の置かれた境遇や、生まれ育った家が特殊だというような認識はさらさらなかった。

十五間間口の大きな家から四畳ふた間の借家に移っても、私はそこでのびのび暮らせて十分幸せだった。昼間は階下の鉄工所や近所の仕立物屋やパン屋やクリーニング屋の子供たちとよく遊んでいた。

昭和三十二、三年当時の鞘町通りはまだ自動車があまり通らず、舗装されない地面が剝《む》きだしで、子供たちには格好の遊び場だった。私はもっぱら道ばたで男の子たちのメンコやビー玉、かんしゃく玉、スケーターといった遊びに加わり、女の子と遊んだ覚えはほとんどない。髪も短く半ズボンをはいたりしていて、どうやら自分を男の子だと思っていたらしいのだ。おかしな女の子だが、年上の男の子たちは仲間に入れて可愛がってくれたのだろう、いじめられた記憶もまるでない。

ある時スケーターが倒れ、そのハンドルに伸ばした手を、たまたま後ろから来たオート三輪トラックに轢《ひ》かれた時は、おはるさんが大いに慌てて、スケーターを貸してくれたケンちゃんという男の子をその場でさんざん罵った。私はタイヤの下敷きになった手の痛みで激しく泣きつつ、もう一方の手でトラックを指し、「ケンちゃんが悪いんとちがう。この運転手が悪いんや」と大声で喚《わめ》きたてたそうである。幸い骨は折れずに済んだものの、しばらくは片手を繃帯《ほうたい》で首からぶら下げて、丹下《たんげ》左膳《さぜん》ごっこをしていたという。

その話に続けて、おはるさんはオトナになった私によくこういったものだ。

「けえちゃんは、ほんまに、きつうて、きずい子やった」

気がきついのはともかく、「きずい」は「気随」と書いて、今やこれも完全な古語だろう。自分の気持ち通りに振る舞うという意味で、つまり、わがままを絵に描いたような子だったのである。生まれつきの性格というよりも、それは甘やかす人の存在によって助長された面がかなり大きかったのではなかろうか。

家人が多い家に育った子は、両親が甘やかして育てた子とはひと味ちがったわがままさがあるように思う。人によっては尊大な鼻持ちならない人物となり、巧《うま》く行けばいわゆる親分肌にもなるのだろうが、いずれにせよ核家族社会では絶滅しそうな人格といえそうだ。

「きつうて、きずい」のは、私よりもはるかに両親のほうが上のように思う。ふたりは共に六人兄弟だが、それぞれ乳母に育てられ、乳母同士の仲が兄弟仲の良し悪しにまで反映したらしい。

思えば両親は自分たちが直《じか》に親の手で育てられた経験がないため、私を他人の手に託すことにもさほどの抵抗がなかったのではないか。私もまた彼らの手だけで育てられなかったことは、結果として案外よかったのかもしれないと、後年思えるようになった。

どんなにわがままが助長されても、他人との関係には敏感にならざるを得ないのが、人間の動物的な本能であろう。私は里子に出されたことで、人間関係の機微を幼児期に自《おの》ずと学んだような気がする。

近所の仕立物屋さんに、当時まだ珍しかったテレビを見せてもらいに行った時のこと。そこのおばさんが「そんなお金で預かってたら、あんたが損するだけやないの」と、おはるさんに言って、私は自分のことが話題にされているのだと直感した。「向こうに言うてもらちあかんかったら、返したほうがええんとちがう」と聞いて私は哀《かな》しくなり、おはるさんの顔をじっと見ながら、「ええ子にしてるさかい、返さんといてほしい」と心の中で訴えていた。これはおはるさんにも、両親にも話してはいない。子供心にも秘めておかなくてはならない話だと、これも直感したのである。

おはるさんの家にはときどきシモヤマのおっちゃんがやってきて、彼は遺影の人の父親、すなわち舅《しゅうと》だと私に紹介された。はげ頭でごろんとした体型の彼はやがて同居するようになり、私をよく可愛がってくれたが、食道癌《しょくどうがん》を患って伏見《ふしみ》の国立病院に入院した。おはるさんと私は毎日そこへ通って看病していた。その甲斐《かい》もなく彼はとうとう帰らぬ人となり、病院での湯灌《ゆかん》は子供心に奇妙なシーンとして刻まれた。その光景が意味するところを知ったのはむろん後年で、私が人間の死を間近に見たのはそれが初めてだったのである。

その後シモヤマのおっちゃんの家族が家にやって来て、全員でおはるさんをひどく罵るのがわかった。私はおはるさんにしがみついて、かばうような気持ちだったのか、彼らにワアワア叫んだ記憶がある。彼らが帰って行ったあと、おはるさんは「ちゃんと面倒も見んかったくせに」とぼやいており、子供心にも舅の最期を看取《みと》って文句をいわれる筋合いはないように感じていた。

おはるさん自身が亡くなった時、私は三十を過ぎており、シモヤマのおっちゃんが実はおはるさんの愛人だったという衝撃の事実を母親から聞かされて、自分がかつて目撃したシーンの意味をようやく理解したのだった。

それにしても、改めて過去を振り返ると、つくづく子供の見聞は侮れないものだと思う。わずか四、五歳でもオトナの言動をそこそこ理解し、記憶して、オトナが思う以上の影響を受けるのだ。

私の場合はまず環境の激変によって、絶えず周囲を相対化する癖が身についたような気がする。

そして、人生はのっけから複雑怪奇な姿を取って私の前に現れていた。

思えば、私は本を読むことから人生を知り始めたのではなかった。手ごわい現実を先に知り、後に本を読むことでそれを理解しようとしたのである。芝居に対しても同様の側面があったのだろう。

そういう点では、たしかに「変わった子」だったのかもしれない。

三　常に他人がいる家

一軒の家に夫婦とその子供以外の人間が住んでいない状態をふつうと見るのは、長い人類史上でわりあい最近のことではなかろうか。職住分離の近代社会がもたらしたこの核家族のあり方は、今やそろそろ限界が来ているという見方もある。

ともあれ私が子供の頃は、家の中に父母以外の人がいない状態を想像するほうが困難だった。

三歳で里子に出された私は、六歳でふたたび両親と暮らすようになった。場所は祇園町の四条通りをはさんで南側、有名な一力茶屋《いちりきぢゃや》の近所である。その建坪二十五の家もまた借家で、貸し手は鈴木のあばさんという人物だった。

祇園町には「あば」と呼ばれる女性がいた。これは辞書に載っていないし、定義づけるのも難しい。御茶屋や置屋《おきや》（芸子や舞妓を置いて御茶屋に派遣する家）や料理屋の女将《おかみ》が「おかあさん」、芸子が「おねえさん」と呼ばれる中で、いずれにも属さない女性を指すといえばいいのだろうか。つまり若い頃は舞妓や芸子や御茶屋の仲居をしていて、女将にはならずに祇園町に留まり、それなりの存在感を持って暮らす女性たちの総称である。

鈴木のあばにはふたりの息子がいたが、幼いうちに亡くした娘の面影が私と重なって、親子が離ればなれでいることにいたく同情し、持ち家を快く提供してくださったのだと聞かされている。両親はこうした親切な人たちに支えられて、祇園町で割烹《かっぽう》料理店「川上」をスタートさせた。

四条大橋の畔に建つ大きな料亭を出て、屋台店から再出発した両親に、当時はいわゆる判官びいきで援助してくださる方が少なくなかったらしい。出世払いの約束ですべての食器を納入してくださった陶器屋さん。屋台の前にベンツで乗りつけた大物財界人のお客さん。まさに「捨てる神あれば拾う神あり」のエピソードを親からいろいろと聞かされたせいか、私はこれまで非常に楽観的な世渡りをしてきたし、他人に対して自分でも意外なくらい性善説的な見方をしてしまう時がある。

やはり時代も良かったのだろう。当時の日本は高度経済成長の真《ま》っ只中《ただなか》、人びとの気持ちにも余裕があって、これからの若い者に投資をしてやろうという気運にも満ちていたのだった。

実際またそうした周囲の期待に応えられるだけ店も面白いように繁盛した。わが家に限らず、祇園町全体が大いに賑《にぎ》わい、潤っていたらしい。「いとへん」や「かねへん」といった奇妙な響きの言葉が親たちの会話で飛び交っていた記憶もある（「いとへん」は繊維業界、「かねへん」は鉱山・鉄鋼・金属業界のことで、共に戦後の日本経済を支えた二大産業といえる）。

ただし職住一致の暮らしをする子供にとって、商売の繁盛は歓迎ばかりもできない面があった。

家の一階はカウンターと調理場、小上がりの座敷と奥の居間とに分かれていた。二階は八畳、六畳、三畳の間と板の間があって、畳部屋は客室だが、そこは家族の寝場所でもあった。奥の八畳の間には両親が、表通りに面した六畳には仲居さんが、その隣の三畳に私は母方の叔母といっしょに寝ていた。階下と屋根裏部屋には板場さんたちがいた。

宵っ張りの現代っ子とはちがい、当時はわが家のような夜の客商売でも、子供は必ず九時までに寝るように躾《しつ》けられていた。にもかかわらず、お客さんが帰ってくれないと、まず寝場所が確保できないのである。

三畳間が空いていても、ほかの部屋にまだお客さんがあるのはしょっちゅうで、夜中の一時過ぎまで開店している日も稀《まれ》ではなかった。おまけに祇園町全体が不夜城と化し、深夜の三時四時でも芸子さんたちの嬌声《きょうせい》や下駄の音が姦《かしま》しく響き渡るから、通りに面した部屋でいったん寝そびれたら明け方まで輾転《てんてん》としなくてはならない。朝起きるのがとても辛《つら》かったのを想い出す。

朝起こしてお弁当を持たせてくれたのは母親ではない。相変わらず、おはるさんが通って来てくれていた。母親はそれらしい世話をまったくせず、女将業にかかりきりだった。そもそも大きな旅館に生まれ育った彼女は、ご飯も炊けず、裁縫もできないまったくの家事音痴であることを、むしろ自負していたようなふしがある。

「あたしは何《なん》もできへん。そやさかい人が使えるんや。自分はできへんさかい、人に助けてもらうのやという心構えでいんと、人の上には立てまへん」

という彼女なりの人生訓を、私は何度となく聞かされた。

「一番に考えるのはお客さんのこと。二番目は店の人。子供と旦那のことは二の次や」

ともよくいった。芸術家肌の料理職人である父親に代わって有限会社「川上」の社主を務める彼女は、主婦であり、母親であることよりも、経営者の顔を優先していた。故に、私にとって「おふくろの味」というのは聞いてあまり愉快な言葉ではないのである。

小学校低学年の頃の作文に、父親は毎日料理をしていて、母親は算盤《そろばん》をしていると書いて、先生におかしがられた想い出がある。「おうちはどんな料理屋さんなの？」という質問に「日本料理」と答えたら、「お寿司屋さん？　うどん屋さん？」と再度問い直されて答えられなかった。

今でこそ外食が当たり前となって巷《ちまた》には食べもの屋が氾濫し、雑誌やテレビが料理店情報を欠かさないが、当時わが家の商売はまだ一般にはあまり知られていない特殊な飲食店だったように思う。

祇園町もまた今日のように大勢の人が押し寄せる観光スポットではなく、一般にはアンタッチャブルなエリアだったとみて間違いない。ちなみに私が子供の頃はどこの家でも屋根の上の物干し台に家人全員の洗濯物を吊していたが、今なら舞妓さんのプライバシーが侵害されて大変な騒ぎになるだろう。

子供の目にも祇園町の特殊性は歴然としていた。それまで鉄工所の二階に住んで近所の男子とばかり遊んでいた私は、男の姿をめったに見かけないことにまず驚いた。なにせ男性はわが家の板場さんくらいだから、彼らが必然的に遊び相手ともなり、キャッチボールや、プラモデル作りや、バイクの相乗りや、何かとお世話になった想い出が今も懐かしい。「きつうて、きずい子」は彼らにさんざん手を焼かせたにちがいないが、いずれも二十代の青年だった彼らは皆オトナらしく親切に子供の相手をしてくれた。

通いで来ているおはるさんも相変わらず私の面倒をみて、わがままを増長させていた。嫁ぐ前にしばらくわが家にいた母方の叔母も子供好きだったから、ふたりがかりで世話を焼き、母親の出番はとても少なく、ただ叱られた想い出しかない。

叱ってもらってよかったのは、家にいる人たちに対する態度が改まった点だろう。行儀見習いのお手伝いさんも次々と家にやってきたが、彼女たちを傷つけるような言動が私にちょっとでもあったら、すぐに厳しく説教をされた。それは家人の多い旅館に生まれ育った母親ならではの気づかいだったし、私にとっては他人に対する気づかいの原点ともなっている。

しかしながら、一方で彼女は嬢《とう》さん育ちのわがままさも温存し、自身の子供っぽさが子育てを困難なものにしていた。「あたしはもともと子供が嫌いやねん。あんたは産んだ以上しょがないさかい育ててるけど」と面と向かって口にし、叱るというよりヒステリックに怒って私の顔に手が飛ぶことも多かった。

片や父親は職人気質《かたぎ》の癇癪《かんしやく》持ちで、食事中でも何か気に障ることがあると、いきなり皿を振りあげて叩《たた》き割ったりする。むろん母親や私にもしばしば手を出した。容赦のないぶたれようで鼻血が飛び散った時は、こちらも相当に頭に来て、寝床の中で父を殺す方法が妄想されたほどだ。

子供に対する暴力はいつの時代も憎悪しか生まない。決して許されてはならないが、私くらいの世代だと、親に手を振りあげられた経験は皆無という人のほうが少数派ではなかろうか。親にぶたれて何かいいことが一つでもあるとすれば、それは他人の感情的な言動にあまりショックを受けずにすむという点だろう。少なくとも上司に怒鳴られたくらいで泣きだしたり、縮みあがったりするような人間にはならない。昨今問題になる幼児虐待とはまた別次元の話であるが。

むろん、当時は親子仲が良かったとはとてもいえず、私が両親をそれなりに理解して認めるようになったのは、ある程度オトナになってからのこと。子供の私にとっては、両親以外のオトナと同じ家にいるのが何よりの救いだった。おはるさんは常に私の味方だし、叔母さんや古株の板場さんも何かとかばってくれた。

ところがオトナたちから構われ過ぎると、それはそれで子供は負担に感じるものらしい。ある時たまたま母親とおはるさんと叔母さんから別のおやつをほぼ同時にもらって、誰のから先に口をつけるべきかと変に気をつかった想い出がある。家で構われ過ぎた結果、他人から構われたくないし、自分も他人を構いたくないという、極端に無愛想な子になってしまったのはなんとも皮肉な話である。

「けえちゃんはほんまにうち弁慶、外ゆうれいや」と、おはるさんがよくいったように、外に出ればほとんど口をきかないおとなしい子だった。学校では口をきかないどころか、にこりともしないので、却《かえ》って先生たちの注目を浴びたという話も母親から聞かされている。要するに「変わった子」ぶりは、いよいよ家の外で発揮され始めたのである。

四　ミッションの学び

学校は伏見にある小中高一貫のミッションスクールに通っていたが、これには理由があった。当時の京都は革新系の政党が推す蜷川虎三《にながわとらぞう》が知事を務め、平等主義の観点から個性的な行政を試みていた。その蜷川府政のもと一区一校制が施行され、私が通うべき公立の小学校には祇園町で生まれた女の子たちが多いので、両親はそこに通わせて影響を受けるのがまずいと判断したのだった。

なにしろ祇園町に住む女の子だから、私を舞妓さんにしてはどうかという話を持ちかけられたことも度々あったそうである。もしその話に乗っていたら、私の人生はまたがらりとちがった展開になって面白かったような気もするけれど、両親はそれを断固拒絶した。

料理屋の息子と旅館の娘のわりに、ふたりは共に堅気《かたぎ》な人たちで、現に割烹料理屋をしながら水商売を卑下し、子供には跡を継がせたくないと明言していた。彼らの気持ちは今や説明を要するほどに、ここ半世紀の間で日本人の価値観は大きく変わった。堅気の家に生まれた人が、かりに水商売や芸能人に憧れたとしても、その道に進むのを親が簡単に許したり、ましてや勧めたりすることなぞ、半世紀前にはおよそ考えられなかったもので、それは社会構造や経済の仕組みが今とはかなり違ったからではなかろうか。

今はただのTシャツなら一枚千円でも買えるが、そこに誰かのサインがあれば何万円かで売れるといった時代だ。地球の人口が爆発的に増加し、大量生産《マスプロ》が世界のすみずみにまで行き渡った結果、純粋な労働生産の価値が下落し、職住分離の生みだしたマスプロ型の人間が行き場を喪《うしな》いつつある。一方で経済性が人間の価値体系の中で最も上位に君臨するようにもなった。そうした現実が芸能人や水商売を相対的に持ちあげてしまったのかもしれない。

欧米はともかく、日本だとまだ私が子供の頃は、純粋な生産労働者とされない芸能人のステータスが一般より低くみられがちだったし、歌舞伎役者でもそれは変わらなかった。同様にたとえ大きな料亭や旅館でも、消費的な水商売であることに変わりはないから、私の両親は出自を卑下するきらいが多分にあったのだろう。

恐らくその反動だろうが、母親は何かにつけて実家が長岡藩[*1]出身の士族であると強調した。そうしたことが明治維新以降長らく戦前まで戸籍に記載されていたという事実の不思議さを、私は母親の口を通して知ったのだった。

父親は実家の村井家がもとは四条家[*2]に仕えたいわゆる青侍の出で、松井家とは正反対の堅い家風であったことや、そこにいた実母の話をよく聞かせた。私が生まれた直後に亡くなったその祖母は、府立の高等女学校を首席で卒業し、日頃からよく歌を詠み、謡《うたい》を嗜《たしな》んでいた。茶道と華道は師範免状を得て人にも教え、料理屋の女将でありながら市の教育委員に任命された人だったというような自慢話だった。

男性は誰しも大概マザコンの気味があるといわれるが、父の場合は対象がたまたま才媛だったことで、それが娘の育て方に影響したものと思われる。情操教育のために私をミッションスクールに通わせるのみならず、小学校一年からヴァイオリンとフランス語まで習わせていたのは今想い出すとなんだかおかしい。

わが家の隣は義太夫節の、ご近所は藤間《ふじま》流と坂東《ばんどう》流[*3]の師匠がお住まいで、祇園町全体が京舞井上流[*4]の本拠地であり、地唄《じうた》の三味線が日々あちこちから聞こえてくるという環境にもかかわらず、邦楽邦舞の稽古事を一切させなかったのは、関わりが深くなり過ぎてあとあと面倒だと思ったのだろうか。

ヴァイオリンを習わせたのは父親自身がクラシック好きだったせいもあるが、西洋文化一辺倒の時代の反映でもあろう。十二年間習いながら、全くものにはならなかったけれど、ヴァイオリンを通して知り合った人たちからはさまざまな刺激を受けた。木造の洋館で暮らす先輩の家を訪ねた時のことは、わが家や近所の雰囲気とあまりにもちがったからだろう、今でもよく憶えている。

フランスに本部を置く修道会が経営するミッションスクールでは、小一からフランス語の授業があったが、私はそれとは別の三条河原町にある修道院にも通ってネイティブの先生に習っていた。その先生は八十歳くらいの修道女で、何人かで習っていたのが次々とやめ、最後に私だけが残ったのを想い出す。当時は子供に甘くない老人が今よりずっと多かったとはいえ、フランス人のお婆さんの厳しさは日本人とは比較にならなかった。

私は書き取りで褒められても、会話になるといつも「あなたは声も出せないのか《ヴ・ゼット・ミュエ》！」と彼女に罵られ、発語する難しさを痛感した。何かしゃべるようにいわれても、何をしゃべったらいいのか日本語でも浮かんでこないのだった。会話をすること自体が、西洋人と日本人では何か根本的な違いがあるような気にさせられた、最初の苦い体験である。

それにしても祇園町と修道院とは。共に女性ばかりで暮らしていて、片やおかあさん、おねえさん、片やマザー、シスターと呼び合っているとはいえ、われながら極端にちがった特殊なエリアを往来していたものだ。

通っているミッションスクールの校長もフランス人の修道女だったが、朝礼では常に毅然《きぜん》として威風堂々たる姿を現し、流暢《りゅうちょう》な日本語でスピーチをした。運動会などの学校行事では校庭や講堂に日の丸と三色旗が掲揚され、君が代とラ・マルセイエーズ、双方の国歌が流れた。それは国というものを相対的に眺められるひとつのチャンスだったのかもしれない。

西洋と日本の違いを意識的に考えるようになったのは、高一で聴講した故・中村真一郎氏のお話がきっかけである。戦後文学界のリーダー的な役割を果たした故人がどういう経緯でわが校を訪れて講演をなさったのかは知らず、高校生にはハイレベル過ぎる講師だったのではなかろうか。それゆえ話の内容はほとんど耳を素通りしたが、次のような締めくくりだったのはよく憶えている。

「あなた方は理想的な環境で学んでいることに感謝をしなくてはならない。日本文化のほとんどは京都で生まれている。西洋文化はキリスト教の知識がないと理解ができない。あなた方の学校は、その両方が備わってるんですよ」

多分にリップサービスなのだろうが、私はそれを聞いて、なるほど、と思ったのである。

十二年間ミッションスクールに学んでも、私はもちろんカトリックの信者にはならなかった。一方で誕生日には祇園八坂《やさか》神社の氏子として必ず神主さんにお祓《はら》いをしてもらい、お盆とお彼岸には墓参りを欠かさなかったという、宗教観がいい加減な日本人の典型である。

ただ週一の授業の教科書として与えられた聖書は何度となく読み返し、ことに旧約聖書のダイジェスト版はドラマチックで面白い読み物として楽しんだ。海外の文学に接すると、たとえ娯楽的なミステリーでも聖書の引用や寓意《アレゴリー》があちこちにちりばめてあるので、それらを見つけるたびに中村真一郎氏を想い出す。

信者をうらやましく思ったのは「告解《こっかい》の秘跡《ひせき》」だ。これはカトリックの信者が自ら犯した罪を神と司祭の前で秘密裡《ひみつり》に告白し、神の赦《ゆる》しを得るという懺悔《ざんげ》の機会で、キリスト教だと実際に罪を犯さなくとも、心の中で思っただけでも罪だから、ついつい邪心に傾くと、それを告白して許されたいという気持ちが強まるのだった。また神に嘘《うそ》をつくのは大罪であり、聖書では徹底的に「偽善者」が非難されるので、他人や世の中の偽善的な言動や風潮が妙にひっかかって、おかげで日本での世渡りが難しくなったような面もある。想い出せばミッションスクールで学んだ経験は、わが人生に意外なほど大きな影響を与えたのかもしれなかった。

常に神の目を意識し、自分の心に照らして嘘偽りのない言葉を述べることでしか本当の意味での会話や議論は成り立たないと考えるのが、キリスト教に基盤を置く西洋流だ。その流儀では確信的に嘘をつくのも、無意識に本心を隠してしまったり、韜晦《とうかい》したりするのも同じ罪であることに変わりがない。

片や日本流コミュニケーションでは常に神ではなく相手を意識する。相手との関係によって敬語が変わり、主語は韜晦され、話すことの真実さえも揺らいでしまう。神にかけて誓うことはあっても、自らの心に照らして嘘偽りのない言葉という概念は存在しない。多くの日本人が外国語の会話で瞬発力に劣り、ついつい語学を苦手としてしまう原因は案外そこらにあるのではないかと思う。

そうした意味でも、京都はたしかに日本文化の中心地であった。京都の町の会話が西洋流の対極にあるといっても間違いないのは、すでに落語のネタにもなった「京の茶漬け」で広く知れ渡っているかもしれない。ストレートなものいいをしたり、相手の言葉

を額面通り受け取ってはいけないという世知を、私は一方で早くに母親から教わってい
た。大阪出身の彼女は、どうやら京都に対する必要以上の警戒心や恐怖心をわが子に植
えつけたようなところもある。

京都と大阪。直線距離にして約四十キロ、電車で三十分の近さにありながら、この二つの都市は日本の中で対極の性格を持っているような気がする。そこに住む人びとの常識や価値観や美意識といったものはこんなにもちがうのかと、私は両親の姿を通してしばしば驚かされた。話し方にそれは顕著に表れていて、母親はもともとストレートにものをいうタイプだが、京都ではそれがまったく通用しないと感じていたらしい。

「(家の中へ)あがっとおくれやすて言《ゆ》はっても、お茶出してくれはっても、お菓子にはぜったい手ェつけたらあかん。どうぞ、て三度勧めはったら、初めて手ェ出しよしや」

と母親が教え込んだことは幼心に深く浸透していたらしい。

東京の大学に進学して女子寮住まいを始めた頃に、親しくなった寮生の部屋でクッキーの缶が開けられた。私が手を出しかねていたら、さっさとふたを閉めて片づけられたのでいささか驚き、件《くだん》の話を打ち明けたところ、今度は北海道出身の彼女のほうがビックリしたらしい。以来、私にお菓子を出す時は必ず「どうぞ、どうぞ、どうぞ。はい、もう三回いったよ」といって笑わせてくれたものだ。

自身は十八歳から関東に住み続けているので、母親の教えが今も京都で活《い》きているのか、そもそもそれが正しかったのかどうかさえ定かでない。ただ日本流のある意味でソフィスティケートされた社交術の典型が心に残ったのは事実だし、ひょっとしたら自分は社交が苦手だという意識も同時に生じた可能性は大いにある。

私は今でも当たり障りのない会話しかできない相手と長いあいだ付き合うのは苦手なほうだが、子供の頃に友達ができなかったのはそれとはまた別の問題だろう。学校という団体生活の場で、「変わった子」がどんなふうに過ごしたのかも少しは書いておく必要があるのかもしれない。

五　〝オカセン〟のこと

自分が幼い頃、具体的にはどんなふうに「変わった子」だったのかの一例を挙げてくれといったら、母親から次のような回答があった。

「学校から戻ってきた時、あんたが『ただいま』というまで、こっちは絶対に声をかけたらあかんねん。もし店の人がひとりでも先に『お帰りやす』て声かけたら、あんたはまた駅まで戻って、そこから帰り直さはるんや」

と聞かされて、それは確かに「変わった子」だと自分でも納得せざるを得なかった。いかに人から構われることにうんざりしていたとしても、そこまで行けば度が過ぎていて、何かもっと別の原因があったのではないかと思えてくる。

小学校高学年の頃に京都女子大の施設の中で丸一日ロールシャッハやソンディテスト[*1]やその他ありとあらゆる知能検査のようなものを受けさせられた記憶がある。後にたまたまその話をした相手から、同校が日本では比較的早くから発達障害の研究に取り組んでいたという事実を聞かされて、なるほどと思い当たった。親をはじめとする周囲のオトナたちの目から見て、私はきっと異常を感じさせるくらい自閉的な子供だったのだろう。

すなわち秩序は常に自分の内側にあって、それを乱す外界の存在が許せないタイプというわけだが、果たしてそうした子供の学校生活は一体どうなっていたのだろうか。

小学校でも低学年の頃はほとんど口をきかない、笑いもしない子だったようで、先生に心配されていたらしい。本人は同級生の女子から「いっしょに遊ぼ」と声をかけられるのが煩わしかったのを想い出す。家ではひとりになれないから学校くらいひとりでいたかったのか、あるいはいわゆるオトナっ子で子供と話が合わなかったのか、クラスメートに対する「承認欲求」自体が極めて希薄だったのだ。

運動会で自分が白組になったらなぜ赤組を応援してはいけないのか、ということをマジメに先生に訊《き》いた覚えがあるから、そもそも集団に恐ろしく馴染《なじ》めないタイプの子供だったのは間違いない。一学年わずか百二十人強の小規模な私立校だったから、今なら浮きまくって集中的にイジメのターゲットになりそうだが、そういった記憶がまるでないのは、本人の承認欲求がなさ過ぎて、要するにてんで周囲を相手にしていなかったのだろうか。

もちろん当時でもイジメっ子はいたが、見かけは小柄でおとなしそうでも、私はただ内気な子という感じでもなかったから、そう簡単にいじめられてはいなかった。黙々と花壇の手入れをしている最中に、大柄でいつも悪さばかりする男子が寄って来て邪魔をした時は、父親譲りの癇癪が爆発し、手にしたスコップで思わず膝を叩いて相手に大泣きをさせた。相手は涙と共に膝からたらたらと血まで流していたので、私は叱られるかと少し心配した記憶があるものの、実際には何もなかった。子供たちは皆すりキズ切りキズと赤チンが毎日絶えず、大人たちは高度経済成長下で子供の喧嘩《けんか》に構っているようなヒマがなかった昭和三十年代の話である。

とにかく私が自分のペースを他人から乱されたら極端に嫌がる自閉的な人間であることの意外さに、両親はとまどいもし、悩みもしたらしい。なにせ社交の場である客商売の家では考えられないタイプの欠陥人間ができてしまったからして、母親は勉強もさることながら、それより何より私にまず学校で友達を作れと口が酸っぱくなるほど要求した。

友達よりも自分の中で会話をするほうが好きな子供は当然いつの時代もいるわけで、私の場合はすでに小学校の低学年からある程度のストーリー性を持った妄想を楽しんでいた。ただし妄想といっても、自分がたとえばどこかの国のお姫様で、悪人に誘拐されて、素敵な王子様に助けられるといったような類のストーリーでは全然ない。妄想の中に決して自分自身は出てこないのである。登場するのはたいてい六人の人物で、六人それぞれのキャラクターが漠然とあって、ひとりはそこそこ年配の男性、三人は若い男性、あとのふたりは性別すらぼんやりとしている。

たとえば本や芝居や映画やテレビで知った情報を元に、それら六人の人物が登場する「世界」のようなものができあがる。そこで彼らは常に私自身とは無関係な会話や行動をしている。寝床の中や、道をひとりで歩いている時などは必ずといっていいほど、周囲に人がいても隙あらば外界をシャットアウトし、私は彼ら六人の「世界」に熱中した。外界とのスイッチを切っている状態で他人から話しかけられたりするのは、迷惑以外の何ものでもなかったのだろう。

もしあのまま放っておかれたら、私はもっと若いうちに小説を書きだしたのかもしれないと思う時もあるが、当時はその妄想を書き綴《つづ》ってみようとしたことなぞただの一度もなかった。脳内作業のベースメントはあの頃の妄想と大差ないものの、小説を書きだす前は、それを書いてみたいという欲望や発想すら私の中には生まれなかった。

それにはさまざまな理由が考えられる。

第一に、妄想癖は学校生活が多忙になるにつれて鎮まったということがある。小学校の高学年から私は徐々に同級生たちと付き合うようになり、中高では学年のリーダー的な役割を果たすまでに社会性を伸ばしていった。そうなるに当たっては、母親から家業に合わない性格をさんざん注意されたせいか、表面的にでも無理やりそれを変えようとしたふしがある。そんなふうに努力をして社会性のある自己を獲得した結果、その後の私にはわりあい外向的な時期と、反動で極めて内向的に振れる時期とが交互に訪れるようになった。

第二として、小説の前に「演劇」と出会った点を挙げておかなくてはならない。芝居ではなく、「演劇」というものに出会わせてくれたのは小五の担任オカセンこと岡本先生だった。小学校から大学までふくめておよそ学校の先生の中では私の人生に最も大きな影響を与えた人物といってもいい。

当時はNHKの大河ドラマ『赤穂浪士《あこうろうし》』*2が視聴率五十三パーセントを記録する国民的人気番組となっていて、そこに蜘蛛《くも》の陣十郎《じんじゆうろう》役で出演していた宇野重吉《じゆうきち》*3はオカセンの顔とよく似ていた。別にそれだからというわけではなかったのだろうが、彼は宇野重吉をいたく敬愛する演劇青年だった。したがって学芸会の指導にも熱心で、生徒たちに

『夕鶴』をはじめとする木下順二[*4]の作品を次々と上演させた。私が演出や舞台監督、大道具、小道具といった専門用語を知ったのは、オカセンの指導を通してである。

彼はレポートという言葉を最初に教えてくれた先生でもあった。小五の生徒にテストやドリルを課さず、社会や理科はレポート提出で点数をつけるというのだから、当時としても極めて珍しい教育者であろう。今どきの父兄ならすぐに騒ぎだすだろうし、その時分でも賛否両論の見方はあったはずだが、私にとっては非常に新鮮で面白い授業と宿題の連続だった。オカセンは一方でスポーツに長《た》け、自ら積極的に体を動かして野球や剣道などを男子女子問わずに熱血指導していたので、多くの生徒たちにとってのヒーローでもあった。

夏休みの宿題で物語を書いて提出するよう求められたのが、私の創作の原点である。母親を殺された子熊が村人に復讐《ふくしゅう》するというようなストーリーを綴ったその作文を元に、オカセンは自ら『オキテ』という台本を書き下ろしてクラスで上演させた。終演後に私は壇上で原作者として挨拶をさせられるはめになった。原作は跡形もなく書き替えられていたので、私が出て行くのはおかしいようにも感じたし、人前に立つのは苦痛以外の何ものでもなかったが、とかく引っ込み思案だった生徒をオカセンはこの際にむりやり壇上へ引っ張りあげようとしたのだ。

演劇好きの多くは学芸会でたまたま主役をした経験が好きになるきっかけだったとい

うし、プロの演劇界には現在裏方でも当初は役者志望だったという人が驚くほど多い。それはプロ野球の選手が子供の頃は皆ピッチャーだったというのに似ている。

しかしながら私と「演劇」の出会いは自分が舞台で役を演じることではなかった。もともと自意識が強すぎて、役者にはまったく不向きな性格だと思うが、「演劇」という虚構の魅力はもちろん役者以外でも参加できる点である。私は小五にしてすでに裏方志向であり、中でもオカセンがしていた「演出」という役割に多大な興味を持った。

もしオカセンが文学青年で私の作文を文集に載せるようなことをしたら、ひょっとすると小説を書くという発想につながったのかもしれないが、現実はそうならなかった。

また私がストレートに物書き志望の子にならなかったのも、実はオカセンのおかげなのかもしれない。文章が得意だという意識は子供心にもあったのだけれど、思えばその挫折をいきなり早くに味わわせてくれたのが当のオカセンだったのだ。

それは冬休みか春休みの宿題で、生徒全員が詩を三本ずつ書いて提出した時のこと。私はなんとその採点の下読みをさせられたのだった。果たしてそれはクラスメートにも知らされていたのかどうだったのか、いずれにしろ今ならこれも大問題となりそうな、やはり相当な一種のえこひいきであろうと思う。

放課後たったひとり教室に残って、私はクラス全員の詩に目を通していた。詩作にはたぶん以前から自信があって、自分のが一番上手《うま》いと思い込んでいたに決まっている。

ところが天狗《てんぐ》の鼻をみごとにへし折ってくれた詩が三本あった。その三本は他から抜きんでていたというより、子供心にも完成した「作品」だと感じられた。他は自分のもふくめて皆ただの子供が書いた短い作文に過ぎなかった。それを読んだ時のショックは教室の情景として心に残っている。片側の大きな窓ガラスから強い西陽《にしび》が照りつけて目の前の机がまぶしく反射し、却ってあたりが暗く見えたのを想い出す。

三本は共にふだんあまり目立たないOさんという女の子が書いた詩で、彼女の名前と顔がずっと記憶に留まった。同窓会で約半世紀ぶりにOさんと会った時、その話をしようと思いながら、結局するチャンスがなかった。彼女自身は物書きにならなかったが、私の小説をちゃんと読んでくれていたのがわかって嬉《うれ》しくも面映《おもは》ゆかった。自分の拙い文章が、恵まれた文才を仕事に結びつけなかった多くの人びとに読まれているということの恐ろしさを、私は彼女の姿を通して実感した。

今はたまたま物書きを職業としていても、小五のその時以来、文才があると自惚《うぬぼ》れたことはただの一度もない。その一方で他人の才能は私心なく認められるという妙な自信が生まれたのは、打ちのめされたことを補完するよう巧く心が働いたのだろうか。

中学の漢文で名馬と伯楽《はくらく》の故事を読んだ際、自分は名馬でなく伯楽になる人間だと自惚れた。後に編集者や演劇プロデューサーを志した時期があるのもそのせいなのだが、もちろんそこに至るまでにはさまざまな経緯がある。

ともあれ「演劇」との出会いはオカセンを通してだったにしても、それ以前に私は「芝居」と出会っていることにもここで触れておかなくてはならない。

六　子供の目に残った芝居

「最初に観《み》た歌舞伎は何ですか?」という質問には、いつも答えに窮してしまう。

三歳の時、おはるさんがわざわざ菊模様の丹前《たんぜん》を縫って、キセルを買い、近所の人を集めて私に弁天小僧《べんてんこぞう》*1の「知らざあ言って聞かせやしょう」をやらせたというのだから、本人はきっとそれをどこかで観たのであろう。丹前の柄ははっきりと憶えていても、肝腎の芝居を観た記憶は残念ながらさっぱりないのである。

松井家は梨園と姻戚関係にあったが、母方の実家も芝居とは浅からぬ縁があった。戦前戦後を通じて大阪の心斎橋《しんさいばし》や宗右衛門町《そうえもんちょう》や木綿《もめん》橋辺に何軒かの「大野屋」旅館があった頃は、なにしろホテルがない時代だから、東京の名優のほとんどが定宿にしていたらしい。劇場も近所にあるので、当然ながら母親もまたおのずと芝居に親しんでいる。私をお腹《なか》に入れた臨月までしっかり芝居を観ており、「たしか四谷怪談で、ちょっと胎教に悪いような気がしたわ」と聞かせてくれた。

そのせいかどうか、私には歌舞伎を最初に観た衝撃のようなものがまったく記憶になくて、むしろ歌舞伎ではない舞台を最初に観た印象が鮮烈に刻まれている。

たしか小二の時に、岡崎の京都会館で「文学座」の『光明皇后』*2を両親といっしょに観せられた。場内が真っ暗でシーンとして、役者のセリフしか聞こえてこないのにまず驚いた。舞台の中央に赤い衣裳《いしょう》を着た女性がいて、その前で何かやりとりがあるのだが、セリフを聞いていても話がちっともわからないので退屈するし、ほかに何も見えず音も聞こえず気の散らしようがないので、早くここから出たいとさんざんごねた覚えがある。

新劇は小二の私にとって難しかったが、歌舞伎は案外そうでもなかったようだ。まず顔の化粧を見れば善人か悪人か子供でもすぐにわかるので思い入れがしやすいし、ストーリー自体も意外と単純なものが多いからではなかろうか。上演中も客席の電気が点《つ》いていて場内が明るいし、コホンと咳《せき》をするのも遠慮されるような極度の緊張感を強いられないので、子供には居心地がよかったらしい。

ちょうど同じ頃に、新派を観た記憶はかなりはっきりしている。演目は谷崎潤一郎原作の『瘋癲《ふうてん》老人日記』*3。主人公の卯木《うつぎ》老人は花柳章太郎《はなやぎしょうたろう》*4、老妻は初代英《はなぶさ》太郎*5、そして嫁の颯子《さつこ》は初代水谷八重子*6が演じていた。舞台の上手と下手に棟方志功《むなかたしこう》の版画がピンク色の巨大なスライドで映しだされ、卯木老人が時々その前に立って日記をナレーション風に物語るかたちで進行した。われながらよくぞそんなに憶えているものだと思うが、舞台の印象がそれほど強烈だったのだろう。

颯子がシャワーを浴びたあとのシーンでは、バスタオルで胸から腰までしか覆っていない水谷八重子が舞台に登場し、長椅子に横たわって白い美脚を露《あら》わにする。老人がその足を取って頬ずりしたり舐《な》めるようなしぐさをするのだから、子供の目には刺激が強すぎたようだ。

「ねえ、フーテンて何？　どういうこと？」

と帰り道でしつこく尋ね、母親がうるさそうに「頭がおかしい人のこと」と答えたのをよく憶えている。もちろんマゾヒズムやフェチシズムという言葉や概念はまだ知るよしもないにしろ、子供は性的なシーンに意外と敏感に反応し、強烈な印象を記憶に留めるものなのだった。

ちなみに谷崎は当時すでに老齢の文豪ながら、いまだ流行作家でもあり、その作品の舞台化や映画化がさかんに行われていた。『春琴抄《しゅんきんしょう》』も私はまず映画で観てショックを受け、たぶんそれら芝居や映画のせいだろう、中学生の頃は、どこまで理解できたかは知らず、親の書棚や学校の図書館で借りた谷崎作品を片っ端から読んだものだ。プリミティブな段階で私が最も影響を受けた作家といっていいのかもしれない。

それにしても、さすがに『瘋癲老人日記』は子供に見せるような作品ではないけれど、わが両親は自分たちの楽しみを犠牲にして、子供の嗜好《しこう》に合わせるような真似《まね》はめったにしない人たちだった。ディズニーをずっと引きずるオトナたちが増えた今となっては、ちょっと考えにくい親子だろうが、お子様ランチは注文しない主義に徹していたのである。

比喩でなく、実際にも私はお子様ランチを食べさせられた記憶がない。家業が料理屋だけに、グルメブームが到来するはるか以前から一家でよく外食をし、研究のためもあって京都のみならず全国の名だたる料亭に足を運んだりもしていたが、その際も私は両親と同じ料理を注文してもらって同じ量だけ食べていたのだった。

帰りのクルマや電車の中では両親が料理の合評を始める。まず何を食べたか、突出しは？　八寸《はっすん》*7は？　向付《むこうづけ》は？　と質問されて、それにすぐ答えられるように、私は食べながらいちいち記憶していたのを想い出す。あのお椀《わん》は薄味すぎたとか、あの料理は変わり映えがしなかったとか、あの器は趣味が悪かったとか、両親があれこれ批判するのを子供はじっと聴いていた。

こうした習慣はふだんの食卓にも反映された。いわゆる賄《まかな》い飯で、若い板場さんの試作品を口にして、このおつゆは塩気がきつ過ぎるとか、逆にまるでお湯を飲んでるみたいだとか評するのも、料理屋一家の日常だったのだ。

両親ともに都会人の批評がましい性格だったということがあったにもせよ、食事という人間の最も日常的な場に絶えず批評が持ち込まれる環境は、子供心に多大な影響を与えたにちがいない。わが家にとっては何かを批評すること自体が日常だったともいえる。したがって、芝居を観たあとも「ああ、面白かったねえ」とか「きれいだったねえ」というような会話で済まなかったのは当然だろう。「あんな下手くそで、よう役者がやってられるわ」と時には身振りまで交えて酷評し、「誰があんなしょうもない芝居を作らはったんやろ」と追及するのもまたわが家の日常だったのだ。

ところで「芝居を観る」とはいっても、「歌舞伎を観る」とは当時あまりいわなかったような気がする。関東と関西で多少ちがったのかもしれないが、歌舞伎もあくまで新派や新国劇や新喜劇と同じ芝居の一種という認識だった。わが家から徒歩で五分かからない南座には、月替わりでさまざまな芝居がかかり、一家はほぼ毎月のようにそれらを観て、さらに大阪の劇場へもよく足を伸ばした。辰巳《たつみ》柳太郎《りゅうたろう》と島田正吾*8の『殺陣《たて》 田村』も、二代渋谷天外《しぶやてんがい》*9と藤山寛美《かんび》の『親バカ子バカ』も、私にとっては歌舞伎と同じ「芝居」の範疇《はんちゅう》だった。

中学生の頃はTVドラマで後白河法皇を演じた芥川比呂志《あくたがわひろし》*10のファンになったのをきっかけに、自身で劇団「雲」の賛助会員に登録するなどして、新劇の舞台にも親しむようになっていた。ただそれらは私にとって歌舞伎と同じ「芝居」ではなく、学校でオカセンに教わった「演劇」の延長線上にあるものだった。

新劇はインテリの、商業演劇は非インテリ系の娯楽といった気分が当時はまだまだ濃厚で、客席のムードも甚だしくちがっていた。歌舞伎は私にとって、あくまで非インテリ系の「芝居」に属するものだったといえる。

「松井さんは歌舞伎がご専門かと思ってましたが、文楽もよくご覧になってたんですね」と、最近ある若い編集者にいわれて啞然《あぜん》としたが、そもそも歌舞伎だけを観ているほうが不思議ではないかと思ってしまうのは、世代による感覚の違いかもしれない。同じ医者でも専門分野がちがうと治療はおろか診断すらできないという時代になれば、趣味でさえ細分化されておかしくはなかろう。

別に舞台だけでなく、映画や展覧会や野球や相撲やコンサートや、その他ありとあらゆるイベントに私はよく連れて行かれたものだ。それは親が子供の情操教育に熱心だったというよりも、単に家業のせいだったとみられる。

日本のみならず世界の要人が訪れる夜の歓楽街、祇園町に店を構えておれば、さまざまな分野で時の寵児《ちょうじ》となった人びとをお客様として迎えることになる。

まず店名の「川上」にちなんで、巨人軍の川上監督以下、九連覇当時の選手たちが毎年のように訪れ、私は大ファンだった王貞治選手に何度もお会いして握手をしてもらうのが嬉しかった。ふだん自分が寝ている狭い三畳間を襖《ふすま》の隙間から覗《のぞ》いたら、そこに巨漢の大鵬《たいほう》関がどっかと座っているのが見えてぎょっとした記憶もある。時あたかも子供が大好きなものは「巨人大鵬玉子焼き」[*11]といわれた時代であった。同じ頃に「柔《やわら》」を大ヒットさせた美空ひばりは目の覚めるような全身緑ずくめのドレスで現れたし、京都には撮影所があるから、それこそ映画俳優や監督の名前をあげだしたらきりがない。

両親が芝居や映画やさまざまなイベントをまめに観ていたのは、ただの楽しみばかりでなく、さまざまな分野のお客様をお迎えするための勉強でもあったのだ。小説もまめに読んでいて、書棚は常に話題の新刊書であふれていた。私が有吉佐和子や円地《えんち》文子《ふみこ》の小説を読みだしたのは、店のカウンターに座った彼女たちの姿を見てからである。ちょっと怖そうなオバサンといった感じの横顔が今でも想い出されるが、その頃は女流作家に対する憧れのようなものすら芽生えなかった。

小説を読んでもそれを書きたいという発想につながらなかったのは、役者を見ても役者になりたいと思ったことなぞ一度もないのと同様である。最高のプロたちを子供の頃に間近で見てしまうと、たぶん自分との懸隔があり過ぎて参加意欲が湧かなくなるのであろう。それが私には後々まで響いて、自分の人生に積極的な参加をしない、時に傍観者的な態度を取り続ける欠点となって現れたような気もする。

七　インセンティブは歌右衛門

初めて自分のお小遣いをはたいて歌舞伎を観たのは昭和四十一（一九六六）年、私が中一の時だ。南座の三階席で顔見世興行[*1]を観たのだが、料金はたしか八百円だった。なにせ大卒の初任給が二万円台の時代である。後年ミラノ・スカラ座[*2]の初来日公演を観た時と同じく、チケット代をやけにしっかり憶えているのは、共に自分にとってかなり思いきった出費だからだろう。

私を思いきらせたのは今は亡き六代中村歌右衛門《うたえもん》[*3]である。いくら歌舞伎とご縁の深い家に生まれたといっても、歌右衛門という役者に出会わなければ、そこまで深くのめりこむようなことはなかったはずだ。

歌右衛門の舞台を観たのは何もこの年が最初ではない。京の師走の風物詩ともいえる南座の顔見世興行には毎年のように東京から人気役者が訪れ、当時の歌右衛門はその常連メンバーだった。四十代後半で芸に脂がのりきった美貌の女形は『娘道成寺《むすめどうじょうじ》』[*4]や『十種香』[*5]といった数々の当たり役を南座で立て続けに披露し、それらの舞台もぼんやりと憶えている。

とはいえ私が彼の存在をことさらに印象づけられて、ファンになったことをはっきりと自覚したのはやはりこの年だといわなくてはならない。なぜならすでに両親と一階席で観ていたにもかかわらず、もう一度どうしても観たくなり、やむなく自腹を切ったからである。

この年、歌右衛門はおそらく生涯で初めて老女の姿を観客に見せたのだった。それは『茨木《いばらき》』という舞踊劇の中で、渡辺綱《つな》に片腕を切り落とされた鬼の茨木童子《どうじ》が年老いた綱の伯母に化けて腕を取り戻しにやってくるという設定である。歌舞伎座で初演した余勢を駆って師走の舞台でも披露するかたちだったが、初の老け役が京都でも評判になっていた。私は花道に近い前のほうの席でそれを観た。綱の役に扮《ふん》したのは二代尾上松緑《しようろく》*6で、その立派な姿もまた目に焼きついている。

花道に登場した歌右衛門は、幼い頃の綱を育てあげた伯母の様子を身振り手振りで表現して、無言のうちにも雄弁に母性愛を物語り、それは子供心に響く切々とした舞いぶりだったのを想い出す。ところがその母性愛豊かな伯母が、突如凄《すさ》まじい鬼の形相に変じてバッと宙高く身を躍らせたのだ。時空が歪《ゆが》んだ悪夢のようなその一瞬に、私はただ呆然《ぼうぜん》としていた。あごから白い汗をぽたぽたと花道に垂らしながら歌右衛門が駈《か》け込んで行くと、何かわけのわからない魔物が通過したごとく、全身にぞくっとふるえがきた。

『茨木』が夜の部に上演されたこの年、歌右衛門は昼の部でも母性愛の表現が主眼となる大役を披露していた。それは『伽羅先代萩《めいぼくせんだいはぎ》』の政岡《まさおか》だ。伊達家のお家騒動をモデルにしたこの芝居の中で、幼い若君を守るためにわが子を犠牲にせざるを得なくなった乳母の役である。

政岡はわが子を若君のお毒味役にし、毒にあたったわが子はその事実をごまかそうとする悪人方のお局八汐《つぼねやしお》の手でなぶり殺しにされてしまう。二代中村鴈治郎扮する八汐の名演も忘れがたい。幼子の胸に懐剣を突き立て、肉をえぐるようにしながら「おお、痛いかいのう、痛いかいのう」と口を歪めていう猫なで声は今も耳に鮮烈だ。

幼子は肉をえぐられるたびに「あー、あー」と単調な声をあげて、それは歌舞伎の子役らしく決してリアルな悲鳴ではなかったのだけれど、中一の少女にはかなりショッキングなシーンだった。だがそれにもましてショックだったのは、わが子が殺されるのを平然と無表情に見守る政岡の姿だったかもしれない。

悪人らが立ち去ると、政岡はやっと公的な立場から解放されたように裲襠《うちかけ》を脱ぎ、血まみれの傷心を象徴するがごとき緋《ひ》の衣裳を前面に現す。そして眼前でわが子を無惨に殺された憤りや壮絶な苦悩、もう二度とわが子に会えない深遠なる哀しみをここぞとばかりに吐露して身も世もあらず慟哭《どうこく》するのだった。

まず一階席でこの場面を観た私は芝居の全貌がよくつかめなかった。わが子の死に平然として悪人を欺き通した気丈な女の崩壊は、優しい伯母から一転恐ろしい鬼に変貌したのと同様、あまりにも急激で、かつ落差のある滝のごとくに降り注いで、私の平常心を押し流してしまったようだ。舞台にはただ真っ赤な衣裳を着た歌右衛門の半身が大きく広がってゆらゆらするのが見えるだけで、他は何も目に入らなかった。

かくして、もう一度きちんとこの芝居を舞台からかなり離れた三階席で見直そうとしたのである。しかしながら、この場面にくると、三階席にいても舞台や場内の明かりがすべて消えて、歌右衛門の姿だけがただぼうっと赤く光っているように見えるのだった。

こうした摩訶不思議《まかふしぎ》な体験を経て、私は歌右衛門の虜《とりこ》になった。それはほかの「芝居」や「演劇」では決して得られない、歌舞伎の舞台ならではのミラクルな醍醐味《だいごみ》といえるようなものだったのかもしれない。

「歌右衛門さんは体がお丈夫やないさかい、あれだけ凄《すご》い芝居をしはったら、きっと早死にしはるて皆いうたはるわ」

「たしかに梅玉《ばいぎょく》さんも、最後は凄い芝居を見せはったさかいなあ」

というような両親の会話を想い出す。

関西の名女形、三代中村梅玉*7は最晩年に『合邦《がっぽう》』*8の玉手御前《たまてごぜん》で、だれもが驚嘆するような名演技を披露したと噂《うわさ》されていた。歌右衛門もまた若くして消える寸前の灯火が燦然《さんぜん》と輝くような演技を見せているのではないか。だから観るなら今のうちだという評判だった。しかしながら京都だと年に一度の顔見世でしかお目にかかれない東京の役者である。

東京は私にとってさほど縁遠い街でもなかった。関西で旅館経営に失敗した母方の祖父は東京に流れて新富町《しんとみちょう》で小料理屋を開いており、それとは別に母方の伯父と叔母もそれぞれ代々木と下北沢に住んでいたのだ。そこを最初に訪ねた時は夜行列車で八時間も揺られたのに、一九六四年に東海道新幹線が開通してからは、わずか三時間半で行けるようになったというのが大きかった。

東京の歌舞伎座に初めて足を踏み入れた日の印象は今も忘れがたい。建物自体がまだ新しかったので、南座よりもずっときれいで明るく広々して感じられたが、それよりも驚いたのは観客席の様子だ。南座にしろ大阪新歌舞伎座にしろ、当時は開幕してもざわざわしっぱなしが当たり前だったから、しんと静まり返って舞台に見入る歌舞伎座の観客はなんて上品でマナーがいいのだろうかと感心し、まるで新劇の観客のように知的な人びとに映ったのである。

新幹線の開通で、わが家が足を運ぶ劇場は関西圏を越えて名古屋や東京にまで広がっていった。歌舞伎ばかりでなく、帝劇新築再開場のこけら落とし『風と共に去りぬ』[*9]にもわざわざ駆けつけていた。

そこそこ繁盛したといっても、当時のわが家は相変わらず借家で、小さな割烹料理屋を営んでいたに過ぎないのだが、両親ともに裕福な実家で育ったため、金銭感覚がどこかずれていたのかもしれない。また芸能人と身近に接する家業がら、外食と共に観劇の費用にも糸目をつけない主義だったのだろうか。

ところで学校の勉強を好きな子供がそうそういるとは思えないが、中学生になったばかりの私は帰宅するとカバンを放りだして教科書を入れっぱなしにしておいた口である。

いっぽう負けず嫌いの母親は教育ママとなり、賢母自慢の父親ともども私の学校の成績をなんとかよくしようとしていた。

親がわが子を勉強させるにはいつの時代も何らかのインセンティブが必要である。私はどうも根っから物欲が薄いタイプだったらしく、洋服や玩具を買って与えても心は動かせないと悟ったらしい。

「今度の中間テストで一番になったら、東京の歌舞伎座へ歌右衛門さんを観に連れてったげる」

という釣り文句が非常に効果的だったのを知った両親は、以後それを続けて私に成績をキープさせた。もっとも三学期に中間と期末の六回もテストがあれば、親がすべて付き合うわけにはいかず、しだいに私は独りで東京へ行くようになった。

中学生が独りで新幹線に乗るのはかなりの冒険だし、東京駅でタクシーに「昭和通りの歌舞伎座へ」と告げ、帰りは「東京駅の八重洲口」と告げるだけの独り旅は今に想い出すと奇妙である。観劇チケットはたしか役者の番頭さん[*10]から受け取っていたはずだが、モギリ[*11]の案内嬢やタクシーのドライバーはさぞかしおかしな子供だと思っていたにちがいない。いや案外、役者の子供か何かと間違えられて平気で見過ごされていたのだろうか。

南座ではよく楽屋口を通ってただで芝居を観た経験もあり、出入り口に座っている楽屋頭取に「おはようございます」と挨拶すれば簡単に通してくれるのも知っていた。客席のトイレにはたいてい楽屋とつながるドアがあって、そこを簡単に通り抜けられたりしたことは、楽屋の施錠が厳重になった今の劇場にいると想像もできないだろう。

わが一家は、当時どこの劇場でも、幕間の休憩時間には必ずといっていいほど、客席から楽屋に抜けて役者を訪問していた。姻戚の鴈治郎や扇雀《せんじゃく》（現坂田藤十郎）ばかりでなく、店のお客さんにも役者さんが多かったので、楽屋見舞いは日常茶飯事だったのだ。十七代中村勘三郎[*12]と楽屋で対面した時、彼は「寺子屋」の松王丸[*13]の扮装を解いたばかりで、化粧はまだ落としてなかったように記憶する。

「お嬢ちゃん、今日の芝居どうだった？」

と訊かれた私はまだ中学生だから、

「今日はよう泣けました。一昨日も観たんですけど、その時はぜんぜん泣けませんでした」

と正直に答え、勘三郎は一瞬おやっという顔つきで、すぐ照れくさそうに笑いだしたものだ。

「へええ、お嬢ちゃん、あんた芝居をよく見るねえ。たしかに一昨日は、自分でも気が乗らなかったからねえ」

「芝居をよく見る」という彼の賞《ほ》め言葉によって、私は自分に芸の鑑賞眼が備わっていると大いに自惚れてしまった。生意気でおかしな少女に変な自信を持たせたのは、まさにその勘三郎のひと言だったのである。

十七代勘三郎にしろ、二代鴈治郎にしろ、彼らの顔を楽屋で間近に見ると、その魁偉《かいい》さに圧倒され、異形《いぎょう》の世界に迷い込んだ気分になった。ほこり臭くて酸っぱいような匂いが漂う楽屋独特の雰囲気も、現代のクリーンな劇場とは異なり、見世物小屋へ飛び込んだようなドキドキ感があったのも忘れがたい。

それにしても、名だたる歌舞伎役者が揃《そろ》っていた当時にあって、なぜ歌右衛門だったのだろうか。

相手は異形中の異形であり、磁力が非常に強かった人であることは確かだ。ただ一方で、女形ファンは江戸の昔から意外にも若い女性が多かったことを無視できない。若い男性が時にマッチョを好むのと同様に、自己を確立する前段階の女性は年上の女性に憧れたりする一時期があるから、男性の目でデフォルメされたきらいがあるとはいっても、一種理想の女性像として、女形の存在を受け入れてきたのかもしれない。彼らには現実の女に漂う生臭さがないことも幸いしたのだろう。

子供の私にとって歌右衛門はある種お手本にしたい理想の女性像だったのだろうか。だとしたら、やはりおかしな子供で、その時点から作り物じみた女性性を身につけようとしたことになるわけだが、それをあながち否定もできないのはわれながら困ってしまう。

ともあれ「早死にしはる」はずだった歌右衛門はなんと八十四歳まで長生きした。そのおかげで私は前半生をずるずると歌舞伎に引きずられるはめになったのである。

八　劇評家への道

中二の時に歌舞伎座で歌右衛門の『熊野《ゆや》』*1を観て以来、私の読書対象には三島由紀夫が加わった。高一で『豊饒《ほうじょう》の海』第二部の『奔馬《ほんば》』をちょうど読了した直後に、例の市ヶ谷での自決騒ぎが起きた。その時はたまたま学校の図書室にいて、図書担当の先生がテレビ中継を見に職員室へすっ飛んで行ったのをよく憶えている。翌日の新聞にはショッキングな写真がデカデカと掲載された。

谷崎潤一郎と三島由紀夫。共に私は芝居を通して知り得た作家だった。むろん彼らの作品だけを読んでいたわけでもないが、小説家というもののイメージはこのふたりから強く受け取った。すなわち尋常な神経の持ち主ではない人がなる職業だと結論づけたのだった。

中高生の頃に小説よりもよく読んでいたのはやはり歌舞伎の本で、ひょっとしたらこの時期が一番よく読んでいたのかもしれないと思うくらいだ。

歌舞伎のタイトルは、たとえば『色彩間苅豆』と書いて「いろもようちょっとかりまめ」と読ませるなど、奇妙な文字遣いと強引な読ませ方をするものが多い。現在上演が絶えた演目の珍タイトルも山のようにあるのだけれど、それらを見て案外すらすら読めてしまう自分に驚くことがある。思えばせっかく吸収力の高い時期の脳をくだらない記憶に使ったものだが、歌舞伎はこうした幼稚な知識欲を満足させやすい、いわゆるオタクネタの古典でもあるのだった。

歌舞伎の劇評が載る「演劇界」という月刊誌も中高生の頃は愛読していた。当時の劇評は、今では考えられないくらいシビアな筆致で、すでに芸術院会員になり人間国宝でもあった歌右衛門ですら、演技がくどすぎるとか、衣裳選びの趣味が悪いとか酷評されていることが多かった。

新年号には「念には念を入れ　歌右衛門の幕切れ」とか「金持ち喧嘩せず　梅幸《ばいこう》*2」といったイロハがるたのパロディが編集部の文責で掲載され、それぞれに身内的な愛情をこめて役者たちを揶揄《やゆ》しているのが面白かった。当時はそんなことを書かれたくらいで、役者も興行会社も抗議したりするような野暮はしなかったのだろう。昔を振り返ると、今はもう世の中全体が野暮のかたまりになってしまった観がある。

とにかく私はそれらのシビアな劇評を読んで育ち、こういうものなら自分も書けるようになるかもしれないと考えたのだ。もともと批評がましい家庭に育ち、寸鉄人を刺すような都会人の悪口を日常的に耳にしていたため、それを文字にすればいいくらいの考えだったにちがいない。

芝居を観たあとに劇評めいた文章を自分で書き始めたのもまた中学生の頃で、それが物書きの道に進む最初の一歩だったように思う。かくして戸《と》板康《いたやす》二《じ》[*3]や安藤鶴夫[*4]といった人たちの名前が、私の中では物書きのスターとして燦然と輝き始めたのである。

安藤鶴夫氏は評論ばかりでなく小説も手がけて当時すでに直木賞を受賞され、受賞作の『巷談本牧亭《こうだんほんもくてい》』[*5]を私は親の書棚から取りだして読んでいた。この方はうちの店のお客さんでもあったから、私は直にお目にかかって、大きくなったら弟子にしてくださいと頼んだ覚えもあるのだった。

氏は落語や講談の演芸評論家として後世に名高いが、出発点は歌舞伎の劇評だし、私は文楽の劇評で氏の存在を知っていた。

松井家の祖父は素人義太夫の芸名を持っていたくらいで、文楽のいわゆる旦那衆だったが、母方の実家の旅館「大野屋」もまた近代の文楽を代表する名人、豊竹山城少《とよたけやましろのしょう》掾《じょう》[*6]の定宿だった。母が婚家を出て一時実家に身を寄せていた頃は、山城少掾が幼い私をよく抱っこしてなかなか返してくれなかったというのだが、さすがに本人の記憶にはまったくない。ただ山城少掾が家庭的に不幸な目に遭われた直後だったので、子供に愛着を持たれたのだろうと聞かされている。

中学生の頃にお会いして、今でもはっきりと憶えているのは三味線弾きの名人二代野《の》澤《ざわ》喜《き》左《ざ》衛《え》門《もん》＊7師のやさしいお顔だ。いつも満面の笑みで、大阪人らしく私のことを「嬢《とう》ちゃん」と呼ばれた。お会いするたびに小袋に詰めたお菓子や大阪の郷土史的な本など、必ず何か頂戴物をしていた記憶がある。父は時にはこの方の指導を直に仰ぐこともあったようだが、ふだんは隣家にお住まいだったご高齢の芸子さんを師匠にしていた。その方は日ごろ後進の指導に当たり、「都《みやこ》をどり」の舞台などではまだ現役で地方《じかた》（舞踊の伴奏）をなさっていた。

隣家から絶えず洩《も》れくる義太夫節の渋い声と、迫力のある太棹《ふとざお》＊8三味線の響きはおのずと子供の耳に飛び込んできた。中学生の頃にはすっかり耳に馴染んでいて、言葉もよくわかるようになったので、なまじ舞台に気を取られているよりも、太夫の語りにじっと耳を澄ませていたほうがストーリーのわかる場合もあった。

「安藤センセ、文楽は観るもんでのうて、やっぱり聴くもんどすなあ」

生意気でずうずうしい少女は初対面の安藤鶴夫氏にそう話しかけ、氏はトレードマークのいがぐり頭を撫《な》でながらおかしそうに笑っておられたものだ。

しかし残念なことに、この私が師と仰ごうとした最初の人物はそれからほどなくして世を去られた。享年六十という、今日なら実に惜しまれる若死にの部類であろう。

安藤氏のほかにも、歌舞伎関係の本でよく見かけるお名前に、わが家とご縁のある方がいらっしゃった。それは早稲田大学の河竹登志夫《かわたけとしお》先生である。小児結核を患った私には小林先生という主治医があり、河竹先生は最初その方の親友として紹介された人物だった。おふたりは顔や雰囲気がよく似てらっしゃったので、私はおのずと親しみを覚えたのだが、それとは関わりなく、偶然目に触れた著書によっても私が河竹先生とのご縁を感じたのは確かである。

京都は河原町《かわらまち》や京極《きょうごく》といった繁華街に意外なほど古書店が沢山あって、中学生の頃からよく歌舞伎関係の本を物色に訪れていた。大学堂書店の棚で最初にその本を見つけたのは中三の時で、最初は値段にひるんで躊躇《ちゅうちょ》したものの、貯金を崩して手に入れたのは、口絵の写真がいずれも珍しく、『比較演劇学』[*9]というタイトルが興味深かったせいだろう。口絵を見れば、それは西洋演劇と日本演劇の比較であることも容易に想像がついた。

祇園町に育ってミッションスクールに通っていた私にとって、西洋と日本の比較はすでに無意識のうちに切実なテーマとなっていたにちがいない。とはいえ中三の少女にとって、その本はさすがに読むのが難しかった。今も手もとにある本のページを繰れば、ところどころに傍線や意味不明の書き込みがしてあって、なんとか必死に読了しようとしていた様子がわれながら微笑《ほほえ》ましく窺《うかが》える。

かくして高校に入学したばかりの頃から、演劇を通した西洋と日本の比較を追究したい気持ちで、私は早稲田の文学部を目指したのである。文学部なら地元の京大を目指せばいいものを、なぜわざわざ早稲田なんかに行きたがるのか、高校の先生たちは大いに訝《いぶか》ったが、私の気持ちは変わらなかった。東京に行けば、歌舞伎座にしょっちゅう通って歌右衛門の舞台が観られることも大きな魅力だったのはいうまでもない。ただ早稲田大学が視界に飛び込んできたのは、河竹先生とのご縁によるところが大きかったように思う。

ところでこの時点ではまだ武智鉄二師の存在は私の中で頗《すこぶ》る希薄なものだった。師が戦前に出版した伝説の劇評集『かりの翅《つばさ》』*10の復刻版がすでに刊行されていたにもかかわらず、私は京都の書店でうっかりそれを見逃していたらしい。武智師の存在を初めて知ったのは、なんとTVドラマの中なのである。

当時関西のテレビ界では、後に『細うで繁盛記』で全国的にブレイクする花登筺《はなとこばこ》*11のシナリオが早くも全盛期を迎え、その一本にたしか読売テレビで放送されていた『ややととさん』という八千草薫《やちぐさかおる》主演のドラマがあった。内容はうろ憶えだが、八千草薫はおっとりしながらも実は芯の強い京女の嫁を演じており、武智師は頼りないのを絵に描いたような関西人の役で、母親がそれを見ながら、

「ああ、武智センセはやっぱり(演技が)巧いわあ。ほんまに何でもようしはるなあ」

と感心して呟《つぶや》いた言葉が私の耳にひっかかってしまった。

「この人、役者さんと違《ちゃ》うのん？」

と私は当然の疑問を口にした。

「役者さんと違うんやったら、ほんまは何したはる人なん？」

「ひと口ではいわれへん。何でもしはる人やねん」

改めて画面をじっくり見ながら、私はその人物が本当は何者であるのか訝った。

花登筐は一時期武智師の演出助手を務め、師の妹を妻にしていた過去もあるのを後年知って、出演の経緯がやっと呑み込めたのだが、それまでは私の中で積年の謎として記憶されたドラマである。

つまり武智師は劇評家としてでも演出家としてでもなく、ＴＶドラマに登場する「何でもしはる」変な人としてまず私の頭に刷り込まれたのだった。

九　政治の季節の終焉《しゅうえん》

大学受験をした昭和四十七（一九七二）年二月。私はほとんどの時間をテレビの前で過ごしていた気がする。それほど余裕があったと言いたいわけではない。二月三日から札幌では日本初の冬季オリンピックが開催され、スキージャンプ陣の大活躍や、銀盤の妖精ジャネット・リンの姿を見ずにはいられなかったのだ。

さらに慶應大学と早稲田大学両校の受験日の間に滞在した東京のホテルの一室でも、小さなテレビの前に釘付けだった。画面にはあの浅間山荘がずっと映り続けて、ほぼ一週間まるで額縁の絵のようにほとんど動きがなかったのを想い出す。

本命はもちろん早稲田で、慶應は東京に来たついでに受験したといった感じだったのに、両校めでたく合格したところで、父親は慶應にしか入学金を出さないと言いだして私を困らせた。それにはやはり連合赤軍の浅間山荘事件が大きく響いていたように思う。七〇年安保闘争の前後、新左翼の一部は武装闘争に走る過激派と化し、ハイジャックやテロ事件などさまざまな社会事件を引き起こす一方で、いわゆる内ゲバによる多数の死者を出すなどして、一般市民の理解を喪ってしまった。大学は新左翼活動家の拠点と見られ、中でも早稲田はそのイメージが強かったのだろう、父親には猛烈な反対に遭ったが、最後は母親が味方してなんとか無事に入学できた。彼女は戦後間もない頃からしばしば東京の親戚の元へ遊びに訪れており、「ボーイフレンドは両方いたけど、早稲田のほうがええ感じの人やった」と、私の肩を持ってくれたバカバカしい理由を述べたものである。

しかしながら、いざ念願の早稲田に入学してみれば、ミッション女子校育ちの人間には耐えられないような校舎の汚さに呆《あき》れ、学部によっては女子トイレすらない現状に愕《がく》然《ぜん》とさせられた。もっともそれらはとても些末《さまつ》な事柄に過ぎない。

何より失望したのは、あれだけ反対されてもやっぱり早稲田に入学して「良かった！」と心の底から思えるような授業が皆無だったという、マスプロ大学の哀しい現実である。当時の一、二年生にはマンモス教室での一般教養講義か、クラス単位の語学の授業があるだけで、おまけにその授業もしょっちゅう流れてしまうのだ。なぜなら授業中にヘルメットをかぶった学生が突然乱入し、ビラを配りながら大音量のマイクで「我々はー」とがなりだすからである。

かくして教室に集った面々は、せっかく来たのにすぐ帰るのもなんだから、おのずと近所の喫茶店に流れて行く。そういうことが度重なると、もはや教室に入る無駄は避け、キャンパスのスロープで仲間を見つけてそのまま喫茶店に直行する。長い時は八時間も喫茶店で粘っていて、よくぞまあそんなにしゃべることがあったと、我ながら呆れるしかない。折しも深夜ラジオからガロの「学生街の喫茶店」が流れ始めた時代だった。

思えば当時の学生は同性異性の相手を問わず、何かとよくおしゃべりをし、隙あらば議論らしきものをしたがった。どこまでわかっていうのかは甚だ疑問ながら、やたら難解な哲学用語や社会学用語を粋がって使うようなふしもあった。

入学して間なしに歌舞伎研究会なる部活を覗いた時は、先輩の男子学生が「歌舞研は単なるゲマインシャフトなのか、ゲゼルシャフトであるべきなのか」という議論を延々と続けていて、今ならえらそうにナーニ言ってんだかと嗤《わら》ってしまえるけれど、その場では唖然とさせられた。歌舞研のような古風で軟派のクラブでさえ、当時はそんな雰囲気だったのである。

早稲田ならではの魅力的な空間は演劇博物館[*2]だったが、ある時そこで浄瑠璃本を読んでいたら、外が何やら騒然とし始めた。二階の窓から覗くと玄関前の十字路にそれぞれ赤、白、黒、黄色のヘルメット集団がスクラムを組んで激突寸前という状態である。演博の館員はその瞬間何を思ったのか「危険なので閉館します。皆さんは出て下さい」とこちらを追い出しにかかった。私ほか数人が扉の外へ出た途端、ヘルメット集団は堰《せき》を切ったように突進して鉄パイプで互いに殴り合いを始め、そこら中で血が流れだすわ、校舎の窓からは火炎瓶が降ってくるわという惨状の中で私たちはうろたえて逃げ回るはめになった。

当時こうしたことは日常茶飯事で、ある時はウォーと突進してくるヘルメット集団を避け、立て看をかいくぐりながらそばの校舎に飛び込んだら、そこから別の色のヘルメット族が飛びだしてまた逃げなくてはならないという、ドタバタ喜劇のようなことが実際に起きた。うっかり知らない校舎に入ったら、そこには汚い煎餅蒲団《せんべいぶとん》と角材と投石用の瓦礫《がれき》が山積みされていたりして、ただキャンパスを歩くのもまさに肝試しの感があったのである。

もちろん私はノンポリ学生で通したが、デモには一度だけ参加している。それは川口君という文学部の二年生が構内で革マル派（日本革命的共産主義者同盟革命的マルクス主義派）のリンチによって虐殺された際に、一般のノンポリ学生が革マルの追放を呼びかけて立ちあがった学内デモである。川口君の死にざまは立て看やチラシに無惨な図入りで訴えられて、それはいくらノンポリでも学内にいて見過ごすわけにはいかない事件だった。近年、私は村上春樹の『海辺のカフカ』[*3]を読んで、ある部分の描写が明らかに川口君事件をモデルにしていると直観したくらい、心に深く刻まれた事件なのである。

男子学生と肩を並べてスクラムを組むと、小柄な私は足が宙に浮いてしまう。その状態でキャンパスのスロープをかなりのスピードで行進されると、まるで絶叫マシーンに振りまわされるような感じになった。背後からの将棋倒しで大勢の男子学生の下敷きになった時は、胸が強く圧迫されて呼吸ができず一瞬目の前が真っ暗になり、それはこのまま死んでしまうかもしれないと恐怖した数少ない体験の一つである。

当時の早稲田は大学当局と革マル派との癒着が取りざたされており、大学祭の運営が革マル派の資金源となっているのを当局は黙認しているかたちだった。その理由は、共産党系の民青（日本民主青年同盟）に学内が牛耳られることを恐れるあまり、革マル派と手を結んだほうが得策とするのだろうと、ノンポリ学生は冷ややかに推測していた。

事の当否はともかく、当局が機動隊の学内導入によって早期解決を図った結果、一般学生による革マル派の追放はついに成らず、三十人ばかりの私のクラスでは、この紛争によるる犠牲者が何人も出てしまった。一般学生の代表を務めたり、民青との関係があるとみられた学生は革マル派に狙われる恐れがあるため、自主退学を余儀なくされたのだ。今では考えられないような話だが、実際に川口君が構内で殺された直後だっただけに、学内に留まれば彼らも命が危険にさらされると感じたのだろうし、当時の私たちにもそう思えたのである。

ポスト団塊の私たちは世の中でシラケ世代と呼ばれたが、個人的にはこの事件によって早稲田大学というものに心底しらけてしまった。それは敵の敵は味方といった功利的な手の結び方をするオトナ社会全体に対するしらけ方であったのかもしれない。

当時は早稲田に限らず慶應でも学園紛争が起きていたのを知っているのは、慶應に通う女子寮の親友もまた私と同様に閑《ひま》を持てあましていたからである。早稲田へ歩いて通える目白台にあったその女子寮は、カトリック修道院が経営し、寮生の多くはミッション系の大学に通っていたため、ミッション以外の大学に通う学生が自ずと親しくなるような雰囲気だった。紛争で大学からロックアウトされた学生は、寮で日がな一日仲間とだべって過ごすことにもなる。

シスターが見巡《みまわ》りに来ると香水を撒《ま》き散らして酒やタバコの臭いをごまかすというよ

うなチョイワルのグループに私は属し、昼夜逆転したような生活を送り始めた。一晩中ただ仲間と話をしているだけで長時間が過ぎたのだった。

その頃の私は大変なおしゃべりだったが、友人の話もよく聞いたほうである。友人の話を聞くのは自分が話す以上に面白かった。それは自分とまったく別の人生につかのま潜入し、突出して印象深いシーンだけを垣間見る《かいまみ》といった、私にとっては本を読むのと似たような感じだったのかもしれない。

当時は男子寮との合コンはもとより、まだ合ハイやダンパ（合同ハイキングとダンスパーティ）もあって、夜は恋愛話で大いに盛り上がったし、駆け落ちの相談にも乗った覚えがある。誰もが世間をまだほとんど知らずにイッパシの人生観を語り、他人の性格や心理を遠慮なくあげつらい、時には社会の問題をマジメに話し合っていた。

思うに、私の周りに限らず、当時は多くの学生が大学の四年間を友人づくりや恋愛を含めた身近な人間関係の充実に努めていたのではないだろうか。フォークの社会派的なイメージをガラッと変えた吉田拓郎の「旅の宿」を口ずさみ、荒井由実の名で登場したユーミンの都会派的な歌詞に刺激される一方で、かぐや姫の「神田川」を地で行く友人が身近にいた時代でもあった。

ところで目白台の寮も存外ポリティカルな面があったのだと今になって想い出すのは、田中角栄邸のご近所だったことである。私が早稲田に入学した七二年は浅間山荘事件で幕を開け、角栄が「日本列島改造論」を発表して内閣総理大臣となり、すぐさま日中国交の正常化を図った年でもあったのだ。

私邸の周辺は街宣車やヘリコプターの騒音に悩まされることがしばしばあった。わが女子寮では彼が急死したという噂が何度もまことしやかに流されて、そのつど真に受けた寮生が郷里へ電話で嬉しそうに「どうも死んだらしいよ」と伝えていたのを想い出す。近所に住んでいても、決して敬愛される感じではなかったように記憶するのは、彼がいわゆる金権政治をマスコミに叩かれだして急速に評判を落としていったからだろう。ロッキード事件で完全に失脚するのはちょうど大学を卒業した年だから、妙なご縁を感じるが、それよりも田中角栄は武智鉄二の存在を私に初めて強く意識させた人物であったことを忘れてはならない。

昭和四十九(一九七四)年の第十回参議院議員選挙で田中角栄は全国区に多数のタレント候補を押し立てたが、その中のひとりに武智鉄二がいた。それまで一貫して反権力的な言動で知られた人物だけに、なぜ自民党から出馬したのか、多大な疑問と批判が投げかけられたのだった。

私は早稲田通りで穴八幡《あなはちまん》神社の向かい側を走る武智師の選挙カーと擦《す》れ違った覚えがあるが、その時あきらかに軽蔑の眼差《まなざ》しを向けていた。それなりの知識人が政治家になろうとすることさえどうかと思うのに、ましてや自民党から立候補するなんて……という感覚が、当時は私に限らず多くのノンポリ学生にあった。いや、都市部の良識的な人間なら誰でもそう思っていたからこそ、自民党はその選挙で惨敗したのである。泡沫候補並の獲得票に沈んだ武智鉄二は選挙後も運動費用の使途不明を追及されるなどして、本当は自民党からただ金を巻きあげる目的だったのだとまで噂された。私は後年ある近しい方から、田中角栄に文化庁長官の椅子を約束されたからだという話も聞かされているが、いずれにせよ、この立候補は武智鉄二の名声をも地の底に沈めたような印象があった。ただし、この立候補がなければ、私は武智鉄二の演出した舞台に接する機会がもっと遅れたであろう。

この年の五月には武智歌舞伎特別公演と銘打った『小栗判官車街道《おぐりはんがんくるまかいどう》』*4の通し上演が渋谷の東横ホールであった。選挙運動の一環とも揶揄されながら、珍しい古典作品の復活上演だったし、また、あとで詳しく述べる「武智歌舞伎」の伝説に惹《ひ》かれたこともあって、私はその公演に駆けつけた。何しろストーリーさえほとんど知らない演目だっただけに新鮮で面白く見て、七時間に及ぶ長い上演時間にも案外耐えられたのだけれど、演出的にはふつうの歌舞伎と一体どこがどう違うのか、その時は正直わからなかったというところだ。

武智演出であきらかに妙な舞台を見せられた覚えがあるのは二年後の七六年だが、それを書く前にまず、私が大学時代に遭遇した当時の演劇事情に少しは触れておく必要があるだろう。

十　演劇の季節

私たちは文学部の三年からようやく演劇専攻に進めたものの、実践的な授業が全くないのはいささか意外だったし、講義も歌舞伎や人形浄瑠璃や民俗芸能に片寄りすぎて失望した学生も多かったのではないか。

三年生になって間なしの授業で、各人が卒論にする研究テーマを発表させられた時、あるクラスメートから「松井さんが、こんな時代に、歌舞伎なんかを見てられること自体、私にはとても信じられなくて……」というような発言があったのは今でも忘れられない。彼女が研究対象にしたいといったのは確かポール・ニューマンだったと記憶する。ちなみに昭和五十（一九七五）年に提出された第一文学部演劇専攻の卒業論文二十六本のうち、映画やテレビに関するものは十本とダントツに多く、歌舞伎や人形浄瑠璃に関するものは私のを含めて四本だったが、教員は映画専門が一名、西洋演劇専門が一名、歌舞伎と人形浄瑠璃の専門が四名で、いうなれば需給のバランスがミスマッチな学科であったことは間違いない。

　もっとも実践を志す人は学内にいくつもある劇団に一年から所属し、先輩が出演する公演のチケットを売らされたりしていた。私はまずクラスメートから買ったチケットで、当時流行りの前衛劇やいわゆるアングラを見始めたのだった。

　最初に見たのはたしか「劇団木霊《こだま》*1」が上演する別役実《べつやくみのる》*2の『黄色いパラソルと黒いコーモリ傘』で、同じ頃に「劇研*3」では清水邦夫*4の『狂人なおもて往生をとぐ』を見た。早稲田は坪内逍遙《つぼうちしょうよう》以来の伝統で、昔から多数の演劇人を輩出しているが、私の学生時代に活躍が目立った劇作家は別役、清水の両氏である。また劇作家や演出家の枠を超越した異色の演劇人として、「天井桟敷《てんじょうさじき》*5」を主宰したマルチの天才寺山修司の存在も忘れてはいけない。

　別役と共に演出家の鈴木忠志《ただし》*6が創立した学生劇団「自由舞台」はすでに早稲小こと「早稲田小劇場」と改称し、早大本部南門通りに面した喫茶店の二階を拠点に公演活動を続けていた。

　小五で「演劇」に目覚めて中学で演劇部に入った私は、実をいうと劇団活動にも興味があったのだが、商業演劇や新劇を見馴れた目に当時学内で流行りの前衛劇やアングラはあまりにも衝撃的だった。すでにベケット*7やイヨネスコ*8の登場によって二十世紀後半の「演劇」はアンチテアトルの方向へ向かい、それまで私が親しんでいた当たり前にドラマチックなストーリーがあるようなリアリズム演劇は、もはや世界的に見て古くさくなっていることはむろん承知の上とはいっても……である。

寮の親友といっしょに渋谷のジァンジァン[9]でイヨネスコの『授業』[10]を見た帰りには本屋に立ち寄って、マーティン・エスリンの『不条理の演劇』[11]を勇んで買い求めた。お互いなんとかその本を読了し、イマイチわけがわからぬまま、わかったようなごたくを並べて徹夜で議論したのは、いかにも当時の学生らしい、今となっては恥ずかしい想い出だ。議論ぐらいはしても、まさに「こんな時代」にあって、劇団活動に身を投じるまでの勇気は私になかったというのが正直なところだろう。

梯子《はしご》のように狭くて急な階段を昇り、百人も入れるかどうかの狭い、天井の低い空間に身を置いて、すし詰め状態の息苦しさに耐えながら、私は早稲田小の舞台を初めて見た。その時の演目名は忘れたが、横にずらっと並んで座った役者たちが、手に丸ごと一個ずつ持った生のキャベツを李香蘭《りこうらん》のヒット曲「夜来香《イエライシャン》」に合わせて囓《かじ》りだし、ぐちゃぐちゃに嚙《か》んだ葉を客席に向かってぺっぺっと吐きちらかすのに仰天したのはよく憶えている。

同じ頃、唐十郎《からじゅうろう》が主宰する「状況劇場」[12]に二時間も前から並んで紅《あか》テントの中へ入ったら、どんどんと前に詰められて、ついに最前列で身動きができなくなった。手足を伸ばすのはもちろん躰《からだ》をねじることさえできないような状態で三時間あまり、初めて見た演目はその名も『夜叉綺想《やしやきそう》』。舞台には牛か豚か何かの臓物が血みどろのまま投げだされ、その強烈な臭いに閉口させられた。幕開きに登場した二枚目俳優の根津甚八《ねづじんぱち》が冒頭に発する「都こんぶ買いはしませんでしたかと女はいいました」というセリフはいまだにハッキリ憶えているほどシュールなレトリックに聞こえた。主演女優の李礼仙《りれいせん》（現李麗仙）が舞台からいきなり私の膝に落っこちてきて、これまた仰天しながら横の友人と必死になって元の舞台へ押し上げたことも今に懐かしい想い出である。

それにしても状況にしろ、早稲小にしろ天井桟敷にしろ、アングラは演劇愛好家のみならず社会一般の多大なる関心を集め、当時の文化シーン総体を語る上で不可欠の対象だった。その意味で七〇年代はまさしく「演劇の季節」だったといえる。

当時アングラ女優として一世を風靡《ふうび》したのが状況劇場の李礼仙と、早稲小の白石加代子だろう。白石さんとはその後お目にかかって実際は大変におっとりとした優しいお人柄の女性とお見受けしたが、舞台で見る分には極めて恐ろしい異形の存在だった。『劇的なるものをめぐってⅡ』の上演で、女の狂気を演じさせたら日本でこの人の右に出る者はないという評価が決定づけられていた。

その白石加代子が歌舞伎役者との共演で『東海道四谷怪談』のお岩をやるというのは、これまた演劇ファンならずとも大いに注目するイベントだったはずだ。昭和五十一（一九七六）年に武智鉄二が実現したそれは、ひょっとしたら彼が演出家として世間を騒がせた最後の舞台だったといえるのかもしれない。

場所は神田の岩波ホール。ここはすでに演劇シリーズと銘打たれた第一回公演で、鈴木忠志演出のギリシャ劇『トロイアの女』[*13]を成功させていた。同ホールの高野悦子支配人が次に歌舞伎を上演したいと思い立ち、そこから中村扇雀（現坂田藤十郎）の起用と、扇雀を鍛えて世に出した武智鉄二の演出が決まり、演目に鶴屋南北《つるやなんぼく》の『東海道四谷怪談』が選ばれたのは武智師のアイデアだったと高野氏が自ら書いておられる。師が当時なぜこの作品を選んだかについてはまた節を改めて書くことにもなろう。

近年、私は羽田澄子《はねだすみこ》[*14]監督によるこの舞台の記録映画を見て、自身の記憶が相当に頼りないことを痛感した。故に観劇時の印象を安易に記すのも躊躇されるが、正直に書けば、さまざまな違和感が邪魔をして、思ったほど集中ができない舞台だったのだ。まず『トロイアの女』ではさほど気にならなかった岩波ホールの欠点が目についた。狭いのはいいとしても、座席と舞台の位置関係や客席の照明のせいか、妙にしらっとして芝居小屋の空気に欠け、花道がないのは致命的に感じられた。その欠点を補えないまま舞台は幕開きで求心力を喪い、私にはそれが最後まで響いたのではないか。こんな風に書くのは、記録映画が再現した凄まじい迫力を、なぜか実際の舞台を見て感じた記憶がさっぱりないからである。伊右衛門《いえもん》役の中村扇雀とお岩役の白石加代子両優の演技もさっぱり嚙み合わないまま、違和感だけを残したように記憶する。

ただこの舞台で私が何よりも驚き、ある意味で感動したのは、白石加代子が霞《かす》んで見えるほどの扇雀の異形ぶりだった。彼が舞台の袖から白塗りの顔でぬっと現れた瞬間、それまでの芝居がすべて吹っ飛んでしまうような強烈なインパクトがあったのを想い出す。

縁戚ということもあって、私は幼い頃から数々の商業演劇に出演する彼の姿を嫌になるほど見せられていたが、伊右衛門の役は甚だ意外で、見る前はさほど期待が持てなかった。にもかかわらず、この公演での彼の存在感は極めて刺激的であり、私は中村扇雀という役者を改めて見直さずにはいられなかったのだ。それは歌舞伎役者の存在そのものを見直すことでもあった。

同じ『東海道四谷怪談』ならこの二年前に歌舞伎座で上演された歌右衛門主演の舞台のほうがはるかに現代人の心を揺さぶるものがあったとは思いつつも、やはり「こんな時代」に歌舞伎なんかを見ていることに、私は内心忸怩《じくじ》たるものがあったのかもしれない。

「反体制」が時代の合い言葉だった当時の知識人は、もはや血族による世襲が定着しかかった歌舞伎に対して冷ややかな目を向けていた。浅薄に見られがちのマスコミ人ですら、今日のごとく世襲を無条件に肯定するような雰囲気は微塵《みじん》もなかった時代である。極端に書けば、歌舞伎役者は封建的な階級社会に対する問題意識が持てないほど無知な存在であるがゆえに、俳優としてのレベルが一段低いといった認識があったように思う。ところが、時代の最先端を行く小劇場で圧倒的な存在感を誇っていた白石加代子がとても小さく見えたほどに、この舞台では中村扇雀の異形ぶりが際立っていた。それはいみじくも一朝一夕では成らない伝統が培った役者の身体的なパワーとエネルギーの大きさを如実に物語っているように感じられて、私が歌舞伎を見続けることの強い後押しにもなったのである。

十一　学界とのご縁

日本の大学と大卒者に値打ちがないのは、何も今に始まった話ではない。と、七〇年代にマンモス大学の文科系に所属した私は断言する。むしろ今日のほうが実用的《プラグマティック》な学科が増えた分、まだ役に立っている面が多いのではなかろうか。知名度の高い大学に入学さえすれば、万々歳で就職できるという時代ではなくなったこともまた、却って健全化をもたらしているのではないか、と思うくらいである。

早稲田の文学部に籍を置いた私は多くの時間をただ人付き合いと娯楽に費やすばかり

で、卒論を書くに当たってやっと学生の本分に立ち帰ったようなところがあった。

しかしながら、そもそも早稲田の演劇科を志望したきっかけは河竹登志夫先生の『比較演劇学』だったにもかかわらず、ちょうど卒論の指導教授を決める段階で、先生はなんと日本の地を離れ、しばらくウイーン大学の客員教授として赴任されることになった。私はとんでもなく裏切られた気分で、まずは急遽《きゅうきょ》ほかの指導教授を探さなくてはならなかった。

当時まだ三十代の若さだった内山美樹子専任講師の指導を仰ぐ気持ちになったのは、ひとえにその講義が魅力的だったからだろう。私が早稲田で、これだけはお値打ち品だと思えた名講義の数々を、ここに再現はできないけれど、実際の芝居を見るよりも戯曲の講義を聴いて感動させられた覚えが少なからずあったのだ。

「あの人は本物の学者ですよ」とは河竹先生の内山評だが、その発言は私生活や社会生活を顧みず、純粋に学問に打ち込んで人生のすべてを捧《ささ》げた人、というニュアンスで受け取れた。

私は子供の頃に世界的な数学者の岡潔《おかきよし》をモデルにしたTVドラマ『雨のひまわり』[*1]を見て、優れた学者は世間一般から見れば奇人変人の部類かもしれないと刷り込まれたのだけれど、内山先生はその刷り込みをあまり裏切らない方でもあった。

内山先生の研究対象が歌舞伎でなく人形浄瑠璃であったことも、それなりに肯《うなず》けた。

同じ近世の芸能とはいえ、発生の時点[*2]で歌舞伎が「かぶき者」に由来する放縦《ほうしょう》な精神の産物だとすれば、神仏の縁起を説く人形浄瑠璃は勢い求道的な傾斜を余儀なくされたであろう。色恋も芸の肥やしと見られがちな歌舞伎に対し、文楽に極めて真摯でストイックな芸談[*3]が多いのは事実である。

卒論で人形浄瑠璃の戯曲を対象としたのは、現存する浄瑠璃本の九十パーセント以上、約二千四百冊を所蔵する演劇博物館が学内に控えていたからで、時間の許す限りそれらに目を通そうとした。当時はデータベース化はもとよりフィルム化もされておらず、虫《むし》喰《く》い穴のあいた和綴本《わとじぼん》を自らの手に取って読み耽《ふけ》ることが可能だった。

古文書の読み解きは、エドガー・アラン・ポーの『黄金虫』に書かれた暗号解読とよく似ている。すなわち何カ所かにある同じ形の文字に前後との共通項を見つけて類推をすれば、自ずと読めるようになる。活字化されていない浄瑠璃本を読むのが、若い私にはお勉強というよりクロスワードパズルと似た娯楽の一種にも感じられた。

かくして卒論を書き上げた後、内山先生から校門前の高田牧舎《たかだぼくしゃ》という食堂に呼び出され、大学院への進学を勧められたことが昨日のように想い出される。

大学院へ進学する気になったのは、勧められたことよりもむしろ社会情勢と関連していた。雇均法（男女雇用機会均等法）の施行を十年ほど遡った当時は、四大卒の女子を採用する企業そのものが少なかったし、親がサラリーマンではなかったせいもあって、私の就職に対する考え方が甘かったという反省点はもちろんある。

だが、それにもまして七三年に始まったオイルショックの影響が大きかった。卒業する前年に就職課を訪れても、求人の張り紙すらほとんどない状態で、文学部のしかも演劇科卒ではまともに就職先を見つけること自体が困難だとみられた。

三十名ほどのクラスメートの中には就職口をしっかり確保した人もいたようだが、各界でフリーランサーの先駆けとなった人が少なくない。そのひとりは『ドラゴンクエスト』シリーズの生みの親である堀井雄二だ。彼とは親交がなかったが、名簿で隣り合って名前だけはよく憶えていたから、私は『ドラクエ』以前に彼が手がけたファミコンゲームも楽しんでいた。ウインドウズ95が登場する以前から私がパソコンに興味を持ち、後にCD=ROM版『デジタル歌舞伎エンサイクロペディア』[*4]の制作に携わったのも、堀井氏の存在が遠因だったように思えるくらいだ。

ともあれ内山先生は当時まだ学部のみで教鞭《きょうべん》を執られていたから、大学院の試験を合格した直後には、今度こそ河竹先生の指導を仰げるものと信じてお電話を差しあげたところ、

「あなたは卒論で内山先生についたから、指導教授は僕でなくて、やっぱり郡司《ぐんじ》先生か鳥越《とりごえ》先生にお願いするのがすじでしょうねえ」

というような素気《すげ》ないお返事に、私は何がなんだかさっぱりわけがわからず、ぽかん

としてしまったのを想い出す。

人は三人寄れば派閥ができるというが、社会人になれば誰しも職場で多かれ少なかれそうした人間関係に巻き込まれるのであろう。当時の大学では、大学院生になると完全なお客様扱いの学部生とは打って変わって、インターンシップのような形で構成員の末端にカウントされるケースがままあった。要するに私にとっての社会の入り口は、数々のバイト先ではなく、学界という摩訶不思議な職場だったのである。

バイトといえば、大学院生になると教授から紹介される時給のバイトもいくつかあった。それはたとえば東大の研究室に眠っている古文書の書誌調査や整理をすることだったりする。一冊一冊手に取ってその丁数を数えたり、題箋を書き写すなどして数多くの古文書に触れることは、むろん先々の研究に役立つし、そこの研究者とも顔なじみになれるというおまけがついていた。

院生同士は同じ学内でもゼミが違えばほとんど顔を合わさない一方で、対象が似通った他大学の研究者とはその手の学会や研究会でお目にかかる機会が多い。

ある研究会で初対面の方に、

「ああ、あなたが内山さん秘蔵のお弟子さんですね」

と声をかけられた時も私はまたぽかんとして、「弟子」は一種の比喩的なジョークなんだろうと、その場では解釈していた。古典芸能の世界でよく聞かれる「師匠」や「弟子」という言葉は、当時、一般的には今日以上に死語だったように思う。

ところが学界ではまだそれらの言葉がしっかり生きており、私は自分がいつの間にか周囲から内山先生の「弟子」と認知されている事実に驚いた。

内山先生の師匠は郡司正勝《まさかつ》*5先生で、郡司先生の師匠は河竹登志夫先生のご実父である河竹繁俊《しげとし》*6先生。繁俊先生のもうひとりの弟子が鳥越文蔵《ぶんぞう》先生という、まるで横溝正史《よこみぞせいし》のミステリーばりに人間関係が入り組んで狭小なこのムラ社会にあって、まだ若き女性研究者だった内山先生は非常な努力と忍耐と気づかいをなさっていたことが傍目《はため》にもありありと窺えた。こちらもそれに巻き込まれることを拒否するわけにはいかないような雰囲気だった。

昼間はゼミで学び、夜間はさまざまな研究会に顔を出して、古文書の翻刻（写本や木版本を活字化して刊行すること）や資料整理といったもろもろの仕事を手伝う中で、院生にとって肝腎なのは、修論はもとより、少しでも多くの論文を仕上げることのようだった。なぜならそれは就職に直結したからだ。

当時、近世文学の泰斗《たいと》であった中村幸彦《ゆきひこ》*7先生が、ある年の学会で、発表者全員に対して厳しい苦言を呈せられたのが今も記憶に新しい。

曰《いわ》く、他人が質問もできないような限られた領域で些末な研究をすることは、文学というものにとって如何《いか》なる意味があるのか、と。

まさしく根本的な疑義を口にされたほど、すでに四十年近くも前から、先達の目には、学界にトリビアリズムが進行している深刻な事態と見えたのだろう。

たとえトリビアな研究でも論文の数を稼いでおくことが優先された背景には、研究者として立つにはまず職場の確保が重要という認識があったのではないか。その職場は学校か研究所や図書館が望ましく、論文の数は採用に当たっての評価基準のひとつと見られていたようだ。

そもそもは研究を続けるための就職が、就職するための研究という本末転倒もすでに起きていたのであろう。それを本末転倒とする意識すらもはや希薄になりつつあったのかもしれない。

にもかかわらず、私には最初《はな》から学校を職場とする気持ちが全然なかった、というところに大きな問題があった。

当時はまだ今日ほど就職待ちの大学院進学が当たり前ではなかったにせよ、その手の走りはいくらもあって、私は本来そうした学生だったくせに、つい周りに煽《あお》られて学問の世界に思わぬ深入りをしたようだった。それならそこを職場にしてしまう道もあったのだろうけれど、それには強い抵抗を感じた。

自分でいうのもなんだが、子供の頃から先生にはひいきをされやすい優等生だったし、学校で嫌な目に遭った覚えはあまりないのに、自分が学校の先生になることだけは何としても避けたくて、教職課程も取らなかった口である。多数の人間をひとまとめに扱うことが前提とされる学校という場は、たぶん私という人間にとって根っから相容《あいい》れない面があったのだろう。ただ入っても何年かで必ず卒業できるのだから、その場は適当に合わせておけばよいという意識が常に根底に潜んでいた私には、そこで集団の虚構を司るような真似はできなかったし、ずっとそこに居続ける先生たちをどこかで気の毒なふうに見ていた。自分と同じようなタイプの子に、そうした目で見られる立場にはなりたくなかったのだ。

さらにいうと、私はものを教わって人から吸収するのは大好きなのに、人に教えると吸収されて自分が損をした気になってしまう、大変ケチな性分だった。レッスン・プロという言葉がいみじくも示すように、教える側に立つのは社会の一線から退いた人というイメージもなぜか不思議と強いのだった。

理系の研究者ならともかく、文系だと学校ぐらいしか就職口が見つかりそうもないのを知って、私は学界のトバ口に立ったところで速やかに踵《きびす》を返そうとした。

それは当然のごとくと今にして思えるが、その時点では意外にも、先生方の大顰蹙《ひんしゅく》を買ったのである。

十二　初めての出会い

当時の私に理想的な職場と見えたのは、何を隠そう出版社である。実際雇均法の施行以前、男女平等で働ける職場は出版社くらいしかないというのが、実際にどうだったかは別として、当時の四大卒女子多くの見方だった。

ことに文学部の女子大生にとって編集者は憧れの職業だったといえば、今や周りの担当編集者が鼻でせせら笑うかもしれない。その実務がどんなものかも当時はまるで知らずに、編集者は多くの人に会ってさまざまな知識や見識を吸収し、新たな才能の開花に手を貸すことができる職業、という甘美なイメージだけがあった。

まずは演劇関係の出版社に推薦をしてもらえないかと思ってそれを正直に話したところ、「とんでもない！」と先生方を怒らせてしまった。当時は大学の先生たちのプライドが今よりはずっと高くて、やや権威主義的な反応にもなったのだろうけれど、自分がそれにカチンと来たのはいかにも「一生反抗期」の人間らしいと思う。学問を続けることのほうにそれほど価値があるというのなら、一体その学問は何のためにするものなのか、と生意気な私は先生方に噛みついた。というより純粋にそれを知りたい気持ちもあったのだが、今はまず目の前にある論文や翻刻や資料整理をこなすのが先決で、余計なことを考える必要はない、との回答には心底がっかりさせられた。

ちなみに私が当時関わったひとつに「役者評判記」[*1]の翻刻事業があるが、それは各大学の近世演劇研究者三、四十名が、江戸時代に毎年刊行されていた劇評の三十五年間分を共同で翻刻したもので、発足からなんと二十年がかりでようやく完了した。もしその調子ですべての翻刻をすれば、完成したあかつきにはそれがまた読めない時代に変わっているという、笑えない冗談のネタにもなりそうだ。

後年、いかなる学問もふた通りの方向性しか持たない、と教えてくれた人がいる。ひとつはそれが人類の役に立つ何かにつながること。もうひとつは人類とは何ものかという問いの答えに結びつくこと。

私が大学院でしていたことは、果たしてそのどちらの方向性を有していたのだろうか。もっとも、そんなことをいいながら、現在、小説を書く私は、各分野の専門書にいろいろとヒントを得たり、時代背景や情景やさまざまな描写で参考にしたりしているわけで、各界の研究者にこれほどお世話になる身として、それを否定するつもりは毛頭ないのである。ただ自分には向かなかっただけなのだ、ということを今やはっきりと自覚もしている。

とにかく社会に出てちがった世界へ進むにしても、せっかく入った大学院なのだからせめて修士課程は修了すべく、私は先生方とひとまず休戦をして、修論の作成に勤《いそ》しんだ。テーマは歌舞伎と浄瑠璃の影響関係だったが、図書館のデータ化なぞ想像もつかなかった時代だけに、せっかく新幹線で揺られて行った先でも、お目当ての文献が見つからないことはしばしばあった。古文書のポジ・フィルム化も自費で負担するので、資料集め自体が結構ハードだったのを想い出す。

こんなふうに書いてくると、実にまじめな学生だったと受け取れるであろう。これまた自分でいうのもなんだが、しゃべり方と顔つきがもっともらしいので、私は昔から今に至るまで周囲からまじめに見られて必要以上の信頼を得やすい。けれど根は社会性を疎んじた自閉的な人間だけに、往々にして他人様のご期待を裏切ってしまうはめになるのだった。

大学院で、今や笑い話にできる最大の裏切りは、修論を書いても修了できなかったことだろうか。

語学の授業は大学院でもあって、一年先輩の男性といっしょに受けていた私は、授業の初日で彼といわば「代返協定」を結んだ。つまり自分が出席した日は、欠席した相手の出席票も提出する約束だったが、私は彼を、彼は私をすっかりあてにして、なんとふたりとも初日以来一度も出席をせず、久々に顔を出すと、すでに期末試験も済んでいて教室は空っぽ状態。共に敢えなく落第となった口である。

代返をあてにして授業にまったく出ないことなぞ、今の学生には考えられないかも知れないが、大学紛争でまともに授業を受けないまま学部を卒業できた人間には、その落第がえらく理不尽に思えたくらいである。

とはいえ、それはいまだ確たる進路を見いだせずにいた私にとっての救いでもあった。わざと単位を落としたのだろうと、周囲からあらぬ誤解を受けたほどだが、単に他人様が思うほどまじめではなく、ずぼらでいい加減な人間だっただけの話だ。

折しも「モラトリアム人間[*2]」という言葉が流行りだしたのと同時期に、私はまさしくその権化となって、大学院の三年目を迎えようとしていた。

そんなある日のこと……。

「武智鉄二先生にお会いしてみる気はありませんか？」

と内山先生からいわれた時は、一瞬とても意外な感じがしたのだが、考えてみれば、そんなに変な話ではなかった。

武智師は七五年度に文学部の大教室で一年間の講義を受け持たれていたし、その頃はすでに『かりの翅』の復刻版を読んでいて、その中の文楽評が内山先生に多大な影響を与えていることも知っていた。

それなのに、ふたりのご縁が奇異に感じられたのは、片や超まじめな研究者、片やちょっといかがわしい人物、という偏った図式の認識があったせいかもしれない。

初めてお目にかかったのは確か赤坂の溜池《ためいけ》にあった観照堂画廊だと思う。その時はまだ武智師と画壇との関わりをまったく知らなかったから、変わった場所でお会いするような気がしていた。

　内山先生は誰であれ相手を恐縮させてしまうくらい腰の低い方なので、その時もずっと頭を下げっぱなしでご挨拶をなさっていた。私はといえば、ぼーと突っ立ったまま相手をまっすぐに見て「ああ、この人、この人、この人に間違いない」と心の中で叫んでいた。そこには子供の頃にTVドラマで見た懐かしい顔があった。

　その時、武智師が何を仰言《おっしゃ》ったかは記憶にない。そこには十分ほどもいたかどうかだろう。何しろ三人とも立ったままで、内山先生が一方的に早口でまくし立て、武智師はそれに軽く相づちを打たれていただけではなかったか。ただ終始にこにこしてらっしゃった顔だけが目に残っている。むろん私が口をきくようなチャンスはなかった。

　帰り道に内山先生がこう仰言ったことだけは今でも忘れられない。

「腰の低い方なんで驚いたでしょう。文章を読むと、あんな方とはとても思えませんからねえ」

　腰の低さに関してはやはり内山先生のほうに軍配があがったが、武智師もたしかに初期の劇評から受ける高飛車で厳格な雰囲気はまるでなく、穏やかでおっとりした上品な物腰だった。そのくせ顔の色が浅黒くて目鼻立ちの濃いエネルギッシュな風貌だから、ちょっとアンバランスな印象を受けた。

それよりも自民党出馬で想像したような脂ぎったあくの強い人物でもなく、岩波ホールの『東海道四谷怪談』から想像されたエキセントリックな人物でもなく、意外なほど常識人ぽく見えたことで、初対面の私はほっとさせられていた。

子供の頃から誰に会っても不思議と気おくれしないたちなので、目上の相手には少し畏《かしこ》まって見せたほうがいいように思ってそうするのだけれど、武智師は勿体《もったい》ぶったところが微塵もなかったから、こちらがそんな萎縮のポーズを取る必要もなかった。だからぼーっと突っ立って、顔をじろじろ見ていられたのである。

ところで内山先生が武智師に私を紹介された当面の理由は、テープ起こしだった。すなわち七五年度の講義録を出版予定の全集『定本武智歌舞伎』全六巻の中に収録するため、録音テープを文字原稿にするアルバイトの学生が求められていたのだ。

私は実をいうとその講義を初回だけ聴講したのだが、武智師の顔もよく見えないほどのだだっ広い教室で、話の内容がさっぱり耳に入ってこないまま、以後はずっとパスしていた。

事ほど左様に武智師には当時まったく思い入れがなかったのだから、人生には何が起きるかわからないものだとつくづく思う。

内山先生が私を武智師に紹介された理由はほかにもあったことを、後年ご本人からこう聞かされた。

「武智先生は何せああいう方だから、あなたのような人はきっとコリゴリして私たちの元へ戻ってくるはずだと、ほかの先生方もみんな仰言ってたんですけどねえ……」

私はそれを聞いて思わず噴きだしそうになった。

内山先生と武智師との縁を私が奇異と感じたように、自分もまた武智師とは結びつくはずもない人間と見られていたというわけなのだろう。まじめな研究者の卵として留まる道もあったのだと思えば、赤坂の画廊での短い出会いは大きな意味を帯びてくる。まことに、まことに、人生は何が起きるかわからないものなのだ。

十三　ショート・プロフィール　その一　恵まれた出発点

本書はあくまで私が武智鉄二師を身近に知って受けた影響を記すのが目的とはいえ、武智師をよく知らない読者にはあまりにも不親切になりかねないから、ここらでひとつ簡単な紹介をしておこう。

といって今さらウィキペディア的な解説をしてみても始まらない。まずは武智師が亡くなったあとに、不肖私と同じく、一時期身近にいて多大な影響をこうむったとおっしやる、ふたりの方とお目にかかった話を書いておく。おふたり共いささか意外な有名人だった。

説明は不要だろうが、敢えてするなら、ひとりは「上を向いて歩こう」を作詞した永《えい》六輔《ろくすけ》氏。もうひとりは『塀の中の懲りない面々』で知られた作家の安部譲二《あべじょうじ》氏である。

永氏とは女優の中村まり子さんを通じてお会いした。初対面で「僕はあなたのずっと前に武智先生のカバン持ちをしてたんですよ」と仰言った。「将来、僕は武智鉄二になりたいと思ってたんですよ」とも打ち明けられたのだった。

話を聞けば、永氏は昭和三十三（一九五八）年に神宮外苑の国立競技場で再演された野外オペラ『アイーダ』[*1]で、武智師の演出助手を務められたのだという。

私はこれの写真入り記事をたまたま同年十月号の「婦人画報」誌の中で見つけたが、七万人もの大観衆を集めた、当時としては画期的なビッグイベントだったようである。出演者の中心は二期会だったものの、有名な凱旋《がいせん》行進曲のシーンでは、エキストラを駆りだした千人のコーラス隊と共に「馬、ラクダ、羊、そして象までが音楽に合わせてグランドをぐるっと一周し、やんやの喝采を博した」[*2]と記されている。

東京ドーム落成記念に来日公演した海外オペラを遡ること三十年前に、武智鉄二はこうした破天荒なイベントを日本で先駆けて企図実現した人物だった。そして演出助手を務めた永六輔氏は、「どっからでもいいからすぐにここへ象を連れて来いだとか、ムチヤクチャいう先生なんで、ホント参りましたよ」と、これはラジオで対談した際に笑いながら仰言ったことである。

安部譲二氏とは角川春樹事務所を通じてお目にかかり、これまた大変に興味深いお話を伺ったのだけれど、ここに詳しく書くわけにはいかない事情もある。武智師にはある仁侠《にんきよう》系の組織の頭領を継ぐ話が持ちあがったこともあったようで、安部氏いわく「僕はいわゆる舎弟として（とある大物から）差し向けられたんですよ」との話だ。安部氏にとっての武智師は「競馬の先生」だったそうで、確かにその分野の著作も多いし、スポーツ紙などに書かれた競馬予想は私もよく目にしていた。

事ほど左様に武智師の守備範囲は広すぎて、誰のどんなアプローチも群盲象を撫でるの域から脱しないのを承知の上で、過去の業績を私なりに整理してみたい。

ただし師は私の知る高齢者の中では例外的に、過去の話をあまりしたがらなかった人物であり、個人的にはもっぱら次に何をするつもりか、何をしたいかという話ばかり聞かされていた。

したがって私が師の仕事を整理して考えるにあたっては、後に詳しく触れることになる富岡多恵子氏との対談で洩れ聞いた話が一番のヒントになっている。

「僕がした最初の仕事はクラシックのライナーノーツ（レコードの解説文）を書くことだったのよ」

という話が中で最も印象深く、またいみじくも師の原点を表しているように思えたものだ。

昭和四十三（一九六八）年に出版された自伝『私の芸術・人生・女性』によれば、昭和の初期にストラビンスキーを始めバルトークやシェーンベルク、アルバン・ベルク、コダーイらのレコードを手当たり次第に蒐集《しゅうしゅう》して「戦前の現代音楽コレクションでは、私は日本一だったかも知れない」という。それは中高と一貫して甲南で学んだことに影響されたものらしい。同級生には後に安宅《あたか》産業の二代目社長となる安宅重雄《しげお》もいた。重雄の兄の英一は美術品の安宅コレクションや芸大の安宅賞に名を残す、偉大な芸術のパトロンであった。関西のいわゆるブルジョワ私立校で受けた西洋文化の色濃い自由主義的な教育が、実は武智師の根っこにあったことを忘れてはなるまい。

シェーンベルクの歌曲『月に憑《つ》かれたピエロ』*3を関西歌劇団の浜田洋子に歌わせて、狂言の野村万作《のむらまんさく》と能の観世寿夫《かんぜひさお》*4を共演させた、昭和三十（一九五五）年当時としては画期的にクロスオーバーな前衛舞台を創造した背景にも、こうした若年の教養が活かされたのであろう。

また現代音楽の代表的な作曲家であった黛敏郎《まゆずみとしろう》*5や武満徹《たけみつとおる》*6に日本舞踊の曲を委嘱して上演したこともあり、オペラの演出は最晩年に至るまで間断なく続けられて、最後の演出となったのは関西歌劇団四十周年記念公演『お蝶《ちょう》夫人』だった。

余談ながら、私はオペラ『修善寺物語《しゅぜんじものがたり》』*7の稽古場にカバン持ちとして付き添ったこともあるが、ピアノだけの伴奏で進行するなか、師は自ら立ちあがって歌手に細かく振付をし、それは曲全体が躰に入っていないとできない振付であるのが見て取れた。つまり基本的に音がわかること（現実にはわかる人が意外と少ないものだ）、音に対するこだわりが、武智師の評論や演出の大きなバックボーンとなっていたような気がする。それらはむろん西洋音楽のみならず、日本古来の芸能に対して、より鋭く発揮されたのではないか。

ところで歌舞伎に目覚めたのも実は甲南の英語教授、香西精《こうさいつとむ》*8の影響だったという。関西人の武智師に東京の劇壇で活躍する六代目尾上菊五郎の魅力を伝えたのは、ジェイムズ・ジョイスの存在を紹介してくれたのと同一人物だったらしい。その事実は戦前の高等教育が現在とはまるでちがい、いかに幅広い教養と人格の持ち主によって支えられていたかを窺わせるに十分なエピソードであろう。

香西教授は能楽の研究者でもあったため、武智師はそちらにも目を開かれて、中でも狂言の名人茂山《しげやま》（後に善竹《ぜんちく》）弥五郎《やごろう》*9に深く傾倒した。

ちょうど同じ頃、四《よ》ツ橋《ばし》に文楽座が再建されて関西の高校生の間で文楽熱が高まり、武智師は太夫《たゆう》が座る床のすぐそばに席を定めて、そこで太夫の音づかいのみならず、息づかいを肌で感得したのだという。太夫で傾倒したのは豊竹古靭太夫《とよたけこうつぼだゆう》（後の山城少《やましろのしょう》掾《じょう》）、人形遣いでは吉田栄三《えいざ》。*10共に近代の名人であり、彼らの芸がいかに優れていたかは、武智師の劇評集『かりの翅』に書かれたものが今では一番わかりやすいように思う。

　ちなみに『かりの翅』は武智師が一年間発行していた個人雑誌「劇評」を再録したものだが、この「劇評」誌を紙上に取り上げて武智師を最初に中央のジャーナリズムに押しだしたのは、その当時都新聞（東京新聞の前身）の記者だった安藤鶴夫。つまり私が最初に弟子入りを申し込んだ人物だったのも何かのご縁であろうか。

　六代目尾上菊五郎、善竹弥五郎、山城少掾や吉田栄三といった自らが認めた芸の持ち主に対して武智師は熱烈な讃辞《さんじ》を捧げる一方で、認めない芸は相手が世間的にいくら持てはやされていても遠慮なくぼろくそに貶《けな》した。貶し方に関西人独特のユーモアが混じるから、今はそれらの劇評が専門家でなくても非常に面白く痛快に読めるはずだ。むろん当時は演者の大いなる反発を招き、興行側から圧力がかかるのは必至だった。とはいえ、そうしたことにも武智師はあまり痛痒《つうよう》を感じなくて済む、実に恵まれた立場にあったのである。

　父・武智正次郎《しょうじろう》は京大の土木工学科を卒業し、土木建築業の事務所を開設後、「武智式基礎工事」の特許を取得して事業を飛躍的に発展させた人物で、昭和十六（一九四一）年当時で三千万円、現在の米価で換算するとおよそ八百億円の大資産家だったらしい。息子の鉄二は京大の経済学部から引き続いて文学部の学生となった分際で、月々二百円すなわち五十万円ほどの小遣いをもらっていたというのだから、こう書いている私まで腹が立ってくる。

ただ、その小遣いをひたすら芸術鑑賞に注いだのは当時の時代風潮と無縁ではあるまい。世界中のカタログから洋楽のレコードを買い漁《あさ》る一方で、速水御舟《はやみぎょしゅう》*11の絵に魅せられてそのコレクターになり始めたのも学生の頃で、後には百点以上もの一大コレクションとなった。それがまた画壇とのつながり、後に前衛美術*12との関わりともなるきっかけだったのだろう。

六代目や山城少掾の録音を聞き、武智師の筆によって弥五郎や栄三の姿を想像し、速水御舟の絵を今日に見れば、そこにはひとつの共通する何かが感じられる。それはシンプルに語ればリアリズム、真実《ほんとう》らしさということになるのだろうか。武智師は初期に偏愛したアーチストに芸の見方の基準を培われたのだとしても、そもそもは根底に時代風潮からくるリアリズムの志向があったことも忘れてはならないように思う。

経済的に恵まれた芸術愛好家はコレクターに留まらず、パトロンにもなれるのは古今東西共通している。しかしながら戦時下の日本が軍国主義一辺倒の社会となった中でそうなるには頗る勇気も要《い》っただろうし、またおいそれとなれるものでもなかったはずだ。自身、過酷な兵役も体験している武智師の場合は、家業が手助けした面が大きかったようである。

戦争の激化と共に鉄鋼不足で悩まされた日本にあって、武智家はコンクリート製の軍艦を造船する軍需工場に手を染めていた。若い男子のほとんどが徴兵され、徴兵されない者は男女の別、年齢、職業を問わず軍需工場に徴用された時代に、武智家は多くの能楽演奏者を自らの工場に採用するかたちで保護した。その中には桜間道雄《さくらまみちお》[13]ら後に能楽界に君臨する名人がいた。

戦前に果たしたパトロン的な役割の最たるものは「断絃会《だんげんかい》」であろう。江戸時代の三味線の名手、原武太夫《ぶだゆう》[14]が著した『断絃余論《だんげんよろん》』から名付けられたこの会は、昭和十九（一九四四）年の三月に発足し、終戦後も続けられた。

昭和十九年三月には決戦非常措置要綱によってあらゆる興行が禁じられ、劇場も封鎖されていた。ところが無料の公演は禁止の対象にならなかったから、武智師はいわば法の網をかいくぐって、能や歌舞伎や文楽、舞踊など古典芸能各界における名人芸の鑑賞会[15]を私費で催したのである。

この会の協力者は「親代わり」の存在だった吉田幸三郎《こうざぶろう》[16]という、文化財の保護者として知られた人物で、吉田がこの時、優れた芸術家や芸能者に対しては、資金援助をする際に「お手伝いして、お助けするという気持ちにならなければいけません」と武智師に諭したのが「終生の教訓」になったことを自ら明かしている。

こうした戦時中のパトロナイズが戦後に活かされて、そこに大きく花開いたのが自らの名声を決定づけた、いわゆる「武智歌舞伎」だろう。正式には「関西実験劇場歌舞伎再検討公演」[17]として昭和二十四（一九四九）年に発足したのだが、当時のマスコミがそう呼んだらしい。

これに参加した若手の歌舞伎役者たちは、武智師との縁故によって能の桜間道雄や文楽の山城少掾、京舞の四世井上八千代[18]といった、それぞれの分野で戦後の最高峰と目された名人たちの教えを直に乞うこともできたようだ。

もっとも武智師が初めて歌舞伎の演出を手がけたのは戦前の昭和十五（一九四〇）年、自身まだ二十八歳の若さだったということは、改めて書いておく必要があるかもしれない。その時の演目は『絵本太功記十段目』[19]。主演したのは当時大谷廣太郎《おおたにひろたろう》を名乗っていた四代中村雀右衛門《じゃくえもん》[20]であった。

十四　ショート・プロフィール　その二　反権力・反権威主義の末路

「武智歌舞伎」は、そこで育った若手役者の中に凄まじい「扇鶴《せんかく》ブーム」を巻き起こした当代の四代坂田藤十郎（中村扇雀）と五代中村富十郎《とみじゅうろう》[1]（坂東鶴之助《ばんどうつるのすけ》）、映画の大スターになった市川雷蔵《らいぞう》*2がいたことや、マスコミのネーミングによって、結果的に最も世間に知られるようになった、いいほうの業績に間違いない。

武智歌舞伎の稽古場で師が初めて対面したのは当時まだ『仮面の告白』を発表したばかりの三島由紀夫であり、こうしたかたちで多くの文学者と親交が生まれている。最も早いところで「断絃会」を通じて知り合った志賀直哉とは、二十年来の交誼《こうぎ》が結ばれていた。

しかしながら、「僕は誰の弟子かといえば、それはやっぱり谷崎さんでしょうねえ」と自身が語ったように、谷崎潤一郎に帰依したのは、性的な嗜好においても共感するところがあったせいかもしれない、などとつい愚考してしまう。

私が聞かされていささかショックを覚えたのは次のような発言だった。

「あの『鍵』*3に出てくる悪い男、木村のモデルは僕なんだ。描写をよく読めばわかりますよ」

決して得意げな顔ではなく、慚愧《ざんき》に堪えないというに近い、伏し目がちの表情で師はそれを告げ、聞いた私は妄想をたくましうして再度読み直してみたが、絶対にそうだという確信を持つまでには至らなかった。ただ小説のモデルにされたら、当人にはハッキリそれと感じられるものがあるのは、体験上なんとなくわかる気がする。

昭和三十二（一九五七）年には谷崎の名作『細雪』が初めてテレビドラマ化されて、

その演出に当たっていたことは谷崎の随筆『老後の春』にも窺える。当時は意外にテレビの仕事も多く、「武智鉄二アワー」と題されたシリーズ番組まで持っていて、そこで狂言の茂山千之丞《しげやませんのじょう》[4]と喜劇役者の八波《はっぱ》むと志、由利徹《ゆりとおる》[5]、トニー谷[6]らを共演させたりしている。同じ頃、日劇ではクレージーキャッツらの出演するボードビルの演出も手がけていた。

劇映画[7]に手を染めた最初も谷崎原作の『白日夢《はくじつむ》』（六四年公開）であり、これは自身が八一年に再映画化した際に「ホンバン映画」として世間で話題を呼んだ。かくして晩年は歌舞伎の演出家としてより、「ホンバン監督」として有名になってしまったのも事実である。

ただし武智鉄二が日本ポルノ映画の元祖のような存在として世間の注目を浴びたのは、昭和四十（一九六五）年に公開された『黒い雪』が猥褻《わいせつ》図画公然陳列罪に問われ起訴されたことによってだろう。この「黒い雪裁判」には三島由紀夫や大島渚《おおしまなぎさ》ら右派も左派も取り混ぜて当時の文化人多数が証人として出廷し、初審二審ともに無罪を勝ち取っている。今日に見れば別に問題にするほどワイセツなシーンがあるわけでもないので、ワイセツよりむしろ底流をなす反米の思想が当局の忌憚《きたん》に触れたとする説のほうに信憑《しんぴょう》性《せい》を感じてしまう向きも多いのではないか。ちなみに反米映画としてなら『黒い雪』以上に徹底しているのは『戦後残酷物語』[8]（六八年公開）のほうだろうと、私個人は見ているのだけれど。

映画に関しては「平凡パンチ」（一九八六・九・八号）誌上における内田裕也との対談で自身が次のように語っている。いわく「人間の才能って、五十歳過ぎたらそれ以上展開しません。（中略）それで私も、才能が衰えてもやれる芸術は何かと考えたら、映画は下等な芸術だから、私でもできるだろうと。勝手な理屈考えて、それで映画に入ったんです（笑）」

そこまでいうくらいだから自身が映画にはあまり思い入れがなかったのだろうし、今見ても古びないセンスが感じられる不朽の名画といったものは、残念ながら正直ほとんどないといっていいかもしれない。

それにしても右の発言は映画人やファンに対して失礼極まりないが、こうした関係者の神経を逆撫でするような言動が、武智師には当初から見られたように思う。

富岡多恵子氏との対談では次のような会話も個人的に聞いている。

「僕は他人と仲良くするために、わざと喧嘩を売ってるつもりだったんだけど、それがなかなか理解してもらえなかったんですよ」

「ああ、それ、私は大阪の人間やから、ようわかります。つまり、八右衛門《はちえもん》みたいなもんなんですよねえ」

八右衛門とは、近松門左衛門作『冥途《めいど》の飛脚』に登場し、主人公・忠兵衛《ちゅうべえ》の友人であるにもかかわらず、辛辣な言葉を浴びせて彼を傷つけ追いつめてゆく人物のことだ。

私もまた大阪人を母親に持ち、身近に大阪人を何人も知る身として、右の会話が全く理解できないわけではなかった。漫才のいわゆる突っ込みのようなかたちで、面と向かって相手の悪口をいうのが大阪人は得意だし、それをまた笑って受け流すか、即座に逆襲できるような機転もある。早くから商業に培われた会話術の妙が、一方では日本全国になかなか通じない面もある。

大阪人はまた「都」、すなわち中央の権力・権威に対する反感や反発が根強くあって、武智師にはまぎれもなくそうした大阪人の血が流れていた。

戦前は京大の滝川事件[*9]に際して、たまたま経済学部の学生委員をしていたところから、授業ボイコットの声明文を書いて自ら読みあげるという行為が、反権力の出発点となったようである。さらには、かつての権力や権威が根こそぎ覆された戦後という時代の風潮が、大いに後押ししたふしもあったのではなかろうか。

昭和三十一(一九五六)年に大阪OSミュージックホールでストリッパーに能面を付けて演じさせた、いわゆる「ヌード能」もまた能楽の権威主義を否定しようとする意図があったのかもしれない。

だが能楽に対する見識もあり、また戦時中には能楽演奏家を保護した人物がそれをしたことは、その世界を震撼《しんかん》させるに十分だったであろう。ちなみにこの「ヌード能」には舞踏家の土方巽《ひじかたたつみ》*10も出演し、ホールの制作主任は花登筐で、後世から見れば信じられないような豪華メンバーがたまたまそろっていたことになる。

「僕は天才としか付き合わない。僕を通り過ぎた人はみんな天才だよ」

と洩らしていたのもむべなるかなであった。

エロスに軸足を置いた表現の数々は、谷崎の弟子を自負する人として当然のものだったのかもしれず、性愛を生々しく描いた小説は武智師も何編か書いてはいるが、自身はそれについて次のように話していた。

「僕は小説を書くと、不思議と文章に情緒というか、潤いがなくなるんですよ」

評論の文章はどちらかといえば情緒的な面が見受けられただけに、この発言はかなり印象的で、私の記憶に強く留まった。

一方で「僕は文学って、これは権力の象徴だと思ってます。（中略）文学は非常に時代遅れな芸術です。いまはもう、女性の才能で十分なんです」という内田裕也との対談での発言もあったのである。

むしろ、これぞ「事実は小説よりも奇なり」とすべきは、自身の恋愛遍歴であろう。関西に妻と愛人、実子七人、全財産を置き去りにして東京に駆け落ちしたのも昭和三十一年、四十三歳の時である。相手は文藝春秋新社の編集者だった西村みゆきで、ふたりは東京で正式に結婚して二年近く生活を共にしている。

当時マスコミが「夫の家出」と名づけたこの事件に関連しては三十五年一月号の「婦人画報」誌で平林たい子とも対談し、また自身が同誌に手記も執筆して、その誌面には西村の写真が一ページ大で掲載されているが、まさに典型的な明眸皓歯《めいぼうこうし》といった美貌の持ち主であった。そして男女の関係では実にありがちなことだが、西村との離婚直後に三人目の妻となる川口秀子と、写真だけで見れば非常によく似ているのだった。

ともあれ三度目の結婚後も仕事は精力的に続けられたが、世間を驚かすほどの実験的な試演は早々と成し遂げてしまったせいか、自身が五十歳を迎えた時には歌舞伎座を借りて引退公演を催すつもりだったものの、それを自分よりはるかに年長の吉田幸三郎に止められるといった経緯があったらしい。

人間は生まれた時に、五十歳になれば皆コロリと死ねるワクチンを注射しておくべきではないか。というような発言が四十代の半ばにあったことは、武智師を最後まで支持し続けた木下順二によって紹介されている（『木下順二集』16所収）。果たしてそれは、早く世に出過ぎた人の、辛辣かつ傲慢な発言と解釈すべきなのかどうか。日本の高齢化があまりにも進みすぎた今日では、五十をとっくに過ぎた私でさえ、コロリワクチンに賛同したいような気分になるのがおかしい。

「その演劇論からはたいへんな恩恵をこうむっている」とする鈴木忠志は『演劇論　騙《かた》りの地平』の中で次のように書いた。

「私はかねがね、一時期の武智さんのことを、世界の演劇の最高の水準で仕事をした唯一の日本人演出家だと信じている。そして、それ以後の武智さんは、どんどんヘンなことになってしまい、日本的水準の最低の鞍部《あんぶ》で仕事をしていると思っている。それがあまりにもあからさまだから、無惨に思え、深刻なのである」と。さらに「私はこれを社会問題だと考えている」とも述べたのだった。

財力を背景に若くして名声を得た武智師が、日本のオトコ社会で嫉視の対象となったであろうことは容易に想像がつく。一方、若さにまかせてあらゆる権威を根本から否定してかかったことで、いたずらに敵を増やし続け、結果、高齢になった時は自らが権威となって落ち着く場所を喪ったのだろうとも想像される。若い頃に経済的な苦労が少なかった分、言動に何かと慎重さが欠けて、後年それが恐ろしい経済的破綻となって現れたという見方もできそうである。

おまけに首尾一貫して反権力・反権威主義の旗を掲げ通したのならともかく、参議院選挙で自民党から立候補したことで、周囲からはますます理解不能の存在となったにちがいない。

立候補に際しては時の国家公安委員長、木村武雄に呼び出され、ブラックリストの第一ページにその名が記載されていることを直に示されたという話も富岡氏との対談で出た。

かくして人生そのものがまさに「ムチャクチャ」といえそうで、まだまだ整理しきれない業績は山ほどあって、ここに書いたのはご参考までの、ごく表面的なプロフィールに過ぎないことをお断りしておく。

とにかく、こういう人物が六十五歳になられた時に、私は初めてお目にかかったわけなのである。

十五　腐っても鯛

西南戦争で、官軍はなぜ西郷の薩摩《さつま》軍に苦戦を強いられたのか。それは靴のせいだった、という話だけが記憶に残っている。

真実かどうかはともかくとして、それは一九七五年度の早大文学部大教室における武智鉄二師の最初の講義における発言であり、歌舞伎の話を聞かせてもらえるものと信じて授業に臨んだ私は、思わぬ肩すかしであっけにとられた。さらには正直いって、意外なほど場馴れのしない、たどたどしい話しぶりだったのにも失望して、以来、二度と教室に顔を出さなかった口だ。

にもかかわらず、アルバイトでその講義のテープ起こしをしたところから、私と武智師の関係は始まった。それゆえ、ここでは講義の内容にざっと触れておいたほうがいいだろう。ひと口でいうと、それは八〇年代に世界的な潮流となったポストモダニズムを先取りしたような、ある意味では名講義と呼べるものだったのかもしれない。

靴に話を戻すと、日本人は明治になって西洋的に近代化された軍隊の中でむりやり靴を履かされ、それに馴染めない農民による官軍の兵隊は草鞋《わらじ》履きの薩摩軍に苦戦を強いられるはめになったというわけだ。靴に馴染めないのは、いまだに室内で履く習慣が定着しないことで明らかだという指摘もあった。つまり武智師は日常生活からわかりやすく日本民族の特性を説き起こそうとされたので、今ならきっと外反母趾《がいはんぼし》を例にとられたのではなかろうか。

靴履きに留まらず、日本人本来の身体行動は近代国家が擁した軍隊や学校教育を通じて西洋的に歪められたというのが武智師の主張の根幹をなす。西洋化に抵抗して残った身体動作の代表が同じ側の手と足を同時に動かして歩く「ナンバ」[*1]というわけだ。

ナンバのような非西洋的な身ぶりや生活習慣が日本人には近代以降も根強く残されているとして、能や歌舞伎やさまざまな邦楽・邦舞はもとより、剣道や柔道など武芸の基礎までもその一点で解読しようとするのが武智師の「ナンバ理論」である。たとえば邦楽では三味線という器楽の伴奏からわざと外れた調子で歌うのも、そうしたナンバ理論の一環として説明されるのだった。

では、そもそも民族本来の特性をもたらすものとは何なのか。それは民族共同体が成立した時点の最も主たる生産活動なのだとして、武智師は「原初生産性」とネーミングした。日本の場合は水田稲作農耕の原初生産性が生活や諸芸の基盤となり、鍬《くわ》で土を耕す動作がすなわちナンバの姿勢で、泥田の感触を素足で確かめる行為が摺《す》り足《あし》につながるというわけである。

原初生産性に牧畜を置いたり、また騎馬を比較的常態とする民族は動物の鼓動や動きに基づく一定のリズムを重視するのに対して、日本の芸能がリズムカウントされない「イキ」や「間《ま》」を重んじるのは、田んぼでの草取りに要する集中力が呼吸法によって養われたからだとしている。さらに横並びで田植えをする習慣が日本の社会構造と切っても切れないことは、改めて説明するまでもない。

古代国家の成立までを射程内に入れたこのナンバ理論は膨大な事例や文献を駆使しており、真偽を検証しながらすべて紹介すれば、それだけで何冊もの本ができてしまう。したがって、ここには詳しく触れないが、早稲田での講義は七五と七六年の二年にまたがり、膨大な録音テープを文字に書き起こした私には、自ずとその内容が沁《し》み通っていたのを今にして強く感じる。思えば子供の頃から日本と西洋のちがいを強く意識していただけに、ただのアルバイトにはない興味をそこに見いだしたのは確かだった。

それにしても武智理論は民族主義の流れを踏まえたものであるため、勢い思想的な背景を問われがちで、生前はその動向が端的にいうと、右寄りなのか、左寄りなのか、よくわからない人物と見られていたふしもありそうだ。共に亡くなるまで親交を保ち続けたふたりの文化人が、三島由紀夫と木下順二だったこともまた旗色をますますわかりにくくしたようなところがある。

近代以降の日本は民族主義と国家主義の違いを明瞭に意識させられる機会が少なかったせいで、ひとくくりに右寄りと捉える向きもあるが、少なくとも武智師の民族主義は国家主義と軌を一にしたものでは断じてなかった。むしろ戦前の軍国主義を肌で知る人として、大きな意味ではその延長線上に戦後の官僚主義国家があることを指弾し、中央政権に対する民衆の抵抗といった側面を重視する史観の下で、日本古来の芸能を西洋化で撓《たわ》められる以前にもどして考察しようとした人であるのは間違いない。さらには六〇年安保を契機に、反米的な左派系の民族主義に傾斜していたのも事実だ。だからこそ、親米とみられた自民党からの立候補により、それまでの支持者を愕然とさせて、多くの離反者を出したものとおぼしい。

ところで、テープ起こしによってようやく武智理論の一端に触れた私は、別に自ら望んだわけでは全然なかったにもかかわらず、そこから急に武智師への接近を余儀なくされていった。まずその講義録が収載された全集『定本武智歌舞伎』全六巻の編集プロデューサーから、武智師がテープ起こしをとても気に入られたという理由で、次々と新たな仕事の依頼が告げられていた。

ひとつは全集の脚注付けで、その時の膨大な調べ物が大変な勉強になり、後の財産ともなったのはいうまでもない。ただ、逐語訳より意訳に近いテープ起こしだったとはいえ、それが気に入ったという理由だけで、いきなりそこまでの仕事を与えた武智師の真意は測りかねた。

さらに驚いたのは第三巻「文楽舞踊」編の解題執筆を依頼されたことで、それにはいくら物怖《ものお》じをしない私でもさすがに尻込みせざるを得ず、非常識なくらいに大胆な起用と思われた。

ちなみに第二巻の「歌舞伎」編は解説が戸板康二、解題は服部幸雄《はっとりゆきお》＊2。第四巻「能と前衛」編は木下順二と増田正造《しょうぞう》＊3といったように執筆陣はいずれも当時の錚々《そうそう》たる顔ぶれだった。第三巻は河竹登志夫と内山美樹子の組み合わせだったはずが、内山先生の辞退によって急遽私にふられたというわけである。

当時まだ弱冠二十四歳の大学院生は、一体なぜ私に？……という不可解極まりない気持ちだったが、内山先生のお勧めもあり、武智先生の意向を受けた編集プロデューサーに強く説得されるかたちで、荷が重すぎるそのお仕事をなんとか引き受けたのだった。

一体なぜ私に？……という疑問符の付いた気持ちは以後も武智師との関係でずっとつきまとうのだが、なにしろその時点では画廊でほんの十分程度顔を合わせたに過ぎない相手なのである。依頼はすべて編集プロデューサーの口から伝えられていたため、何を思ってそこまで重要な仕事を託されたのかまったく不明だったし、直接ご本人に問い質《ただ》すこともできなかった。

　そうこうするうち編集プロデューサーからまたまた武智師のご託宣が告げられたのである。

「こんど歌舞伎塾を始められるんで、松井さんに、是非その助手を務めてもらいたいと仰言ってるんですよ」

　歌舞伎塾とは何ぞや、ということすらわからぬまま、私はその夜、早稲田キャンパス周辺にある蕎麦屋《そばや》の二階座敷に出向いた。そこにはすでに多数の男女が集っていたが、いずれもほとんど知らない顔ばかりで、皆さん私よりほんの少し若い程度だった。

　前にも触れたように、武智師は余り過去を語らない人だったのもあるが、同時代でさえも、その人間関係の全貌がつかみづらかったのは、ご自身の紹介不足にもまして説明不足によるものと思われる。

　歌舞伎塾は昭和三十二（一九五七）年に第一期が始まり、十期以上あったようだけれど、主宰者すら正確な期数を把握しておらず、参加者にどんなメンバーがいたかはほとんどわかっていない。人数は概ね三十人前後で、昭和四十八（一九七三）年の東大駒場寮における最多の塾でも七十人程度。初期の塾生には女優の加藤道子[*4]や舞踊家の五世花《はな》柳芳次郎《やぎよしじろう》＊5（現壽輔《じゆすけ》）らがいたらしいという話だ。

ともあれ私はその最終期となった歌舞伎塾に、いつの間にか武智師の助手となってうかうかと参加したのは、何よりも暇だったからだろう。誘われて余り深く考えずに潜《もぐ》り込んだのは大学院の時と同様で、ただ好奇心の赴くままにいろいろな世界につい足を踏み入れてしまうのだった。それはたぶん私に限らず、まだ世の中全体が今日ほど世知辛くはなかった当時の、学生の特権だったようにも思われる。

最後の歌舞伎塾を開催した際の発起人は、後に劇団「芸能座」＊6を経てフリーの男優として小劇場で活躍するようになった隈本吉成《くまもときつせい》である。当時まだ早稲田の学生だった彼は私とちがって大教室の講義に感動し、自ら武智師を口説いた上で部活の歌舞伎研究会に声をかけたらしい。そこから法政大学の歌舞研に話が伝わって主な塾生がそろったというのだが、私はそうした経緯を何も知らずに蕎麦屋の二階でいきなり彼らと対面した。一年ほど所属した早大歌舞研の後輩に顔見知りが何人かいたとはいえ、大方が初対面であり、こちらも向こうも一体何をするのかさっぱりわからず、武智師ともまだ初対面に近い間柄でありながら、その真横に座らされたかっこうだった。

塾生は皆そこそこの月謝を払っていたようだが、助手の私は免除された。武智師が所用で休講された時は代講のようなことをした覚えも多少あるとはいえ、ふだんはただその場にいて塾生と同じことをしていただけだ。タダでちゃっかり参加し、武智師の隣に座って文字通りの謦咳《けいがい》に接する実にラッキーでお得な役まわりだった、としかいいようがないのである。

歌舞伎塾の塾生は何をさせられたのか。その筆頭に挙げるべきはやはり「本読み」であろう。第一回から読みはじめたのは確か『義経千本桜』三段目「すし屋」[*7]の場で、浄瑠璃の活字本がテキストに使用された。最初に武智師自ら声を張りあげてそれを少しずつ読んでゆく。登場人物のセリフの部分はセリフらしく、地の文章は別に義太夫節をそっくり語るわけではなかったが、息継ぎやイントネーションはそれを踏まえて状況を的確に描出するような読み方だった。次に車座に座った全員が一斉に師を真似て読みあげる。それからこんどは同じ箇所をひとりずつ順番に読み、師はそのつどイントネーションや高低アクセントや息継ぎの仕方や舌と唇の動きを入念にチェックし、その人ができるまで何度も繰り返させながら、なぜそう読まなくてはならないかの理屈を諄々《じゅんじゅん》と説いて聞かせるのだった。

さまざまな意味で感心させられたのは武智師の読み方の凄さである。まず、なまじのプロよりずっと上手に聞こえたのは、名人山城少掾の直伝がものをいったこともあるのだろうが、もともと音感がよく、肺活量が豊富で、喉が強いといった肉体的諸条件に恵まれていたせいもあろう。

昔から古典芸能の習い事をする文人、学者は沢山いて、大概は見ちゃおれん、聞いちゃゃおれんといった落語の「寝床」状態で、それがご愛敬にもなるのだった。しかしながら武智師のセリフ術はそうした趣味のレベルとは一線を画していたと、これは贔屓目《ひいきめ》でなく断言できる。物真似芸のようなレベルともまったく違っていて、後述することにもなろうが、名だたる俳優を前にしても十分に説得力があるセリフ術だったのだ。

演出家がプロの舞台俳優よりも上手に芝居をずっと演じ続けることはもちろん不可能である。けれど一瞬でもプロの俳優を唸らせるようなセリフを聞かせ、しぐさを見せてこそ、彼らのプロ意識に訴えかけて、演出家の意図するところを明瞭に伝えることができるし、それができて初めて演出家は俳優から本物の信頼を得られるのではなかろうか。武智師はどうやらそれが実践できる人物だったことを、私は歌舞伎塾でようやく悟ったのであった。

おまけに驚かされたのはセリフ一語一語のいい方について理屈が山ほどつくことで、それには戯曲に対する深い理解と綿密な分析が付随していた。「エヽ」や「ハア」といった間投詞に至るまで、浄瑠璃本に書かれた文字すべての音程や強弱やタイミングが厳しく定められ、同じ言葉でも否定的に話される時は一字目にストレスを置かなくてはならない、といったふうな細かな注意があった。さらには「すし屋」に登場する平維盛《たいらのこれもり》のセリフはア行の音を明瞭に響かせなくてはならず、それは公家《くげ》言葉の特徴である、といったような教えは、たぶん山城少掾直伝のものだったのではないだろうか。

とにかく実践的な教えだったために、この期の塾生からも歌舞伎役者の中村京蔵《きようぞう》や女義太夫の竹本越京《たけもとこしきよう》ら、共に学生から芸の道に進んだ人たちがいる。

私もまた武智鉄二という、後に人生を大きく変えた相手との出会いを歌舞伎塾で果たしたことになるのだろう。ただし正直なところ、この時点ではまだ「腐っても鯛」といった失礼千万な印象を持ったに過ぎなかったのも事実である。

十六　銀座のお勤め

大学院の三年目はこうして武智師との出会いが大きな比重を占めたとはいえ、それは週一程度のイベントに過ぎず、日常的には別の大きな変化がもたらされていた。

なにしろ肝腎の修論は提出済みで、語学一単位を落としただけの留年だから、時間が余りきっている。そのため早稲田の先生の口ききで長時間のアルバイト、というより厚生年金や失業保険にもちゃんと加入した正社員として、本格的なＯＬ勤めを始めたのである。

勤務先は銀座八丁目の広告代理店、というと何だかオシャレだが、裏通りにある雑居ビルの一室で、社長と部長がひとり、社員は私だけという小さな会社だった。劇場専門の広告代理店で、たとえばポスターやプログラムの下部に載せる、デパートや料理店や菓子司等もろもろの広告を扱っていたのだ。

当時はまだ銀座の空にもアドバルーンが浮かんでいたのを想い出すのは、私がその業者とのやりとりをしていたからだ。アドバルーンが上がっているのを目で確認するのも仕事のひとつだったのだけれど、当時すでに高いビルに遮られて確認するのが難しく、広告媒体としての寿命が尽きかけているのを肌で感じた。

それでも当時の銀座のビルはまだまだ低かった。現在は倍ほどの高さとなり、たまに歩くと空がやけに狭く見えて周囲から強い圧迫感を受ける。そのことひとつ取っても、この間に日本が大きく変貌したのを感じ、かつての長閑《のどか》なムードを偲《しの》ばずにはいられない。

出入り先がほぼ定まった広告業者の仕事も長閑なものだったのだろう。授業を受けるために週一で平日に休むことが前提の私を、正社員と同様の扱いで雇ってくれたのだから、小さいとはいえ今では考えられないくらいに太っ腹な会社だったのである。

私の仕事は概ね電話番で、電話の取り次ぎ方を異常なまでにやかましくいわれたことが心に強く残っている。「社長さんいらっしゃいますか?」と訊かれたら「はい、おります。少々お待ちください」と答えるくらいはむろん教わらなくてもできたが、「誰に対しても同じように丁寧に話したらいいというもんじゃない。お得意様か、出入りの業者かわかるように、相手によっていい方を変えなさい」と注意された時はさすがに頭を抱え込んでしまった。もっとも、この逃げ場ない小さな会社で経営者から直に初歩的な社会性を仕込まれたのは、社会人一年生として大変にありがたいことだったと今にして思う。

電話番のほかに重要な業務は集金で、そのついでに銀座の一丁目から八丁目、数寄屋《すきや》橋《ばし》の向こうから築地までの広範囲を歩くのが、私にとってはひそやかな楽しみでもあった。エアコンやボイラーのダクトで塞がる路地の隅々まで歩きまわって、銀座の裏の顔を眺めるのが面白くてたまらなかった。

このお勤めの素晴らしい特典は、歌舞伎座を始め新橋演舞場や国立劇場等々の大劇場公演がただで観劇できること。特に歌舞伎座の宣伝部にはしょっちゅう出入りをして、部員とも顔見知りになった。

歌舞伎座によく出入りをするのは、そこに置く無料のプログラムを制作していたからで、それには主な配役とあらすじを載せていた。配役に関しては、有料のプログラムが売れなくなると困るので詳しく書けなかったが、あらすじはある程度こちらの思い通りに書けた。宣伝部からもらってきた上演台本を読んで、あらすじを書くのも私の仕事でありし、思えばものを書いてお金をもらうようになった最初の仕事はそれだったといえるのかもしれない。

給料は安いといっても社会人として一人前に稼げるようになり、カラフルな銀座の町を毎日ぶらつくようになると、週一で通う早稲田のグレーなキャンパスはあまりにも味気ない空間に見え始めた。

かくして大学というものの魅力がますます薄れゆく中で、私のモラトリアムもしだいに限界に近づきつつあった。

十七　オーストラリアに行ったらいい

ひょっとしたら男女関係に喩《たと》えるとわかりやすいのかもしれない。ただ気持ちが冷めただけ、あるいは単に気移りしたということだってあり得るのに、別れるには相当の理由があったはずだと思い込む人がいるように、私が大学院を去るに当たっては何かと原因を取りざたされたらしいと、あとで聞いてびっくりした覚えがある。

とにかく四十代半ばに小説を書きだすまでの私は職を転々とし、始終ふらふらしていて、根っからそんな人間なので今にフリーランスの物書き稼業をしているのだが、前にも書いたように、若い頃はもっと信頼に足るマジメな人間だと必要以上に見られていたふしがあった。

むろんマジメにもさまざまあって、フリーランスの物書きは仕事に対して常にマジメに取り組まないと長持ちはしない商売である。といっても世間一般に思われるようなマジメ、すなわち現実の社会を根本的には疑わないこととか、疑っても受け入れているふりをしてまずは身の安泰を図ろうとすることに、私は長らく無頓着で生きてきた。ゆえに、こうしてほそぼそと作家業を続けているのだ。

何はともあれ大学院はひとまずきちんと修士課程を修了したのだから、別にとやかくいわれる筋合いもなかったはずだが、勤め先が大学や図書館といった研究者の集う堅気な組織ではなかったことが、早稲田の先生方のあらぬ心配を呼んだらしい。

松竹[*1]という株式会社はそもそも白井松次郎《しらいまつじろう》と大谷竹次郎《おおたにたけじろう》という双子の兄弟が明治時代に創《はじ》めた興行会社で、歌舞伎興行を手始めにあらゆる演劇・演芸に手を染めた後、映画で大躍進を遂げ、一時は日本有数の大企業にも見られていた。にもかかわらず、これも前に少し触れたが、興行界や芸能界に対する世間一般の目は、今とは相当に異なって、やくざな商売という見方がまだまだ根強かったのである。

卒論の指導教授だった内山美樹子先生は、松竹に勤める意向を洩らした時、渡辺保氏に先生と私との共同論文をお目にかけて、ご意見を伺ったという話を聞かされた想い出がある。

渡辺氏はすでに六代中村歌右衛門を論じた『女形《おんながた》の運命』で世に知られた気鋭の演

劇評論家でもあったが、本業はまだ東宝演劇部の社員だったので、相談相手にふさわしいと思われたのだろう。

「こういう論文を書く人の勤め先には絶対にお奨《すす》めしないし、できれば止《や》めるべきだと仰言ったんですよ。東宝[*2]は実業だけど、松竹は虚業ですしねえと」

と内山先生は話されたが、渡辺氏ご本人に直接確かめたわけではないので、ここに書くかどうかも迷ったのだけれど、敢えて書いたのはその頃の松竹に対する見方として端的な表現だと思ったからだ。

同じ演劇や映画を扱っても、東宝は阪急電鉄の小林一三《いちぞう》が創めた会社で、片や松竹は根っからの興行会社だけに、両者の気質は相当に異なるといってよい。短期間でも松竹の内部に身を置き、且つ一時期フリーの演劇記者として活動していた私は、一般の人よりそれをよく承知しているつもりだし、学生の頃でさえ劇場専門の広告代理店に勤めていたくらいだから、東宝の方に松竹入社の件で相談をすれば、反対されるのは当然だと思っていた。

私が松竹に勤めようとした理由は歌舞伎と直に関わりたかったからだとしても、果たしてそれを思い立ったきっかけは何だったのか、今やさっぱり想い出せないのは困りものだ。ただし勤めることができた理由は、正直コネがあったからにほかならない。当時の松竹はご存じフーテンの寅さんの『男はつらいよ』シリーズをドル箱とし、その興業収入に多くを依存した斜陽の時代だったから、正規の採用はほとんどしておらず、したがってコネでしか入社できなかったのである。

実家は歌舞伎役者とも縁戚だし、客商売なので、以前から松竹とは関係があったように思われても致し方がないが、本当のところはそれまでほとんど縁がなくて、コネクションを付けた相手も社内の人ではなかった。

それは虚業ならぬ実業界に君臨した人物で、日本精工（NSK）の社長にして、経済同友会を設立した主要メンバーのひとりとされる大物財界人、今里広記《いまざとひろき》氏である。氏はわが家の先代からのお得意様で、私を生まれた時からご存じの方だった。わが家のいわばエースの切り札級のコネで、私は松竹に入社を果たしたのである。ちょっと意外に思われるかもしれないが、私が親のコネを使ったのはこれが最初で、最後となった。

今里氏の紹介状を頂戴すべく、たしかまだ丸の内にあった日本精工の本社ビルに伺った際、巨大なビルの最上階の窓から見おろしたお濠端《ほりばた》の風景は、今も目に焼きついている。片や紹介状を届けた先は、比べると気の毒なくらい老朽化して貧相なビルだったので、私は本当にこんな会社に入っていいんだろうか、と不安を覚えたのが想い出される。

当時の松竹本社は「君の名は」[*3]ビルと呼ばれ、要は昭和二十年代に大ヒットした同名映画の興行収入で建設されたとされており、以来、建て替えるだけの大ヒットに恵まれないまま映画産業が斜陽化したことを象徴していた。

興行は当たり外れの多い、つまりは虚業であり、日本精工のような文字通りお堅い実業の会社とはおよそ異質だったが、今里氏は財界人の中でも歌舞伎に大変ご理解のある方で、その頃は東急の五島昇《ごとうのぼる》氏と並んで松竹の社外相談役だったのである。

現代はあらゆる経済活動がバーチャルな様相を呈するために、実業と虚業もボーダーレス化しつつあるが、かつては虚業の社会的信用がとても低かった。したがって学校の先生方が松竹入社を懸念されたのは当然ながら、私はもとより料理屋という水商売の家に生まれた人間なので、虚業に対する偏見なぞあろうはずがなかった。むしろ世の中の大半が学校とそれ以外の社会を経験するのに、ずっと学校に留まり続けて、ある意味で純度の高い人生が送れてしまう先生という職業のほうに偏見があったといってもよい。大学院を去るについては何か直接的な原因があったわけでは全然ないが、学界という狭い世界から離れることを自分で望んだのだけは確かである。

その時はたしか歌舞伎塾の忘年会か何かで塾生一同がにぎやかに談笑し、いつもは武智師の隣に座る私が、やや離れた席からその顔を見ていたような記憶がある。どういった経緯でそんな話になったのかまでは定かでないが、皆の前で初めて松竹入社の話を打ち明けたところ、武智師がさあっと顔色を曇らせたのでいささかびっくりした。

「歌舞伎座の宣伝部で仕事でもするの？」

と師から不機嫌そうに訊かれて、

「さあ、そこまではまだ……」

と答えながら、師のご機嫌が急に悪くなった理由はなぜだかと考えても、正直さっぱり見当がつかなかった。

「早稲田には残らないの？」

と訊かれたことも、あとで思えば渡辺氏の時と同様、内山先生のほうからいろいろと伝わっていたのではないかと想像されるが、その時は実に思いがけない質問だった。

私としては、早稲田の先生方にも何かといわれ続けたあとだったし、自分なりにさまざま考えて下した決断ながら、不安も大きな選択だったため、もうこれ以上に心をぐらつかせるようなことは誰にもいわれたくない、という気持ちが前面に出たのだろう。

「いやあ、大学《あそこ》の世界もいろいろとありますから」

と自分でもわかるほどに白けた調子で、つい、かわすようないい方をしてしまった。

途端に武智師は朗らかな声でこういい放たれたのである。

「松井さんは、オーストラリアに行ったらいい」

はああ？？？と声には出さないまでも、私は相手の顔をまじまじと見た。

「あそこは、文化というものが何もありませんよ」

にこにこしながら武智師がそういわれたのは、今もはっきりと想い出せる。

なぜならば、それこそが武智鉄二という人物を、私が一生の師と仰ぐきっかけになった言葉だからだ。まるで禅問答のような話だが、私は本当にその瞬間、いきなりポンと警策《きょうさく》で背中を打たれ、胸の閊《つか》えをそっくり目の前に吐きださされたような気分だったのである。

京都の特殊な環境で生まれ育った私は、「文化というもの」に大変鬱陶しい側面があることを、同世代に比してわりあい早くから肌で感じていたほうだろうと思う。それゆえ周囲の些細ないざこざや思惑やさまざまな人間関係に敏感になりもするし、それで余計な気をつかって自分が勝手に疲れてしまい、結果、面倒な場所からは逃げの一手を打ちやすいという、人間としての根本的な欠点を、武智師にはとっくに見抜かれていたらしいと、後年ある瞬間に気づかされたことがある。

唐突にオーストラリアという地名が飛びだした時は、さすがにそこまで考えが回らなかったのだけれど、急に気が楽になったことは確かだった。オーストラリアへ行けば、京都から東京に出て来た時と同様の解放感が得られそうな気がした。

思えば私は東京の学生生活ではほとんど余計な気をつかわずに済んでいたのに、大学院で学界という狭い社会に片足を突っ込んでから、にわかにまた変な気をつかわされるはめになってうんざりした、というのが真相ではないのか。そして日本に限らず旧《ふる》い「文化」のある社会で生きていくかぎり、どこへ行っても同様の閉塞感につきまとわれるであろうことを未然に察知し、だからこそ松竹入社がせっかく決まったのに、どことなく不安で気が滅入《めい》ったのだろう。

というようなことを武智師の言葉は一瞬にして私に悟らせ、こちらが詳しい話を打ち明けた覚えは全然ないのに、向こうはこちらの気持ちを何もかもお見通しなのだと感じさせた。それはどんなに言葉を尽くしてもなかなかこちらの真意が伝わりそうもないと思わせた、早稲田の先生方とは好対照だったかもしれない。

いざとなれば「オーストラリアに行ったらいい」というのが、私にはその後長らく護符の呪文のような役割を果たしていた。そこには武智師のいう「文化」のない乾いた砂漠がどこまでも広がり、日本的なじめついた閉塞感がまるでなさそうな気がして、そのことが私には大きな救いに思えたのだった。

ちなみに武智師はなぜか海外に足を向ける機会をほとんど持たず、昭和四十六（一九七一）年に講演旅行をしたオーストラリアが唯一の出先のようである。これは恐らく松井朔子《さくこ》シドニー大学教授（現名誉准教授）の招聘《しょうへい》に応じたものとおぼしく、松井教授は甲南の後輩に当たり、また第一期歌舞伎塾の塾生だったという話を、後に教授ご自身とお目にかかって伺った覚えがある。

初めて踏んだ海外の地は、武智師にとって必ずしも不快な場所ではなかったらしく、その風景の素晴らしさも情熱的に語られていたのを想い出す。そこには旧き土地の文化が発酵して放つ悪臭のない快適さも感じつつ、それでも自分のような人間はそこに留まることはできないのだと自覚した上での発言のようにも聞こえた。

そして私は師に問いつめられているような気がしたのだった。

松井さん、果たしてあなたは本当にそんな場所で暮らしていけるのですか、と。

十八　娯楽を商う会社

松竹の話を書きだせば、それだけでまた優に一冊の本ができそうなので、ここはなるべく省筆を心がけなくてはならない。

思えば若い頃に比較的特殊な環境を転々とした私は、却って一般企業に勤めるふつうのサラリーマンといったイメージが浮かびにくいのだけれど、男女併せて十人ほどの同期は、いずれもかなりの個性派ぞろいだったように思う。その中には後に映画プロデューサーとして名を馳《は》せた奥山和由《かずよし》もいて、入社当初は共に経理部に配属されていた。

経理や人事といった管理部門の社員は大半が映画部門の志望者で、同期の中にはなんと歌舞伎座が同社の傘下にあることすら知らない人がいて、びっくりさせられたものだ。

私にまず与えられた仕事は今は無き国際劇場*1の帳簿付けで、同劇場を拠点とする松竹歌劇団の活動はもはや風前の灯火《ともしび》といった状態だったから、いくら算盤の珠《たま》をのろのろと弾《はじ》いてみても（まだ電卓すら使っていなかった！）、日々の仕事は午後の早い時間帯に終了し、合間のお茶くみのほうに同じくらいの時間を費やしていた。

当時は映画産業が斜陽化する以前に採用された社員も多数いて、会社はあきらかな余剰人員を抱えながら解雇は控える方針を取っており、そうした家族主義的なぬるま湯ムードが、いい面でも悪い面でも社内を支配していた。だからこそ一般企業にはあまりいそうもない個性的な人間が棲息《せいそく》できたのだろうし、管理部門でさえユニークな面白い人材が盛りだくさんで、単調な事務仕事にも飽きることのない毎日だったのは、娯楽を商う興行会社ならではだったのだろうか。あるいは世の中全体のまだ牧歌的な雰囲気を色濃く反映していたのかもしれないが、私にとっては思いのほか居心地のいい会社に感じられた。入社の前に、怖いやくざな会社のイメージを周囲から植えつけられていたせいもあってか、なんだか非常にほっとしていたのを想い出す。

一方、同期の社員の間では、「君の名は」ビルに入ったらいっきに何十年も過去にワープしてしまうので、この会社に三年以上勤めたら、絶対もう他の会社には移れない、という見方が常に囁《ささや》かれていた。当時まだ隣に本社ビルのあった電通と給料や何かを比較しての、自虐的ジョークが盛んに飛んでいたのも想い出せる。

管理部門から演劇部に異動する例は少なかったためか、入社して三ヶ月後に突然の異動が決まった際は、演劇部の経理的な部署に配属されるものと思い込まれたようだった。

直前に、経理部の上司から部外秘となっている歌舞伎役者を始め演劇関係者全員のギャランティーを知らされたのは、社内研修中の面白いおまけだったというべきかもしれない。

　演劇部での配属先は企画芸文室という、どうやら私の入社に伴ってできた部署のようで、今里氏のプッシュによるお声がかり的な創設とも想像された。当初は上司ひとり部下ひとり。室長は水沼一郎氏という、すでに歌舞伎の上演台本も書かれていた方だったが、この方はもともと松竹ヌーベルバーグ[*2]の時代助監督だったので、映画界の内幕話を興味深く伺わせてもらったのを想い出す。

　そこに富田一作氏という歌右衛門の信頼が厚いプロデューサーと、ＮＨＫの古典芸能部門の部長を務めて退職された田坂改三氏が加わって、企画芸文室は四人になった。私はこのお二方にプロの演劇の見方を教わったという思いが実は非常に強いのである。特に富田氏にはよく弟子のようにくっついて各劇場の歌舞伎を見てまわった。大劇場一階客席の最後方には監事室[*3]という上半分がガラス張りの小部屋があって、私たちは必ずそこに並んで舞台を見ていた。

　子供の頃に劇評家を志した関係で、私は大概の劇評に目を通していたが、富田氏の口から、上演中に的確なポイントを突いた、且つ微細に行き届いた批評が洩れるのを聞いたあとだと、新聞や演劇雑誌に載る劇評はあまりにもたわいなく感じられた。作り手の側には、ここまでちゃんと芝居がわかって厳しい見方をしている人が存在すると知った時点で、劇評家になりたいという気持ちは自ずと萎えてしまったようなところがある。ただ批評がましい精神は失《う》せることなく、富田氏には自らの拙い批評も口にして、共に語り合ったことが、私には今も歌舞伎を見る上での大きな自信につながっている。

富田氏は某石油会社の御曹司で、周囲にバス停が三箇所もある大邸宅に住み、別に働く必要は全然ないのに、役者からの強い信頼を受けて辞められずに長く務めている人物だと、水沼室長からは聞かされていた。

歌舞伎の場合、月例興行の演目は、まず役者の座組が固まった上で、役者の要望と制作側の要望をすり合わせる形で決まるとはいえ、当然ながらそこには興行時間を始めとする諸条件が満たされなければならない。当時は主立った役者の要望する演目がフィックスされた段階で、他の演目をどうするか、さまざまな試案の提出が企画芸文室に求められた。その際にはまず演目の洗い出しをしなくてはならないが、富田氏がありとあらゆる古典演目の上演時間を分単位で記憶されていることには驚嘆させられたものだ。

それでいて新作上演の必要性を、誰よりも明解に教えてくださった方である。古典的なレパートリーだけで相当数あるし、当時はそれらを求める保守的な観客が主流だったため、稽古時間も乏しい中でなぜ敢えて不人気な新作を上演する必要があるのだろうかと、私は思いきって尋ねたのだが、その時のお答えはこうだった。

「新作をせず、誰かに習った芝居を演《や》ってるばかりだと、役者は一からものを考えて工夫する機会がないでしょう。そうなったら、もう役者は役者じゃなくなりますよ」

その言葉には、歌舞伎を決して民俗芸能のような形骸を保存する対象とは見なさず、常に現在形で興行価値のある芸能たらしめようとする、松竹の強い意志のようなものが感じられたのだった。そして学界を自ら離れた私は、そうした興行会社の意志を是とした。

芸能は常に今生きて世にある多くの人の慰みとなるのが本義であって、ひとにぎりの人びとの研究対象として存在するわけではない、という思いは今でも変わらない。ただし古典的なレパートリーをなるべく変質させずに多く残しておきたいという、どこかで矛盾する気持ちも抱えていて、そのためには絶えず観客の啓蒙《けいもう》を図ることで、古典レパートリーの需要を喚起すべきだという考え方も私の中でこの時期に育まれた。

一方、新作を上演するにはまずそれを書く作者が必要である。歌舞伎の制作者は概ね役者のほうへ顔を向けがちのようだったが、私は企画芸文室に勤める立場から、作者となる人材を発掘するつもりで、歌舞伎以外の演劇にもよく足を運んでいた。

今となればおかしいと思われても致し方ないが、当時は自分が作者になろうというような気はさらさらなかった。前にも書いたように、子供の時分に自身の資質を名馬でなく伯楽であると規定したため、優れた才能の持ち主を見いだして育てることこそが天職のように心得ていたのである。それは謙虚な心構えというよりも、むしろ傲慢な精神の発露だったように今では思える。なぜなら物書きの才能を見いだして一から育てられるような人間は、実際のところ、物書き以上に存在し得ないのを実感するためだ。

ともあれ当時は四天王[*4]と呼ばれた劇作家のうちでまだ現役だったのは北條秀司《ほうじょうひでじ》のみで、歌舞伎に限らず、商業演劇界全体に劇作家の成り手が乏しくなっていた時代だった。それは四天王が活躍した時代に比べて、従来の商業演劇そのものが斜陽化していたことを意味していた。

片や新劇にもあきらかな衰退が見られ、七〇年代のアングラは暴力的なまでの勢いが影をひそめた中で、八〇年前後に台頭著しかったのは井上ひさしやつかこうへい[*5]ら小劇場から出発した劇作家だ。世代はずっと下になるが、「夢の遊眠社」の野田秀樹や「劇団3○○《さんじゅうまる》」の渡辺えり子（現渡辺えり）らも小劇場派にカウントされる。ほかにもロックミュージカルの「東京キッドブラザース」[*6]や「ミスタースリムカンパニー」が若い観客の熱狂的な支持を集めていた時代だった。

松竹のライバル東宝では、アングラ出身の蜷川幸雄《にながわゆきお》[*7]を早くに大劇場の演出に起用して着実に成果を挙げており、この時期はちょうど『近松心中物語』の上演が大きな話題を呼んでいた。

歌舞伎や新派や新喜劇といった旧来の劇団組織を内部に多く抱えていた松竹は、新しい人材の発掘に出遅れた感があるのもやむなしとはいえ、この時期そうもいっておられない事情になったのは、池袋サンシャイン劇場の興行制作を手がけはじめたからである。

定員およそ八百名の中劇場で一体どんな芝居を上演したらいいかという意見を若い人間に求められたため、私は積極的に小劇場にも足を運ぶこととなり、大劇場公演も併せたら年間なんと二百本くらいの芝居を当時は見ていた勘定になる。昼夜かけもちの観劇も珍しくはなく、見た芝居の感想は必ず報告書の冊子に記載して、それらが当時演劇担当の専務だった永山武臣《たけおみ》氏を筆頭とする重役陣の間で回されていた。

企画芸文室は重役陣の諮問に応じた仕事も多く、たとえば劇場のオープンをなぜ「こけら落とし」と称するのか、「一世一代」[*8]の過去の用例にはどんなものがあるか、といったような質問が来ると、私はまず社内にある大谷図書館[*9]へすっ飛んでいって調べにかかる。これに加えて就業時間中によく観劇にも出かけたから、勢い室内の席を温める時間は少なめだった。

入社したばかりの社員にこうした野放し状態で仕事をさせていた点は、大興行会社ならではの懐の深さといっていいかもしれない。何しろ他人様に娯楽を提供する会社に集まっている人たちは上から下まで基本的にエピキュリアンだし、机に向かってマジメにこつこつ仕事をしたからといって会社に多くの利益をもたらすという商売でもないわけなので、私に限らず社員全体に対しての締めつけがかなりゆるやかだったと記憶する。

だからこそ、この会社に三年以上勤めたら、絶対もう他の会社には移れない、という見方が成り立つのかもしれなかった。

ところで私は武智師の意に染まぬ会社に勤務しているのかと思いきや、師自身は松竹制作の芝居でも演出を手がけるのみならず、この時期に意外なことでもいっそう関係を深めていた。何を隠そうホンバン映画として話題を呼んだ『白日夢[*10]』のリメイク版は武智プロの製作だが、配給したのは松竹だったのである。

いつ現場でホンバンのベッドシーンが撮られるか、スポーツ紙は連日その話題を大きく報じ、エロスについてカゲキに語る師のコメントがたびたび載ったので、「あなたの先生はよく平気でこんなことを仰言いますねえ」と、私は水沼室長にしょっちゅうからかわれていた。

その時点で、私は特別に何も感じずに記事を読んで笑い飛ばしていたのだから、武智師からは「オーストラリアに行け」の護符をもらったのを最後に縁が切れた気持ちでいたのかもしれない。とにかく若い私にはいろいろとあって、武智師のことはこの時期心の片隅に追いやっていたのだろう。

しかしながら、松竹での二つの出来事が、その後ふたたび私を武智師に結びつけたのである。

十九　フリーランスの道へ

情報誌という言葉がいつから使われだしたのかは定かでないが、私が松竹に勤務していた七〇年代末には、関東圏の「ぴあ」や「シティロード」、関西圏の「プレイガイドジャーナル」や「Lマガジン」がすでに存在していた。

八〇年代に入るとその手のタウン情報誌以外の雑誌でも映画・演劇・音楽・美術その他のイベント情報が必ずといっていいほど載るようになったが、当時はまだ編集者の嗜好に応じて載ったり載らなかったりするという程度だった。私がそう断言するのは、まさに渦中で過ごした経験を持つからである。

武智鉄二師との御縁が復活したのも、一つにはその情報誌時代のおかげだったのだ。

もう少し具体的に書くと、企画芸文室員の私はある取締役の指令を受けて、ミュージカル『アプローズ』[*1]の台本をひそかに借り受けるべく、知人を介して「劇団四季」の宣伝部員と接触を持った。そのことがきっかけで、各劇場の宣伝部員と演劇好きの雑誌編集者の集まりにもちょくちょく顔を出すようになった。そこに集まっていたのは私とほぼ同世代で、いわば小劇場ブームの火付け役を果たした人たちである。

それ以前は新聞の芸能欄に旧世代の商業演劇や新劇、せいぜいがアングラ劇の情報及び劇評しか載らなかった。野田秀樹の「夢の遊眠社」ら学生出身の若手劇団を一から取りあげて、日本の新たな演劇シーンを作りだしたのはまぎれもなく「ぴあ」に代表されるタウン情報誌と、芝居を「ただ好きで見ていた」各雑誌の若い編集者たちだったといえる。ネット情報社会の今日では想像を絶するくらいに、当時は雑誌の勢いがあったのを懐かしく想い出す。

前節でも書いたように、私はサンシャイン劇場の企画の参考で小劇場に足を運ぶ機会が極めて多かったから、その情報を求めて彼らに接近したのだが、向こうも私に接近するメリットがそれなりにあったようだ。当時、松竹の宣伝部は各劇場バラバラに存在し、新聞記者を相手に毎月の興行を売り込むのに追われ、たとえば月刊の女性誌が漠然とした歌舞伎関連の記事を載せようとしても、その対応はつい後まわしにされてしまう。それゆえ新聞記者以外はあまり眼中にないらしいというイメージを持たれていた。そこで各雑誌の若い編集者たちはたまたま名刺交換をした私にこれ幸いと電話をかけ、歌舞伎に関するさまざまな知識や情報を得たがったのである。

その中の一つに歌舞伎座で昭和五十六（一九八一）年の八月に催された「武智鉄二古希記念歌舞伎公演」に関する「ぴあ」誌の問い合わせがあった。

この公演で武智師は近松門左衛門原作の『俊寛』[*2]と谷崎潤一郎作の『恐怖時代』[*3]を演

出し、当代きっての歌舞伎俳優を総動員したのが関係者の間で話題になったが、若者向け情報誌の「ぴあ」がそれに注目したのはいささか意外なことに思われた。毎月公演のある歌舞伎は取り上げるきっかけがつかみづらくて、イベント的なこれだと記事にしやすいと見たのだろうか。

面白いことに、取材に現れた「ぴあ」誌の二宮副編集長は、武智師の業績も、むろん私との接点も何もご存じなかったのである。以前に私が同誌の進藤記者と名刺交換をしていて、それだけを頼りに訪ねてこられたわけなので、私が武智師の直弟子だったのはまさに奇遇としかいいようがなかったらしい。

それでも同い年の彼女とは妙に話が合い、その後は進藤記者ともどもよく観劇を共にした。そうしたことの積み重ねで、私はまたまた人生行路の急カーブを切ったのだから、今となってはまるで見えない武智師の糸に操られていたかのようにも感じられる。

当時の松竹が斜陽産業の翳《かげ》りを色濃く滲《にじ》ませていたのとは対照的に、「ぴあ」誌は日の出の勢いで部数を伸ばし、若者文化を席巻していた。月刊五十万部が隔週刊五十万部となり、社屋が神田猿楽町《かんださるがくちょう》から麴町《こうじまち》に移る直前の時代である。ベンチャー企業のハシリだった同社では、私と同い年の二十八歳の女性が部長兼副編集長の肩書きを持ち、演劇情報分野の草分けといえる存在で、彼女は「夢の遊眠社」を最初にメジャー誌で取り上げて野田秀樹を世に送り出した人でもあったのだ。

本誌の好調さをキープしつつ、新雑誌「カレンダー」の創刊を控えていたぴあ社では、新たな演劇記者を必要としていた。

試写会や試聴盤のある映画や音楽とは異なり、記録媒体がまだ発達していない頃の演劇情報はかなりの想像を交えて書くしかない。そこで想像の拠《よ》りどころとして、たとえば同じ劇団の以前の作品を見ている、といったような経験が必要になってくる。当時の東京で演劇専門の記者は新聞各紙と「ぴあ」誌や「シティロード」誌にしかおらず、商業演劇から小劇場に至るまでさまざまな舞台を私ほどまめに見歩いていた人間は世の中にほとんどいなかったので、その点を見込まれてぴあの嘱託記者にならないかという話が舞い込んだ。それがきっかけで、私は丸三年間勤めた松竹をあっさり辞め、とうとうフリーランスの道を歩みだして、演劇専門フリーライターのハシリとなった。昭和五十七（一九八二）年、二十八歳のことである。

恵まれた正社員からフリーランスへの転身は、今だと非常にリスキーな選択に思えるだろうから、松竹で何かトラブルでもあったのかと勘繰られても仕方がないが、正直まるでそんなことはなかった。当時の日本社会はまだバブル期の頽廃《たいはい》を知らない健全な前向き気分が横溢《おういつ》し、私に限らず若い人間の多くは帰属意識に囚《とら》われなくて済むフリーランスの生き方に憧れのようなものがあったし、その道を選ぶのは自らの新たな可能性を模索するようにも見られた。

個人的に見変えた理由としては、当時の松竹がちょうど社員の高齢化はなはだしい停滞の時期だったのに対し、「ぴあ」を含む雑誌業界に勢いがあって若者文化を断然リードしていた時期だったということに尽きる。ちなみに「ぴあ」の嘱託顧問料プラス原稿料は、進藤記者が会社と交渉をしてくださったおかげで、松竹の給料を上回ったからこそできた転身でもあったのだけれど。

二十　初めての脚本

一方、松竹にも入社に当たってお世話になった方があれば、社内で何かと面倒をみて戴《いただ》いた方も多かったので、むろんそうホイホイと辞められたわけではなかった。私なりにずいぶん悩んだし、強く慰留してくださった方々もあった。その中のおひとりが、ご本人の意志とは関係なく、結果的に武智師との御縁を復活させたのである。

その方は後に松竹の常務取締役兼歌舞伎座支配人となった大沼信之氏だが、当時はまだ監事室勤務の比較的余裕のある、はっきりいって暇な身分だったから、しばしばそこを訪れた私と共に、「歌舞伎研究会」という、なんだかまだ学生気分が抜けない感じの勉強会を社内で立ち上げていた。

テキストは私の提案で鶴屋南北全集に収められた『玉藻前御園公服《たまものまえくもいのはれぎぬ》』*1を用いた。南北作品を取り上げたのは、当時の流行りだったからだろうと思う。

六〇年代から七〇年代にかけて歌舞伎で南北作品の上演がブーム*2になった理由について、私なりの考えをここで敢えて大ざっぱに述べておく。まず当時は封建的な身分制度の延長線上にある世襲や、封建制度下の美徳に対して嫌悪感を催すのが一般的で、その点において歌舞伎には批判的な眼差しが向けられるか、全く無視されていた。歌舞伎の研究者や愛好家もそうした時代風潮とまんざら無縁ではなかった。それゆえ、歌舞伎をいわば今日に肯定できる要素として、南北作品に強くスポットを当てた側面があったのではなかろうか。

江戸の爛熟期《らんじゅくき》に誕生した南北作品は、封建的な美徳を賛美したそれまでの作品を洒落《しゃれ》のめすパロディ的な性格が強く、おのれの欲望のままドライに生きる主人公が登場したり、下層階級の実態を生々しく描きながら、一つの秩序をたもつ「世界」が激しく入り乱れて劇全体がアナーキーな雰囲気に包まれるなど、すなわち高度な現代性を有する戯曲として見ることも可能だったというわけだ。

武智師は戦前から一貫して、あたかも封建道徳を賛美するかのような浄瑠璃の戯曲にさえ、そこに抑圧された民衆の抵抗を読み取ることで近代的な価値を付与し、戦後の歌舞伎研究や評論をリードするかたちだった。歌舞伎を封建制度下に抑圧された民衆のエネルギーを結集させた反体制的な演劇と位置づけることで、七〇年安保闘争時に左翼のシンパと見られていたふしがあることも前に述べた通りだ。昭和四十三（一九六八）年に左派系アングラ劇団のハシリともいえる「発見の会」*3で、南北の『金幣猿島郡《きんのざいさるしまだいり》』*4を演出したのはその象徴的な事例だろう。

同作品はこれに先立つ六四年に武智師の脚本・演出で三代市川猿之助《えんのすけ》（二代猿翁《えんおう》）主演による部分的な上演をもって近代以降の嚆矢《こうし》とするが、武智師の補綴《ほてい》・演出による本格的な上演は七六年の六代中村歌右衛門、八代松本幸四郎《こうしろう》（白鸚《はくおう》）主演のものとなる。私は客席でそれを見て南北劇のダイナミズムを堪能したけれど、その時点ではまだ武智師との御縁が始まっていなかったので、上演の経緯をまったく知らない。

ともあれ私が『玉藻前御園公服』という戯曲の存在を初めて知ったのは、武智師の文章や口を通してではない。当時、日本の近世を扱う革新的な評論で名を馳せた廣末保《ひろすえたもつ》*5法政大学教授が七五年に国立劇場の公演プログラムへ寄稿された「南北劇と現代」と題する一文によってなのである。

この作品は金毛九尾《きんもうきゅうび》の狐の化身として鳥羽天皇を悩ませた絶世の美女である玉藻前を主人公にしたスペクタクル劇だが、藻女《もくずめ》という庶民的な女性が宮中の場面にいきなり登場し、天皇の前で飯櫃《おひつ》からご飯をよそって食事を始めだすという、アンバランスなおかしみを狙ったシーンが廣末氏によって実に魅力的に紹介されていた。私はそれが心に残って大沼氏との「歌舞伎研究会」のテキストに推したのだった。

当初はただテキストを読み、セリフに出てくる難解な古語を調べるといった文字通りの勉強会だったが、時がたつにつれてお互いそれだけでは物足りなくなって、実際の上演に使用できる台本のかたちにまとめることにした。

ついでながら、江戸時代の歌舞伎は概ね夜明けから日没までを上演時間としたので、当時のいかなる台本も今日にそのまま上演するのは無理であることを、念のためにここで述べておく必要があるかもしれない。また一座の役者を念頭において書かれるのが基本の歌舞伎台本は、新作するのが建前であり、旧作でも上演のつど絶えず書き替えられることで今日に伝わっている。民衆の芸能だけに、時代の好みや流行を強く反映するから、時代に合わなくなった芝居は徐々に消えていって、いわば廃棄物となった過去の台本が膨大な量で残存していることも知っておいて戴きたい。

そうした廃棄物の台本をところどころカットし、前後をつなぎ合わせるべく新たに書き足したりして再生する試みが「復活狂言」と呼ばれて、当時さかんに行われた。そもそもは歌舞伎を古典劇と強く認識した国立劇場で積極的に始められたことだったが、歌舞伎の新作に見るべきものが乏しくなった事情に伴い、松竹も国立に対抗するかたちで前記の『金幣猿島郡』など数々の復活狂言に取り組んでいた時代である。

現代の歌舞伎には喪われた江戸時代の活力を取り戻すのが、復活狂言の最大の狙いといっていいかもしれない。ゆえに今日に見れば多少の違和感を覚えるくらい、初演時の面影を残したかたちでの上演が望ましいともいえるわけで、そのことについては追ってまた具体的な事例で述べようと思う。

歌舞伎にかつてあった大衆的な活力を取り戻す点で、当時めざましい進撃を開始したのは市川猿之助（現猿翁）である。彼は過去に亡《ほろ》んだ小芝居や地芝居に残された演出、台本等を借りながら数多くの復活狂言に取り組み、宙乗りや早替わりや本水などのいわゆるケレン[*6]で、それらをエンターテイメントに仕立てた功績が頗る大きいといわなくてはならない。

『玉藻前御園公服』もまたエンターテイメントに十分なり得ると判断し、大沼氏と私はそれを二時間程度の上演台本にまとめて演劇制作部で披露した。制作部長や重役まで顔をそろえた集まりで、それぞれ自分たちが書いた部分の「本読み」を行ったのである。

歌舞伎の新作台本は作者がまず声に出して人前で読むという、江戸時代以来の習わしが今日にもまだ生きていて、私はこれを皮切りに何度か本読みをした。歌舞伎のセリフを素人が妙にそれらしく読めばプロの聞き手は気持ちが悪いだろうし、かといって完全な棒読みだと肝腎のニュアンスがまったく伝わらない恐れもある。本読みはそのあいだを縫った微妙なさじ加減が必要で、存外むずかしいものというのが実感だ。

本読みのあとは皆さんの感想を伺うなどしたが、さて、そこからは肝腎の役者の意見を聞いてみないと先に進めない。主演の役者は想定して書いたので、その役者を担当しているプロデューサーにも同席を願っており、彼が台本を見せてくれる機会のあることを願うしかなかった。

もしかりに制作部の全員が太鼓判を捺《お》しても、その台本がすぐに上演されるわけではないことくらい、私たちはもとより承知の上だった。定員二、三百人の小劇場で一週間ほど上演する芝居とはちがって、歌舞伎座で二十五日間上演する芝居には莫大《ばくだい》な制作費がかかる。幕内用語でいう「定《じょう》が立つ」かどうか、つまり採算が取れるかどうかをまず考えなくてはならないし、その点で新作や復活狂言の上演は余計な制作費や手間がかかる分リスキーとみなされがちだ。それでも上演するには役者や関係者の並ならぬ熱意が必要だし、まずは役者が話に乗ってくれないとどうにもならない。

当時はかりに役者の側から持ち込まれた企画でも、かなり慎重に検討されて、実現に至るまでの道のりは遠かったように思う。後にスーパー歌舞伎の皮切りとなる梅原猛作の『ヤマトタケル』なども企画はすでに持ちあがっていて、私は第一稿に目を通した記憶があるが、実際に上演されたのは松竹を辞めてから五年後のことだった。

松竹に在籍したのはわずか三年だったから、『玉藻前～』も当然ながら在籍中に上演は叶《かな》わなかった。というよりも企画芸文室に勤務した私は、いかに上演企画の実現が困難であるかを肌で知る立場だったから、無名の社員の書いたものが上演されるなんて期待は正直まるで持っていなかったのだ。

ところがその台本は、なんと私が松竹を辞めてから二年後の昭和五十九（一九八四）年に上演される運びとなった。そこに至る経緯はまったく知らず、武智師の演出で歌舞伎座の十月興行に上演されるらしい話をいきなり伝えられた時は、嬉しいというよりも若干あっけにとられていたのを想い出す。

私にその話を最初に伝えたのが武智師だったのか、大沼氏だったのか、そこのところが今やどうも判然としない。ただ憶えているのは大沼氏と歌舞伎座の来賓室で会った際に、武智師に企画を奪われるような上演には反対だという意向を伝えられたことだ。だから大沼氏はその間の経緯に関与していなかったはずで、恐らくは武智師と永山武臣氏との話し合いで決まったのだろう。武智師にはひょっとしたら何かの折に私が話したのかもしれないが、『玉藻前〜』が選ばれたのはまったくの偶然だったのかもしれず、主演の役者は私と大沼氏の想定外だったので、上演決定の過程はいささかミステリアスな感じを受けたものだ。

結果としてタイトルを『玉藻前雲居晴衣』と読みやすく改めた台本の表紙や公演プログラムには、「武智鉄二脚本・演出」と記され、その横に並んで大沼氏と私の名前も「脚本」としてしっかり載っており、ふたりはそれを破格の待遇として感謝しないわけにはいかなかった。実際の上演台本は私たちが書いた叩き台をかなり書き改め、武智師の名前が単独で記されていても別に文句がいえないようなものに仕上がっている、という印象を私は持った。

私たちの書いた台本は、いうなれば優等生的にすっきりまとめたものであるのに対し、武智師の台本は折角まとまっているものを崩して、またわざとぐちゃぐちゃにしたような雰囲気だった。師はそれを言葉少なに「台本《ほん》はもっと散らさなきゃ駄目なのよ」と私に諭されたことが記憶に残っているのだけれど、それは南北劇だったからなのか、あるいは歌舞伎の台本全般にいえるのかは不明のままだ。

思えば師はわりあい重要なことでもごく端的にあっさり伝えられたから、あとでもっとちゃんと聞いておくべきだったと後悔するような話が多くて、私はこれを書きながら今さらに愕然とさせられている。

当代の尾上菊五郎と中村吉右衛門《きちえもん》、七代尾上梅幸、五代中村富十郎といった豪華配役で上演された『玉藻前雲居晴衣』の舞台には二代目引田天功《ひきたてんこう》（プリンセス・テンコー）が特殊効果を担当。レーザー装置やロスコのスモークマシンを使用したのは、クロスオーバーに長けた武智師らしい、いかにも新奇な演出だった。今でこそ珍しくもなんともないレーザー装置だが、私が初めて見たくらいに三十年前当時は貴重で、ひと月分の使用料は出演者の最高ギャラをも上回っていると聞かされた。ロックコンサート等ではすでに使用されていたロスコも、芝居では前例がなかったから、花道のスッポンで大きな爆発音を放った際は客席で腰を抜かした人たちがいた。

ところで、歌舞伎は新作や復活狂言でも全員がそろう稽古はわずか三日間しかないのが通例なので、その演出というものは、ひと月も稽古をする芝居のそれとは全然別次元のものである。俳優もスタッフもプロ中のプロがそろっているから、古典レパートリーはふつう演出家がいなくても進行するし、むしろそのほうが一般的だ。

武智師の場合は戦後の一時期に古典レパートリーの「再検討」を標榜《ひょうぼう》した、いわゆる「武智歌舞伎」によって、若手役者の演技を一から鍛え直した演出家のイメージが強かったのだけれど、わずか三日間しかない商業ベースの演出でも、現場を手っ取り早くまとめる点においては一日の長があるのを、私はこの時にしみじみと感じていた。

近年でこそ野田秀樹や串田《くしだ》和美《かずよし》、蜷川幸雄といった歌舞伎以外で実績を積んだプロの演出家を起用するようにもなったが、当時はまだ歌舞伎とそれ以外の演劇の垣根が高くて、交流もほとんどなかった時代だ。復活狂言は台本の補綴に携わった演劇研究者を、お墨付きをもらうかたちで監修や演出に起用しており、松竹の社員だった私はそれらの停滞しがちな稽古風景を遠目にでも見ていただけに、武智師はやはりプロの演出家であることを実感せずにはいられなかったのである。

当時三十一歳の私は、脚本に名前は出しても、稽古場で口出しなぞまったくできるような立場ではなかった。その時は歌舞伎座のロビーに薄縁《うすべり》を横に長く敷き連ねてそこを稽古場とし、端に文机《ふづくえ》が並べられて、その真ん中に座った武智師が目の前で演技をする役者にあれこれと注文をつけ、横にいるスタッフに指図するのを、私は斜め後ろからただ観察していただけだ。

とにかく開幕までの準備を三日間で済まそうというのだから、役者もスタッフも半端な慌ただしさではない。稽古場では皆が一斉に演出家へ襲いかかるようにして次から次へと指図を仰いでおり、こちらは武智師にうっかり声もかけられない状態だった。武智師も当然ながらこちらを構っている余裕はなく、私は私で歌舞伎役者の稽古風景に初めて間近で接することに心が沸き立ち、当時まだ若かった主演者、菊五郎の美しい素顔にうっとり見とれていたりした。

稽古の初日は役者も浴衣姿で、うろ覚えの台本を懐に入れて、セリフをいいながら自分の動作を工夫しており、これを「立ち稽古」と呼ぶ。二日目は「付け立て」と称し、下座《げざ》音楽の演奏者が加わって、役者や演出家の要望に応じるかたちで生のBGMを入れながら舞台の段取りをつけてゆく。役者が舞台に自分で持って出る小道具（持道具《もちどうぐ》）の候補をスタッフがそろえて、選択するのもこの日である。三日目はまず大道具（装置）が指定通りにできあがっているかどうかや使い勝手を調べ、照明の色や明るさを調整した上で、衣裳を着けた役者たちによる総ざらいをかねた舞台稽古がようやく始まるのだ。

たぶんこれが演劇界初使用となったレーザー装置の点検もあったので、道具調べには通常よりも時間が割かれたはずだが、三日目の夜遅くになれば、初日の幕がなんとか無事に開きそうな気配だったから、「どうです、僕のお手並みは」と冗談交じりに武智師が私に向かって自画自賛されたのを憶えている。そうはいってもわずか三日間の稽古ではさすがにセリフが入らない役者が続出し、新奇な試みだけが浮いてしまった結果は、あまり芳しい劇評を得られなかったことも正直に書いておこう。

あれは二日目の稽古が済んだあとか、三日目の休憩時間だったのか忘れたが、武智師と当時の演出助手だった前田有行氏と私との三人で、歌舞伎座の隣にある文明堂でお茶を飲みながら、何かと芝居についての話をしていた。その折に、私は梅幸の演じる藻女の登場の仕方について、ちょっとした意見を述べた記憶がある。奇妙な女性であるのを印象づけるために、自ら飯櫃を抱えてしゃもじを手にしながら登場したらどうか、というようなアイデアをたしか出したのだった。師はたちまちぱっと目を輝かせ、「ああ、それはいい、それで行きましょう」と嬉しそうにいわれて、それが舞台稽古から実現した。

こんな些細な想い出話を自慢めかして書いたのには、それなりの理由がある。

早稲田の演劇科は実践的な授業が皆無だったし、学生劇団にも属さなかった私は、演出と名のつく行為をしたのが中高の文化祭くらいだったので、自分がプロの舞台現場に関与するなどということは、それまで想像もしていなかった。また武智師の演出に口を出したのも、右のような実に些細なことしか想い出せないのを、ここで改めて強調しておきたいのである。

それなのに一体なぜ……というような出来事が二年後に起きるのもまったく知らずに、私は舞台稽古でただ喜んで、梅幸の手にしたしゃもじを見ていたのだった。

二十一　憧れの人との対面

ふいに電話がかかってくる、というのがいつものパターンであり、

「松井さんでいらっしゃいますか。武智でございます」

関西イントネーションのもの柔らかな声が、必ず先に受話器から聞こえたものだ。年上だからといってむやみに威張りたがる人にも閉口するが、武智師ほど丁寧な言葉づかいをして、こちらを戸惑わせた人も珍しかったように思う。それはブルジョア的な育ちによるものだったのか、あるいは若いうちから古典芸能の名人や著名文化人と接する中で、自然と身についたクセのようなものだったのかもしれない。

「今日は松井さんにしかできないお願い事がございまして」

と受話器から聞こえてきたのは『玉藻前雲居晴衣』が上演される以前、私が松竹を辞

めた直後の昭和五十七（一九八二）年の春だった。それは私の人生に一つのエポックをもたらしたといってもよい電話である。

「木下順二先生に、お使いをして戴きたいと存じまして」

と聞いた瞬間まず、えっ、木下順二ってまだ生きてたんだ！　と思ったことを正直に告白しておく。

小学校の担任オカセンのおかげで私は木下順二を知り、幼心に演劇熱を沸かせた『夕鶴』は中学の教科書にも載っていた。当時は同時代の作家よりも先に歴史的な名作と呼ばれるものを読むほうがふつうであり、国語の教科書に載るような作家は概ね物故者だったから、私は勝手に木下順二をこの世にいない人だと決めつけていたのである。

当時の野球少年が長嶋に会えるのと同じような小躍り気分で、私はそのお使いをホイホイと引き受けた。せっかくだから『夕鶴』を読んでわからなかったセリフ、たとえば子供のする「ねんがら」[*1]という遊びは一体どんなものなのか、この際にお訊きしてみよう。などとこれまた勝手な夢をふくらませつつも、文京区向丘のご自宅をいきなり独りで訪問するのは、さすがにおっかなびっくりだったのを想い出す。

通された応接間では、所狭しと飾られた写真や絵や置物の類がすべて馬のそれだったのを頗る奇異に印象づけられた記憶がある。ちなみに木下先生は馬術競技で戦前のインターハイに出場した経験があるほどの、熱烈な乗馬愛好家だったのを知ったのは、後年私自身が乗馬を始めてからだ。

肝腎の武智師のミッションとは近松門左衛門の『傾城仏の原《けいせいほとけのはら》』*2を、後に立ち上げる「近松座」で復活上演するに当たって、木下先生に台本を委嘱したい旨をお伝えするというものだった。それを聞いて、私はまた少なからずびっくりさせられたのを想い出す。近松は『曾根崎心中《そねざきしんじゅう》』*3や『心中天網島《しんじゅうてんのあみじま》』*4といった数々の名作を人形浄瑠璃の戯曲のかたちで世に問うたが、それ以前に、もっぱら元禄《げんろく》の名優坂田藤十郎*5一座の歌舞伎台本を書いていた時期があり、『傾城仏の原』はその時期の代表作であった。

人形浄瑠璃の戯曲は版本が残っているために今日でもわりあい気軽に活字で読めるが、『傾城仏の原』のような歌舞伎の台本はまったく現存せず、「狂言本」と呼ばれる当時の公演プログラムのごときものから大まかなストーリーが知れるのみだ。したがってその上演台本を書くのは、プログラムのあらすじを参考にして創作をするのと同様である。果たしてそんな台本で本当に上演するつもりなんだろうか？　と甚だ疑問に感じられたのだった。

この電話があった翌月の五月に、当時中村扇雀を名乗っていた現坂田藤十郎は「近松座」の旗揚げ公演をしている。できるかぎりの近松作品上演を目指したこの活動は当初完全な自主公演だったらしい。扇雀は昭和二十八（一九五三）年の『曾根崎心中』以来、実父の二代鴈治郎と組んで数々の近松作品を手がけたという実績があったが、「近松座」の発想自体は俳優の小山田宗徳《おやまだむねのり》*6からヒントを得たものだと後に聞かされた。

すでに書いたように坂田藤十郎と私が縁戚関係になるのは子供の頃から知っていて、両親と共に楽屋を訪ねたことがしばしばあったとはいえ、個人的にお目にかかった経験は皆無だったし、近松座の旗揚げも新聞記事でしか知らなかった。それだけに、近松座で上演する予定だと聞かされても、話半分といった感想は否めなかったのだ。

もっとも武智師の電話をもらった時点で私に関心があったのは、近松座ではなく、木下順二のほうである。

『傾城仏の原』に関しては、私の側に幸いと思えるようなことがあった。狂言本の中にはストーリーを詳しく紹介した「上本《じょうほん》」と呼ばれるものがあるが、私は在学中に『傾城仏の原』の上本をたまたま早稲田の演劇博物館ではなく図書館のほうで見つけて、それをコピーしていた。当時は館内のコピー機を使って自分で簡単にできたのだけれど、考えてみれば十七世紀末に上演された芝居のプログラムなのだから、今やきっとそんなことは想像もつかないくらい厳重な管理下に置かれた貴重な古文書であるにちがいない。

たまたま持っていたその貴重な上本のコピーも持参して、私は木下先生の家を訪れた。

武智師の指示通り、まずは『傾城仏の原』という芝居のストーリーを話した上で、それを復活上演する学術的な意義について説明し、ほかにもいくつか持参した資料をお渡しして引きあげるつもりだったのだ。

ところがどっこい、

「僕はそういう仕事はやりませんから」

木下先生はにべもない御返事で私を愕然とさせた。

当然、武智師との間であらかた話はついているものと思い込んでいたので、頭から拒絶されると、私はたちまちどうしていいかわからなくなった。まさしく子供の使いで、持参した資料だけを置いて、あっさり退散するはめとなったのだ。

さっそく武智師にその旨を電話で報告したところ、

「ああ、木下先生はそう仰言ると思ってました。だから僕は、代わりに松井さんに書いてもらうつもりだったのよ」

ええっ！　と三度も驚かされたあたりから、私はもうすっかり武智ペースにはめられてしまったといってもいいだろう。

どうやら木下先生のゴーストライターを務めるようにという師のご託宣であるのはわかったものの、こんどは果たしてそんな仕事が自分に務まるのだろうか、という大いなる懸念があった。

『玉藻前雲居晴衣』は原作そのものが歌舞伎の上演台本だったので、概ねそれをカットして多少ツナギの部分を書き足せばよかっただけだが、創作の占める割合が多くなる『傾城仏の原』の台本を、かりにゴーストだとしても、自分が手がけるのは躊躇せざるを得なかった。私は何しろ小学校の夏休みの宿題で子熊の物語を書いて以来、創作を試みた経験が一度もないどころか、名馬ならぬ伯楽を気取って、創作願望すら敢えて封じた人間なのである。

そんな人間が『傾城仏の原』の台本を書く前に、まず習作として現代劇を書いてみようとしたのは、われながら今でも不思議な気がする。思うに仕事がとても暇な時期だったため、脳のエネルギーを持てあましてただ発散したかっただけなのではなかろうか。

それを書く作業は子供の頃に封印した妄想癖を解放する以外の何ものでもなかった。頭の中に人物が次々と登場して勝手に話しだすのを、その場で書き留めていくだけだ。筆記用具を持たない時、たとえば道を歩いている最中にも、彼らは突然現れてしゃべり出すので、彼らを頭からこぼれ落ちさせないよう、なるべく上半身を揺らさないでそっと歩きながら帰宅したというバカバカしい想い出もある。

かくして二本の戯曲らしきものが書けてしまったのは、自分でも実に意外だった。すばらしいものが書けたとは到底思えなかったが、一応のかたちはついているようだと、松竹の募集に応じた五百本もの作品を下読みした経験のある私は判断した。その判断を確認するため、創作戯曲を毎年公募している劇団「テアトル・エコー」[*7]に投稿してしまったのは、まるで魔が差したとしかいいようがない。

テアトル・エコーは井上ひさしを劇作家として世に送り出した老舗劇団で、「ぴあ」

の演劇記者もしていた私は劇団の制作担当者と知り合いだった。ゆえにバレたらまずいと思い、「松沼薫」という速成のペンネームを用いたのみか、芝居とまったく無縁な女子寮時代の友人の住所と電話番号を拝借して応募した。

しかし人間本当に、悪いことはできないものである。

昭和五十九（一九八四）年十一月十六日のお昼どき、私はその友人からの電報で泡を喰らった。私の家の電話がまったく通じないから至急連絡をくれとのこと。確かに不通になっており、ドアの外はゴムの焼け焦げた異臭が漂っていた。それは世田谷電話局の大規模なケーブル火災によるもので、なんとよりにもよってその日に友人はテアトル・エコーから、私の戯曲が二本とも佳作入選したという通知を受け取ったのである。夕方にもう一度先方から電話をもらう約束をしていて、その時には何がなんでも本人を電話に出さなくてはならないと焦ったらしい。

つまりは大変に人騒がせな事態を招いたこの戯曲応募で、私は自らの創作を初めて世に問い、少しは認められたことにもなるのだろう。

けれど、そこからすぐに創作活動の道に進もうなどとは、つゆほども考えなかった。それは松竹の企画芸文室でさまざまな事例を見聞きして、日本で自立したプロの劇作家になるのはいかに困難であるかを熟知していたからである。また長年にわたる「名馬と伯楽」の呪縛が解けなかったというのもあるだろう。

だがそれよりも何よりも、芝居にしろ映画にしろ小説にしろ、子供の頃からなまじ本物のプロを知り過ぎていて、自分は眼高手低《がんこうしゅてい》にならざるを得ないという自覚が一番のネックだったのではなかろうか。プロとアマチュアがボーダーレスになった現代では、こうした理由は実感できにくいかもしれないが、今でも正直その気持ちにあまり変わりはない。ただ昔ほど眼高を誇りとしなくなり、手低をさらす度胸がついたというだけの話だ。

ともあれ肝腎の『傾城仏の原』の上演台本を書いて武智師に渡したのも同年度中だったとは思うのだけれど、詳しい月日はさっぱりと記憶がない。なぜならそれに対する感想はまったくもらえぬまま、しばらくは何の音沙汰もなかったからである。

この件とはまったく別に、私は新橋の画廊で五十九年十月の『玉藻前雲居晴衣』上演直後に武智師と面談して、

「これからまたあなたにいろいろと力を貸してもらうことになりそうですよ。永山さんが歌舞伎座の企画を全部僕に任せるといってるのよ」

と聞かされた憶えがある。

当時松竹の社長になったばかりの永山武臣氏は武智師の京大の後輩に当たるため、両者はそれなりの信頼関係にあったものとおぼしい。両者の間で出た『世善知相馬旧殿《よにうとうそうまのふるごしょ》』[*8]の復活上演企画を武智師は私に話された上で、それが実現する際にはまた私がその台本

を書くように、他にも復活上演の企画候補をいくつか挙げるようにといわれたのだった。

ところが、そうした武智師と松竹との蜜月時代はその後すぐに終わりを告げた。破綻の原因は恐らく武智師がテレビのワイドショーに出演し、某歌舞伎役者のスキャンダルがらみで、とんでもない暴露発言をしたことではないか、と弟子仲間のひとりから聞かされた憶えがある。

とかく武智師の人生は、口は禍《わざわ》いの元を絵に描いたようなところがあって、自ら事を起こし自ら事を破る言動の多さは弟子のあいだでも理解しづらくて、「うちの先生は本当に困ったもんだねえ」と常にささやかれたくらいである。おまけにあらゆる分野であらゆる仕事の企画を次から次へと仕掛ける方で、私がそれまでに知るだけでも実現しなかった企画がごまんとあったから、『傾城仏の原』もたぶんその口だろうとみて、こちらが連絡を取ってみようという気にはなれないまま虚《むな》しく月日が過ぎていった。

近松座の旗揚げ公演（昭和五十七年）は「前進座」[*9]の高瀬精一郎脚色・演出による『心中天網島』で、以後も高瀬氏と提携して近松作品の復活上演に当たるのかと見られたが、翌年の第二回公演は武智師の脚色・演出による『嫗山姥《こもちやまんば》』[*10]だった。この時も上演の経緯は何も知らされなかったし、公演プログラムに載った「近松座上演計画」なるものには『傾城仏の原』が含まれていたものの、まだ実現を信ずるまでには至らなかった。

その件についてようやく武智師のほうから連絡があったのは昭和六十（一九八五）年の夏も終わりで、私はいわれた通りすぐさま浅草公会堂に馳せ参じたのである。

二十二　懐かしい人との対面

昭和六十（一九八五）年八月二十九日に初日をあけた近松座の第四回公演は、武智鉄二脚本・演出の『冥途の飛脚』*1。近松作品の中でも珍しく原曲に近い節付けが残されている点を活かした復活上演で、「新町越後屋」の場は堅牢《けんろう》な二階建ての装置を作り、その二階において「チビ玉」こと白龍光洋《はくりゆうみつひろ》（現嘉島典俊《かしまのりとし》）扮する禿《かむろ》に舞わせることで話題を呼んだ舞台だった。

私はそれを客席に座って見る前に、武智師の先導で楽屋を訪れていた。近松座を主宰する中村扇雀（現坂田藤十郎）はこの時五十三歳。歌舞伎役者として脂がのりきった頃である。一度見たら決して忘れられない、素顔でも役者らしい風貌を私がわかるのは当然として、向こうがこちらを見て、ああ、という表情をされたのは意外だった。

余談ながら、私が生まれたのは昭和二十八（一九五三）年九月の末で、扇雀はそのちょうどひと月前の八月に『曾根崎心中』を初演している。当時は弱冠二十一歳で、すでに「武智歌舞伎」によって関西方面では若手のホープとして知られ、五代中村富十郎と共に「扇鶴ブーム」を巻き起こしていたが、『曾根崎心中』のお初役でさらに全国的な大ブレイクを果たした。

扇雀ブームは次第にエスカレートし、サイン会場のデパートが群衆に取り囲まれて、屋上からヘリコプターで脱出するはめになったとか、駅のホームから貨物用のエレベーターで降りざるを得なくなったというような、今日のスーパーアイドルも顔負けの逸話が伝えられる。そうした凄まじい人気にあやかってネーミングされた扇雀飴《あめ》は、今も菓子メーカーの社名に残されている。

日本精工の今里広記氏が京都駅で扇雀とバッタリ会われた時は、まだそこまで異常な状態ではなかったにしても、まさに「旬」のアイドルだったのは間違いない。その時どういうわけか、ふたりの間で誕生したばかりの私が話題になったらしい。

「あそこのうちに孫が生まれたって聞いたけど、名前は何ていうの？」との質問に「へえ、ケサコいいます」と扇雀が答え、「ほう、なるほど、袈裟御前《けさごぜん》だね」と今里氏が返せば、「いや、それと違《ちご》て、グッドモーニングの今朝ですねん」と即座に扇雀は答えた。

それを聞いた今里氏は、近頃の人気者はさすがにウイットに富んでいると感心されて、以来、グッドモーニングの扇雀と呼ぶようになられたとか。

子供の頃に私は親からさんざんその話を聞かされていたので、相手がこちらの名前を知っているのは不思議でもなかった。ただし、お目にかかるのはずいぶんと久々で、しかも親と一緒ではないからきっとわからないだろうと思っていたのだ。

「こちらは松井さんといって、例の『仏の原』の台本を……」

と武智師が紹介されだしたところで、

「センセ、この人、私の親戚ですがな」

扇雀が慌てて話を遮ろうとしたから、武智師は少しむっとしたように、

「親戚て、どんな親戚やら。ハハハ、あんたはどこにでも親戚があるんと違うか」

やや皮肉めいた笑いでいなされた。

扇雀はますます慌てて、

「センセ、この人ほんまに親戚ですねん。なあ、今朝子さん、センセにそういうて」

相づちを求められるかっこうながら、私はどのような親戚かをひと口で語るのは非常に難しいので、えへらえへらと笑い流してしまった。

いずれわかることだと思い、その後も武智師には説明をしなかったのだが、考えてみれば数ある歌舞伎役者の中で武智師と最も近しい関係にあったといえる扇雀と、自分が縁戚関係にあることを、私はそれまで話していなかったということのほうが不思議に思えてならない。ただ話すチャンスがなかっただけなのか、はたまた話したのにすっかり

忘れられていたのかは知らず、武智師は別にとぼけているふうな感じがまったくしなかったので、この時のふたりはまことに妙な気分の対面となった。

次に驚かされたのは翌年の春にもらった電話で、それは武智師からのものではなかった。

「松井今朝子さんでいらっしゃいますでしょうか。私はキネヤカソーと申しますが……」

これまたバカ丁寧な話し方をする中年男性の聞いたこともない声が、妙なことを告げたのだった。

「実はこんどの近松座の公演で、武智先生の演出助手をお願いしたいと存じまして」

「はああ？　何かのお間違いじゃないでしょうか。私は先生にお頼まれして『傾城仏の原』の台本は書きましたが、演出のお手伝いをするというお話はまったく伺っておりませんが」

と即座に答えたのは、本当に間違いだと思ったからだ。武智師には前田有行氏という、昔から演出助手を務めてらっしゃる方が別にあって、私が劇場で武智師とお目にかかる時は大概その方がそばにいられたのである。

近松座の制作を担当するというキネヤカソー氏なる人物と押し問答をしたあげく、私はすぐに武智師に電話で問い合わせてみた。

「ああ、あれはそんなに気にしないでいいの。それより、あなた、近ぢか青山劇場に来られませんか?」

といわれて、腑《ふ》に落ちないまま取り敢えずお会いすることにしたのだった。

この時期、私は急にまた忙しくなり始めていた。とにかくフリーになってからはライターのみならず編集者も兼ねたかたちで、さまざまな仕事に追われる激動の日々だった。徹夜が三日も続くほど忙しかった時期もあれば、毎日を図書館や近所にある映画の二番館通いで過ごすという極端に暇な生活を余儀なくされたりもした。

フリー仲間で一番年長の私が責任者となって、渋谷の神南にささやかな編集プロダクションの事務所を構えたのが六十一年の四月。青山劇場に伺ったのは同じ年の三月である。

その時、青山劇場では第一回公演の『心中天網島』を再演していたが、何らかの事情で演出の高瀬氏が急遽降板をされ、武智師が代行するかたちだったようである。近年中に閉館が決まった同劇場も、当時はまだオープンしてわずか半年ほどだったから、どこもかしこも新装でぴかぴかしていたのを想い出す。

まず客席で武智師と共に芝居を見たあと、館内の喫茶店でふたたび扇雀と対面した。この時はもうお互いうろたえることもなくふつうに挨拶をし、三人で話をするというより、私はもっぱら扇雀と武智師の話し合いを黙って傍聴するかっこうだった。

この時われながら変な感じがしたのは、ふたりが松竹の制作や俳優行政に関して何かと話すのを聞いていて、話に個人名が出てきても、その顔がはっきりと目に浮かぶことであった。要するに、私が松竹の社員だった頃に社内で俳優の問題について何かと話されていたのとちょうど逆の立場で、こんどは俳優側が松竹の問題について話すのを聞いてしまうという現実には、いささか居心地の悪さを覚えたものだ。

たとえば会社や組織でも、かつて若い女性は重用されない分あまり警戒もされなかったため、たまたま重要な会議に陪席して聞いてはまずいことまで聞いてしまったというような経験の持ち主が、今日よりはるかに多かったのではないかと思う。少なくとも二十代後半から三十代にかけての私には、それと似たことがさまざまな分野で立て続けに起きていたのだった。

ふたりの話し合いは小一時間ほども続いて、ようやく三人が立ちあがり、レジに向かう人の背中に「扇雀さん、ちょっと」と武智師が呼び止めた。

相手が振り向くと、武智師は私をちらっと顧みてから、急に直立不動の姿勢を取った。

「この人を僕の跡継ぎに育てようと思うので、よろしくお願いいたします」

そういうなり、扇雀に向かって深々と頭を下げられたのには仰天した。私は文字通り頭が一瞬のけぞるような感じになり、それから扇雀の顔をまっすぐに見つめて、こんなことまったく聞いてません。武智先生が今突然いいだされたんですよ！　と心の内で叫んでいた。扇雀もあきらかにぎょっとしたように立ち止まり、ただでさえ大きな眼をさらに大きく剝《む》いて、私の顔と武智師の垂れた首《こうべ》を交互に見ながら、

「はあ、はあ。まあ、センセ、わかりましたから、頭をお上げになってください」

そういわれるまで、武智師は頭を下げたまま微動だにしなかった。まるで芝居のワンシーンを見せられているようで、私はただただ呆然とし、どうやら容易ならざる事態になりそうだ、と予感した。

二十三　歌舞伎の台本書きの実態

これはたしかに私しかできないことなのかもしれないという強い思い、果たして自分は本当にこんなことができるんだろうか？　という弱気な心に揺れ通しだったのが、近松座での十年間だった。

その十年間で、私はひょっとしたら人生のピークとどん底を味わったのかもしれない、という気持ちに今でもさせられる、激動の時代でもあった。

それがいつから始まって、いつ終わったのかは、自分でも正確に把握できない。また十年間に私が近松座に関わった延べ日数は少なくて、経済的依存度も決して高いわけで

はなかった。つまり生活基盤となる仕事はちゃんと別にあって、いわばサイドワークに過ぎなかったのだけれど、そこには本業よりも凝縮された濃密な時間が流れていたような気がする。ただし、そこでの仕事を時系列で逐一紹介するのは却ってわかりにくいだろう。

ひと口でいうと、私はその間、近松座の座付き作者のようなかたちで歌舞伎に関わっていた。具体的な仕事の一つは台本書きであり、もう一つは演出である。あと一つ制作の相談役というのもあるが、それは武智師の存命中にはなかったことだ。

当時、私はまだ三十代だった。四十五十はハナタレ小僧といわれる歌舞伎の世界では、とても若いほうである。しかも女性であういう仕事をした例はかつてなかっただろうし、その後も例を聞かない。それだけに、ある程度きちんと書いておく義務があるようにも思えるのだ。

台本書きで最初の大仕事になったのは例の『傾城仏の原』である。まずは、これについてもう少し詳しく記しておかなくてはならないだろう。さほど近松や歌舞伎に興味のない方もしばらくご辛抱してお付き合いを願いたい。

主人公は越前の国主である梅永家の若殿文蔵《ぶんぞう》で、天真爛漫《てんしんらんまん》に人生を謳歌《おうか》する彼が、弟の陰謀で国を逐《お》われ、放浪を重ねる中で関係を持った遊女と巡り会い、人間的な成長を遂げて、恩讐を超えた大団円を迎えるストーリーだ。

序幕で大勢の供を従え、美々しい装いでいかにも若殿然として登場した彼は、弟の罠《わな》にかかって親の勘当を受けたあと、みすぼらしい紙衣《かみこ》を着せられ、つまりは身を「やつし」*1て追放される。「やつし」は高貴な人間が落ちぶれたり、数々の試練を経て真に尊い存在になれるという説話の類型、いわゆる貴種《き しゅ》流離譚《りゅうりたん》*2を視覚化したもので、歌舞伎には大昔から重要な要素であった。

二幕目は身をやつした彼が侵入した屋敷での出来事だ。放浪中の彼は空腹のあまり、月見で飾ったお供えのお餅や酒を盗み食いして家人に見とがめられる。そこから身の上話に及んで、かつてふたりの遊女と関係し、彼女たちの喧嘩で廓中《くるわじゅう》が大騒ぎになった顚末《てんまつ》を、いわゆる「しゃべり」の芸で面白おかしく物語る。最初にして最愛だったのは奥州《おうしゅう》という遊女だが、彼女は文蔵と別れたあと他の大名に身請けをされ、側室として今はこの屋敷の主であることが判明。ふたりは偶然の再会を喜び合うも、お互い意地を張って別れてしまったことを深く後悔せずにはいられなかった。

一方、文蔵には竹姫という許嫁《いいなずけ》もいて、彼女もまた文蔵が落とした印籠を手がかりにこの屋敷を訪れていた。文蔵と奥州の仲を嫉妬した彼女の生き霊が奥州に憑依《ひょうい》してさんざん恨み言をいう件《くだり》は舞踊シーンとして展開する。そのあと弟の帯刀《たてわき》が率いる悪党一味に襲われた文蔵は、奥州の機転でなんとか逃げ落ちたものの、彼の父梅永刑部《ぎょうぶ》は帯刀の手下である乾介太夫《いぬいすけだゆう》の手で殺害されてしまう。

第三幕は文蔵が子供まで作らせた今川という遊女を越前三国《みくに》の遊廓《ゆうかく》に訪ねるところから始まる。今川には先客があって、ふたりの間ではどうやら身請け話が出ている様子。文蔵はそのことに腹を立てて痴話喧嘩を始めるが、先客とは今川の実父であり、浪人中に貧乏して身売りした娘を取り戻しに来たのだと聞かされて、一旦は共に喜び合う。ところがその父親は、帯刀のお家乗っ取りに加担して梅永刑部を殺害した乾介太夫と判明し、事態は急転。敵同士の立場になったふたりは、たとえ子供がいても縁を切るしかなかった。しかし娘を身請けするために止むなく悪事に加担した介太夫は、前非を悔いて文蔵に潔く討たれようとする。その殊勝な態度を見て、文蔵は彼の命を助け、忠臣らの手で帯刀一味も退治され、めでたしめでたしのうちに幕が閉じる。

そもそも歌舞伎は舞踊とショートコントの集合体のような芸能として出発し、そこにある程度のストーリーを備えて演劇らしく開花したのが元禄歌舞伎であった。ゆえに『傾城仏の原』も後世の歌舞伎のような持って回った無理な筋立てや、複雑怪奇な展開はなく、極めてシンプルでわかりやすい内容だ。しかも悲劇的局面がある一方で喜劇的な要素も強く、全体に人間らしい感情をストレートに反映させた大らかな作風であるのが少しはおわかり戴けただろうか。

ここでもう少し歌舞伎について説明しておくと、今日に悲劇のイメージが強いのは、元禄期を過ぎて享保期に突入した頃から人形浄瑠璃の戯曲を大量に取り込んで、それらが今日に残る古典レパートリーのベースになったからである。

その結果セリフも浄瑠璃の韻律に支配され、幕末から明治にかけて活躍した作者の河竹黙阿弥《もくあみ》は七五調の韻律に強くこだわったセリフを書くようになった。江戸最後の大作者として君臨した彼とその門下が台本の多くを整理して残したために、今日に残るレパートリーのセリフは概ね七五調の美文になって、歌舞伎のセリフのイメージまで作りあげてしまったのである。

七五調の韻律的なセリフは耳ざわりがいい反面、というよりも耳ざわりがよすぎるからこそ聞き流されやすく、内容もまた形容本位になりがちな欠点があることは指摘しておかなくてはならない。とかく形容本位であることが日本文化の特質といえるにしてもである。

一方で歌舞伎が人形浄瑠璃の影響を強く受ける以前の元禄時代に生まれた作品も少しは残っていて、今日によく知られたその代表的な演目の一つに『鳴神《なるかみ》』*3があるが、これは江戸の町に誕生して以来、連綿と伝承されてきたわけではない。いったん伝承が途切れたあと、近代になって二代市川左團次《さだんじ》が復活したものである。

片や上方に残った元禄歌舞伎の面影を残す人気レパートリーは『廓文章《くるわぶんしょう》』*4だが、これは近松が歌舞伎をもとにこしらえた人形浄瑠璃の戯曲がベースになっていて、純然たる元禄歌舞伎を伝えたものとはいえないのが現状だ。

したがって二代左團次が『鳴神』を復活したように、上方の元禄歌舞伎を代表する『傾城仏の原』を復活したいという志が、中村扇雀に、というよりも武智師のほうに当初からあったのだろう。

歌舞伎は多様性に富んだ芸能だったからこそ現代まで生き延びたので、新作の上演にしろ、復活狂言にしろ、いわば多様性を維持する試みである。武智師は歌舞伎が成立順に十二種類の様式に分類されるという認識を早くから唱えており、その筆頭に置いた「坂田藤十郎を頂点とする元禄歌舞伎」の復活は、積年の悲願でもあったにちがいない。*5

かくして元禄歌舞伎のストレートで大らかな作風を蘇らせるために、数々の民話をドラマ化して日本の演劇に大きな財産を作りあげた木下順二の力を借りようとしたのだろう。

しかしながら民話劇の「文体」を自ら練りあげた木下順二は、近松らしい古語を用いてセリフを書くのは自分のすべきことでないと判断し、「僕はそういう仕事はしませんから」ときっぱり断った。

そこで私が代筆をすることになったわけだが、その際に心がけたのは、七五調のいわゆる歌舞伎らしいセリフには断じてしないことである。

ちなみに私は現在、時代小説を書く際にも、登場人物の話し言葉にはかなりの神経を使い、その時代に果たしてそんな言葉が使われていたのかどうか、辞書で逐一初出の文献を当たるようにしているが、同じ江戸時代でも三百年のあいだで言葉は相当に変化している。元禄歌舞伎のセリフを書くためには、当然元禄以前の語彙を使わないといけないのだけれど、そんな古い時代の歌舞伎の台本はまるで残っていないから、代わりに江戸時代初期に成立した能狂言の本をできるだけ読むことで、使用できる語彙を頭にインプットした。

たとえば技量を意味する「腕前」という言葉は江戸時代の後期から使われだした言葉なので、台本にはそれ以前にあった同義語の「拳《こぶし》」という言葉を敢えて用いた。また今だと「胸がどきどきする」というのを当時は「胸がだくめく」といい、これらは文字だけだと意味がわかりづらいので、時代小説にはさすがに使えないのだけれど、舞台だと役者の動作が加わるから、観客には意味が十分通じることを、上演の際に私は実感している。

何はともあれ、どうにかこうにか私は台本の叩き台をこしらえた。が、そのあと木下先生を武智師がどんな風に説得されたかはまったく知らない。ただ木下先生は、どうやら私が置いて帰った資料にきちんと目を通されていたようである。その上で、私の叩き台を元に、ひとまず第一幕の幕開き部分を四百字詰めの原稿用紙八枚に書きおろされて、それに手紙を添えるかたちで武智師の元に送られた。

現在私の手元に残っているその八枚の原稿の冒頭には「第一場　北国街道出会の場

（装置、唄、省略）→松井さんにまかせるという意味」と書かれていたりする。手紙は武智師の意見を求めたもので、「こちらの創作を詞《ことば》の上でも構成の上でもどの程度入れていいものか、そのいわばコシがまだぐらついているわけです」という木下先生の率直な迷いが述べられている。

ついでながら「唄」とあるのは歌舞伎にBGMとして流される下座唄《げざうた》のことで、古典レパートリーはそれも決まっているケースがほとんどだし、復活狂言の場合でも大概は在物《ありもの》の唄や曲を流用している。とはいえ今日に残る下座唄は元禄よりはるかに時代が下がった頃のものだから、安直に流用するわけにはいかなかった。そこで元禄以前の流行歌を収録した『松の葉』*6という歌詞集からいくつかをピックアップしてそれをアレンジした歌詞に、新たな作曲をほどこす方針が武智師によって示された。私はその意向に沿って、ひとまず自分でチョイスした『松の葉』の歌詞を書いておいた。

一応シチュエーションにふさわしい歌詞を選んだつもりだったが、武智師は後にそれらの多くが振付のしにくいものと判断し、私と共に歌詞の選び直しをされた。そのことが、私にとっては日本舞踊というものを改めて考えるきっかけともなったのである。

下座の唄は幕開きや役者登退場によく流れるが、歌舞伎はその登退場を「出端《では》」や「引っ込み」と呼んで一つの大きな見せ場にしている。「引っ込み」では『勧進帳《かんじんちょう》』の弁慶の飛び六方が、「出端」は『助六《すけろく》』のが今日に有名だが、それでもわかるように舞踊的な動きをするため、そこには振付が必要になってくるというわけだ。

日本舞踊はフラダンスなどと同様、ある程度は歌詞に付いた振付が基本だから、その歌詞は振付のヒントとなるようなビジュアルの浮かぶ言葉をなるべく盛り込んだ詞章が望ましいのである。メロディーがおぼろげでも今日に伝わっていたらさらにいいわけだが、古曲に造詣が深い武智師はもののみごとにそれらを選択されたのだった。『松の葉』の歌詞に付くメロディーをある程度今日に残しているのは地唄[*7]で、地唄演奏家の当時第一人者だった人間国宝の富山清琴《とみやませいきん》[*8]師にそれらを演奏してもらうことができたのは、やはり武智師ならではの計らいだろう。

武智師と共に私は清琴師のご自宅で生演奏を聴かせてもらうという光栄に浴したが、その演奏を採譜して、長唄に仕立て直したのは杵屋花叟《きねやかそう》[*9]師だった。

花叟師は私にバカ丁寧な電話をかけてこられた近松座の制作者キネヤカソー氏と同一人物であり、この方はもともと長唄を本業にしていて、東京音楽学校（現東京藝術大学）でもしっかり邦楽を学んでいた方だったのだ。この方が近松座にいなければ、下座唄まで新たにこしらえることはできなかっただろうと思う。

それら新作された下座唄に振付をされたのは、これまた地唄舞の第一人者として人間国宝になられたばかりの吉村雄輝《ゆうき》[*10]師だったのも、武智師ならではの贅沢《ぜいたく》なスタッフ組みといえた。

余談ながら、この方の家はわが母親の実家である大野屋旅館の真裏に当たったため、私は子供の頃からその話をよく聞かされていた。太平洋戦争で海軍へ入隊する直前に、島田の鬘《かつら》をつけた芸妓《げいこ》の扮装をして人力車で町回りをしたというエピソードは、いかにもピーターこと池畑慎之介のお父さんらしかった。

初対面でいきなり、

「あんた舞妓ちゃんみたいな可愛《かい》らしい顔してからに、なんでそんなちょんちょこりんの怪体《けったい》な髪《あたま》にしてんのや」

と私のショートカットに毒づかれたのが今も懐かしい想い出だ。意外にモダンな感じの方で、そばにいるとなんだかこちらまで嬉しくなってくるような、実にチャーミングなお人柄だったのを想い出す。

国立劇場の稽古場で実際に振付をしている最中には、舞台が広くて曲が足りなくなる恐れがあると、この方は判断されたのだろう、それゆえ曲をもう少し長くするよう武智師に求められた。そこで私はその場で歌詞を即興し、花叟師も慌ただしくそれを作曲するようなことがあった。

歌舞伎に限らず、台本というものは得てしてこんなふうに、作者の手のみで完成されるわけではなく、現場の実状に応じて徐々に成り立つものなのだろう。

二十四　木下順二の教え

　やや先走ってしまったので、話を少し前に戻すと、私の書いた叩き台に、木下先生が現代語で創作の部分を加えられ、それを私がまた古語にいわば翻訳するというかたちで、台本の第一稿が生まれていた。
　そのやりとりは郵便でなされ、木下先生の手書きの原稿は今も私が手元に保存している。原稿に添えられた手紙は、今読んでも恐縮に堪えない。

松井さん
早いほうがいいだろうと思って第一幕の手を入れた分だけまずお送りします　きっとおかしいところ多々あるべく、どんどんなおされたし（以下略）

松井さん
前便同様　遠慮なく取捨訂正願います（以下略）

日本を代表する劇作家が、まだ物書きの駆けだしともいえない当時の私に宛てた右のような文面は、人間木下順二の器の大きさを如実に物語っている。

ところで歌舞伎の台本書きの仕事には、まずそれを声に出して読む「本読み」の作業が含まれており、手書きしかない昔はともかくも、プリントが各自に行き渡る現代において、なぜまだそんなことが必要なのか、私は扇雀こと坂田藤十郎に一度尋ねてみた。その時の答えはこうだった。

「文字を追わずに耳で聞いてたほうが、やっぱり場面の様子が目に浮かびやすいのよ」

と聞いて、私もなるほどという気がしたものだ。

『傾城仏の原』の本読みは、赤坂の会員制クラブをわりあい早い時間帯に借り切って行われたものと記憶する。ちなみにその後も近松座では祇園の御茶屋で本読みをした覚えがあるが、そういう場所が世間一般にイメージされるのとは全然ちがって、その場では本当にお茶とお茶請けしか出ない、終始まじめな雰囲気であるのがちょっと意外なほどだった。

私は「本読み」を以前、松竹のおえら方の前でも一度したことはすでに書いたが、『仏の原』の時は緊張もひとしおだった。何しろひとりはプロの歌舞伎俳優であり、ひとりはセリフの間《ま》や音遣いにことのほか厳しい演出家、ひとりは日本語に関する数々の名著で知られた劇作家、いわば当代一のうるさ方が聞き手に勢ぞろいしていたことになるのだから。

それでも若さのなせるわざだろう、私はわりあい怖《お》めず臆せず最後まで読みきって、中村扇雀や制作者として立ち合っていた杵屋花叟師に賞められたのは、単なるお世辞にしても悪い気はしなかった。

ただし今に忘れがたいのは木下先生のご感想である。

「あなたはやっぱり京都の人だから、鼻濁音がちゃんとつかえないんですねえ。茂山さんたちにもよく注意したけど全然直らなかったんだよなあ」

茂山さんたちとは木下先生の芝居に出演した狂言師の四世茂山千作《しげやませんさく》*1・二世千之丞《せんのじよう》兄弟のことだが、私はそれまで鼻濁音なるものを注意されたことがなく、まるで意識もしてこなかった人間なので心底びっくりした。なのでそのあと木下先生が、

「僕の母親も京都の出身だから、鼻濁音がつかえなかったんですよ」

と仰言ったのもよく憶えている。

しかし、それよりもっと忘れてはならない先生の言葉が次にあった。

「これは僕の書いた台本《ほん》じゃありません。松井さんが書いたんだから、松井さんの名前で上演すべきだ」

断固たる口ぶりに、さすがの武智師もうろたえた様子で、むろん扇雀も花叟師もあたふたしていた。だが三人よりもっと驚いていたのは私だったかもしれない。

その場で説得に当たった武智師と花叟師が、非常に正直なところを口にされたのは、恐らく木下先生のお人柄を見てのことだったのだろうと思う。

今度の上演では、何よりもいわゆる七五調のセリフをいわせないところに大きな意義がある。ところがそれを歌舞伎役者に強いるのは至難のわざだ。彼らは隙あらば自分たちがいい慣れた七五調のリズムにセリフを直してしまう。それをさせないためには、どうしても木下順二という権威の重石《おもし》が必要なのだ、と武智師は切に訴えかけた。制作の花叟師は木下先生の名前がないとはっきりいって商売にならない旨を率直に伝えた。世馴れたはずの大人たちが変に持って回ったいい方をしないのは実に爽快だったし、木下先生がこれに大人の対応をなさったのも至極当然のように思われた。

結果プリントされた台本の表紙には「近松門左衛門作　木下順二脚本　松井今朝子補訂」と銘記されていた。読みやすいように「けいせい仏の原」と書かれたポスターやチラシにも、私の名前が木下先生と武智師の間に挟まるかたちで載ったのは、当時としては自他共に驚くべきことだった。木下順二と武智鉄二は日本の文学史や演劇史に残る人だからして、ふたりの間に挟まったコイツは一体何者なんだろうと、これを見た後世の研究者はきっと訝しがるに違いないと、私には思えた。

私自身が大学院でそんな目に遭ったわけではないが、当時は文学全集の解題ですら学生に書かせて、先生の名前で発表する、というようなケースがまかり通っていた時代である。本当に正直なところ、私は自分の名前が出なくても、子供の頃から知っていた木下先生のお手伝いができるだけで十分満足だったのだ。

それだけに、本読みの段階で木下先生がいいだされたことには驚きもしたし、そういうことをいわせた人格の気韻のようなものに強く心を打たれた。

この間の経緯は先生ご自身も岩波の「文学」（一九八七年四月号）に書かれており、そこでも私の立場をあくまで尊重してくださっているのは実に有り難いかぎりだ。

後日、この作品が舞台中継で録画放送された際にも、先生は脚本の放送使用料を私と折半するよう、自らＮＨＫにかけ合われ、私にその旨を電話で告げられた時の驚きもまた、今に忘れがたいものがある。

「向こうの提示金額が最初バカバカしく安いもんで、僕は非常に怒ったんですよ。芝居の物書きに敬意というもんが欠けていると、ずいぶん文句をいったら、やっとこの金額を出してきて、これで勘弁してくださいということでね。まだ全然足りないとは思うけど、あなたも我慢してください」

それを聞いた一瞬、私は木下先生のような方がお金の話を口にされたことに、いささか意外な感じを受けながらも、ＮＨＫとそうした交渉ができるのは木下先生だからこそだという気がした。

すでに功成り名遂げた劇作家というより、日本を代表する文化人には放送使用料の額がどうであれ、別に痛くも痒《かゆ》くもなかったはずだ。それなのにきれい事で逃げられず、当時日本人の多くがまだ苦手だった金銭交渉を敢えて堂々となさったのは、ひとえに後進のためを思ってのことだったにちがいないのである。

組織に属さないフリーランスの文筆家で生きていこうとする人間は、組織に対してそれなりの自己防衛が必要になることも、私は木下先生に教わった気がしている。その先生の顰《ひそみ》に倣おうとしても、それだけの自信と勇気を持つのが頗る困難な自分に、内心忸怩たる思いにさせられることがしばしばある。

ところで劇作家には現場に口を出すタイプと不干渉主義に徹するタイプがあるといわれるが、木下先生は後者だったので、稽古場には姿を見せられなかった。稽古場にいた歌舞伎の台本作家はあくまで私であり、その私は武智師の演出を補佐する立場でもあった。

『けいせい仏の原』が上演されたのは昭和六十二（一九八七）年の八月だったが、前年から私は武智師の演出助手をさせられていた。それは私の人生にとって一種特別な「時代」だったといえる。

武智師とはそれまでに十年ほどの御縁があったとはいえ、そこではいわばお客様扱いだったのが、この時期は急に厳しい師弟関係に置かれて、私はひどく狼狽《ろうばい》し、動揺した。これが人生のどん底かもしれないと思えるようなピンチも迎え、自分を覆っていた分厚い殻のようなものをことごとく粉砕されて、私が本当の意味で武智師の弟子になれた時期だったのだ。

二十五　演出修業開始

「武智先生は、私のことを、誰かと間違ってらっしゃるんじゃないのかしら？」

歌舞伎塾の塾生から師の秘書になった前川さんに、私は当時そんなことを何度かいった憶えがある。そのつど「松井さんと間違えそうな人って、世の中にあんまりいないと思いますけどねえ」と笑われたものだ。

武智鉄二の守備範囲は極めて広大であり、若い頃から各分野に取り巻きが大勢いて、時期を重ねつつ各自個別のミッションを与えられていたのだろう。だが大勢いすぎて一堂に会する機会はほとんどなく、かりに会してもきちんとした紹介をなされないまま、互いが群盲象を撫でる状態で師に接していたように思う。

ただ私の知る限り、演出助手は一貫して日芸（日本大学芸術学部）出身の前田有行氏が務められ、私にその役目がふってきたのはあまりにも唐突で意外だったから、誰かと間違われているような気がしたのだった。

武智師と前田氏が仲違《なかたが》いでもされたのかと疑ったこともあったが、別にそういうわけでもなかったらしく、前田氏はその後も機嫌よく顔を出されていた。「私が助手をしてホントにいいんですか?」と思いきって尋ねたら、「いやいや、もうご遠慮なく、どうぞ、どうぞ」と笑ってまるで押しつけるような返事だったのも別にさほど不自然な感じはしなかった。

師弟関係ではよく寵《ちょう》を競って弟子同士がライバル関係になるといった気持ちの悪い集団ができがちだが、武智師にはその種の集団を形成するようなカリスマ性はどうもなかったようである。

思うに集団を形成するカリスマには、宗教家にありがちだが、自他共にウイークポイントやコンプレックスを利用して周囲に解放感を与えるといった才能の持ち主が多いのではなかろうか。そこには必然的に陰湿な空気が漂うものの、負のエネルギーが集団の結束力を強めて、時には偉大な事業を達成させることにもつながる。人間にはその手のカリスマに感応する人と、しない人のふた通りのタイプがあって、私は本来しないほうのタイプだったし、武智師もまたその種のカリスマタイプではなかったように思う。

武智師の取り巻きは常に疾風怒濤《しっぷうどとう》のごとき師の行動に巻き込まれ、振りまわされたあげく、師が自ら破滅行動に向かうのを見て唖然呆然とすることが多かったのではないか。それゆえ仲間内では「うちの先生にも困ったもんだ」という冷めた見方で逆説的に師弟愛が語られる空気があり、お互いに巻き込まれて「お気の毒様です（でした）ねえ」といった共感のようなものが成り立っていたような気がする。前田氏の「どうぞ、どうぞ」にも多分にそうしたニュアンスがこもって聞こえたのである。

誰かと間違えられているのではないかという疑いを持ったのは、舞台現場の経験が私に皆無だったからである。早稲田の演劇科は日芸と違って実践的な授業がまるでなかったために、舞台の基礎的な知識が乏しいまま、にわか演出助手になった私は狼狽《うろた》えることの連続だった。

たとえば「ここはアンバーですか？」[*1]と照明係に訊かれても、「この道具は引枠《ひきわく》[*2]にしましょうね」と大道具方に念を押されても、そうした専門用語そのものが当初はチンプンカンプンだった。したがってスタッフとの打ち合わせではその場で適当に口を合わせておき、帰宅してから深夜まで演劇関係の辞典類と首っ引きで昼間の話を反芻《はんすう》する毎日だったのである。

そんな私をつかまえて、

「僕がすることをそばで二、三度見てれば、あなたはすぐひとりで演出できるようになりますよ」

と武智師は何の根拠もなく断言し、こちらは単なる冗談と受け流すしかなかった。

初めて演出助手を務めたのは私が満で三十三歳を迎える直前に上演された、近松座第五回公演『雙生隅田川《ふたごすみだがわ》』である。

これは隅田川伝説に基づいて吉田家のお家騒動を描いた作品で、同家に誕生した双子の運命を軸にストーリーが展開する。双子のひとり梅若丸は流浪して隅田川のほとりに住む人買い猿島惣太《さるしまそうた》の手に渡り、彼の折檻《せっかん》で命を落とした。ところが惣太は元吉田家の家臣であり、主家から横領した金を弁済すべく、人買い稼業で金を貯《た》め込んで、あと十両で念願の額に到達するところまで漕《こ》ぎつけ、その十両を得るために旧主の息子を殺したことが判明。あまりにも恐ろしい罪科の報いを悔やんで切腹した彼は、自らの腸《はらわた》を天に捧げて天狗となり、天狗の仲間にさらわれた双子のもうひとり松若丸を救出して狂女となった母親の元に返してやるという大団円だ。近松座の公演では扇雀が猿島の惣太と双子の母親班女《はんじょ》の前の二役を、当代の澤村田之助《たのすけ》が惣太の妻唐糸《からいと》の役を演じていた。

稽古場では畳の上で文机を前に座った武智師とその横の私が、かぶりつき（客席最前列）の中央に陣取った観客のような格好で、他に観客はいないから、役者たちが皆こちらを目がけて演技をする。歌舞伎の稽古ではふつう手を抜く役者も多いのだが、近松座は主宰者の扇雀を始め全員が本息《ほんいき》で臨んでおり、手を伸ばせば触れるような位置にいる役者たちのエネルギッシュで迫力に満ちた存在感に私はすっかり魅了された。

彼らはいずれも同年代の一般男性とはまったく違った独特の雰囲気があった。顔立ちやスタイルがいいわけでは全然ないのだけれど、全身からいわゆる色気が滲み出て、人間的にというよりも動物的にチャーミングな存在を感じさせた。

余談ながら私は演出助手をして以来ずっと日常生活でもパンツルックで通すようになった。それは見渡せば男性ばかりの空間にあって、性差を感じさせない服装コードを意識したことに始まったものといえる。

稽古場での武智師は自らよく声を出してセリフのいい方を指導し、時には立ちあがって身振りも混じえた。それらは一瞬ではあっても、扇雀のようなベテランの名優よりも上手に感じられたし、だからこそ役者たちに対しても説得力があったことは、田之助丈の口からも聞けた。竹本と呼ばれる義太夫節のナレーターに対しても、一言一句口写しで音の上げ下げや発声法を指導できたのは、まさに武智師ならではだった。

当時、演出として名を出した研究者や評論家のほとんどを、私は松竹勤務時代に現場の片隅から見ていたが、いずれもプロの役者たちの前ではお飾り的な域を出ず、演技指導までしていたのは武智師ただひとりだったと断言してもいい。

近松座の稽古期間は通常の歌舞伎よりも長くて一週間以上あった。それだけの余裕を持っているから、役者もいろいろと演技の工夫ができるし、それを披露して演出家の意見を聞きたがった。稽古が終了した途端に武智師の周りにどっと役者たちが群がる様子は、まるで猫が先を争って主人の膝に乗ろうとするのにも似て、ちょっと微笑ましいような風景だったのを想い出す。主人の膝に乗り損なった猫がそばにいる子供の膝を借りるのと同じく、武智師は主演者らに独占されるため、脇役を演じる人びとは私のそばにやって来て意見を求めた。当時まったくのド素人だった私がいうことに、彼らが案外マジメに耳を傾けてくれるのにはいささか驚きもした。

「まずしっかり見てあげることなのよ」

と、武智師は演出の極意を端的に説いたものだ。

いかに経験豊富な名優でも、自分が演技をしながらそれがどんなふうに見えているかを同時に把握するのは難しい。だから演出家はいわば観客の代表として稽古場に臨むのが存在する第一番の意義なのであろう。

これはある意味で作家と編集者の関係にも似ている。自分の書いていることが他人にきちんと伝わるのかどうか、書き手にはわかりづらいので、原稿にいわば最初の読者として目を通す編集者は、作家にとって思いのほか存在感が大きいのである。

もちろん演出は役者を見ているだけが仕事ではない。むしろスタッフとの関わりのほうが大きなウエイトを占める場合もある。

装置は大道具と呼ばれているが、演出家はまず装置家と打ち合わせ、装置家が描いてきた「道具帳」と呼ばれる平面図を見てからさらに注文をつけるかたちになる。歌舞伎は舞台の奥行きを比較的無視した使い方をするため、立体模型はなしに平面図だけで大道具が制作され、舞台稽古の直前にようやく全貌を現すのだった。その段階で「道具調べ」という入念なチェックをするのも演出の重要な仕事であり、まずは役者の登退場がスムースに行くかどうかを確かめなくてはならない。

大道具はさまざまなピースから成り立っており、公演のつど新たに建て込んだり、バラしたりするのを繰り返すが、一箇所の公演でなく地方の劇場を転々とする場合は、劇場が大きすぎてスカスカした感じになったり、逆に狭苦しくなったりしないよう、そのつど微調整も必要になってくる。事前に劇場の図面を見ながら現場の担当者と打ち合わせて、それらの調整を的確に指示するのも演出の仕事の内だ。

衣裳や鬘や化粧による扮装は歌舞伎の場合、役柄に応じたパターンに則《のっと》って概ね決まる。その際に役柄を決めるのも演出の権限で、『雙生隅田川』の場合は主人公猿島惣太を白塗の化粧にしたのが印象的だった。ふつうなら陽に灼《や》けた肌を表す「砥《と》の粉《こ》」と呼ばれる化粧にすべき役柄なのだが、演者の扇雀は白塗のほうが似合う役者だから、武智師は惣太を『忠臣蔵』の勘平《かんぺい》と似たキャラクターだと理屈づけて白塗の役にしたのである。

衣裳や鬘は在物《ありもの》を使うケースが多く、それぞれの係が付帳《つけちょう》を元に、役者の注文も聞いた上で、稽古場に運び込んでくる。演出家は役者と共にそれを見てＯＫかＮＧの判断を下すのだ。

小道具には屛風《びょうぶ》や火鉢のように、あらかじめ舞台に置いてある「出道具《でどうぐ》」と、役者が身につけて登場する「持道具」があって、持道具も稽古場に運ばれてくるが、これには意外なほどのNGが出て、役者たちは衣裳並みに神経を払っているのがよくわかった。

過去何十年にもわたって舞台で使われた小道具の会社の倉庫には膨大な量の物品が眠っていて、そこから発注通りの品をぴたりと探し当てるのはなかなか大変だ。ゆえに演出家も役者も小道具係に手間隙《てまひま》を惜しまれないよう、気に入ったものが出てくるまであれこれと文句をつけなくてはならない。

「最近はいい懐剣が出てこなくなっちゃったから、出てきたらそれを取っといて、自分で管理したくなりますよ」

と澤村田之助丈が大いにぼやかれていたのを想い出す。

とにかく最初は見るもの聞くものすべてが新鮮で、稽古場通いが楽しくてたまらず、初日に制作の杵屋花叟師から演出助手料を手渡された時は、なんだか得をし過ぎて申し訳ないような気がしたくらいである。もっとも武智師から直に何かを教えてもらったような覚えはほとんどなく、文字通りの「見習い」に徹していた。武智師自身は演者にずっと向き合っており、私は常にそのエネルギッシュな横顔を感心して、時には呆れて、ただ見守るといった塩梅《あんばい》である。

千秋楽は武蔵野市民文化会館で迎えたが、その時の妙な淋《さび》しさは今に忘れがたいものがある。

そもそも演出家は稽古初日から舞台稽古までは、役者たちから心の杖《つえ》とも柱とも頼られるような感じだが、いざ無事に初日が開けば、たちまち哀しいくらいに存在意義が薄れて居場所がなくなってしまう。もはや何の用もない千秋楽に演出家と演出助手がそろって楽屋へ挨拶に出向くのは、互いの孤独感を共有する儀式のようでもあった。

役者ともスタッフとも稽古期間から公演中にかけてはいわば戦友や同志のような親近感を覚えたにもかかわらず、千秋楽でいっきにそうしたマジックが解けると、私は今までに経験がない、いい知れぬ淋しさに襲われた。本来とても孤独に強い、というよりも独りでいる時間がなるべく多いことを好む自閉的な人間だったはずなのに、演出助手をしてからはまるで人が変わったごとく、隠れていた淋しがり屋の性格が前面に出てきたようだった。

以後しばらく芝居関係者としての人生を歩んだ最大の理由は、恐らくそのせいだと思われる。

とにもかくにも昭和六十一（一九八六）年九月二十日『雙生隅田川』の千秋楽に会館をあとにした武智師と私はそのまま吉祥寺《きちじようじ》の駅に向かい、ややこしく入り組んだ駅構内で別れる際に延々と立ち話をした。武智師が稽古場で熱心に竹本の語り手に教えた一《いっ》中節《ちゆうぶし》のフシ回しを、私が口写しでしつこく教わろうとしたのは、ただ名残惜しかったからだ。

その折、武智師が別れ際にいった次の言葉は今も記憶に新しい。

「歌舞伎は役者が全部を伝承してるわけでもなくて、衣裳や床山《とこやま》や小道具方それぞれが教わってきた通りに伝えるからこそ成り立つんでね。だから、あなたは僕のことを伝えてくれたらいいのよ」

二十六　私が泣いた夜

ところで近松座の第五回公演はもともと『出世景清《しゅっせかげきよ》』の予定だったが、急遽『雙生隅田川』に差し替えられた背景には、歌舞伎界にとっての大きな不幸があった。景清役に予定されていた初代尾上辰之助《たつのすけ》*1が病に倒れたのである。すぐには代役が見つからず、演目の差し替えを決定した制作サイドの要請によって、武智師がピンチヒッターに立つ格好だったのだ。

もし辰之助のことがなければ、私がいきなり演出助手に駆りだされたりもしなかったのを思うと、不思議な運命の糸のようなものさえ感じてしまう。

本来なら武智師の演出は第四回公演の『冥途の飛脚』のあと、第六回の『けいせい仏の原』まで飛ぶはずだったのだ。この間に、近松座は青山劇場との提携公演を始めており、その青山公演第一弾の『心中天網島』でも演出の高瀬精一郎氏が急に降板されたため、武智師が助っ人に駆りだされた。立て続けに『雙生隅田川』を手がけたことで、近松座はかつての武智歌舞伎の再来だと好意的に見る向きがある一方で、武智鉄二は近松座を壟断《ろうだん》する気だと、いわれなき中傷を受けるはめにもなった。

私は当時の関係者として証言しておかなくてはならない。まず演出のピンチヒッターが務まる人材はそうそう見当たらないわけで、武智歌舞伎の時代に一座の立唄《たてうた》だった制作の杵屋花叟師にとっても、むろん主宰者の扇雀にとっても、武智師はそれが頼める唯一の人物だったのだ。

「結局のところ扇雀さんにいうことを聞かせられる人は、武智先生しかいないんですよ」

と花叟師がよくぼやいていた裏にはそれなりの理由があった。扇雀は関西人らしい如才のなさで周囲に多くの知識人を集めており、歌舞伎役者の中ではまともに話せる人物に見られていたが、むろん歌舞伎役者らしいわがままさも秘めていて、並の人には抑えがきかないことを、花叟師は長年の付き合いでよくご存じだった。それゆえ近松座の制作を円滑に運ぶためには、今後もずっと武智演出を軸にするしかないと判断していたのである。

扇雀はもちろん武智師の奇矯な側面やさまざまな問題を知らないはずはなく、それでも師に最後まで心服していたのだろうと私が確信したのは、師の没後に聞いた発言によるものだ。たしかどこか劇場の喫茶室で想い出話をしていた時だったように思う。武智師の過去の業績に比して、晩年があまりにも報われなかったことでは、ご本人も多少不満に思うところがあったのではないかというような話を私がしたところ、扇雀は大まじめな顔で即座に否定したのだった。

「今朝子さん、それは違う。先生はそんなことを気にするほど（器の）小さい人じゃなかった」

それはいわば私にとって兄弟子にあたる人の言葉だっただけに、否定できない重みを持って今もずっしりと心に残っている。

ともあれ第五回公演の『雙生隅田川』のあとすぐさま青山劇場との提携公演第二弾の準備に突入した近松座側の要請で、武智師が立て続けに脚本・演出を担当し、私はまた演出助手に駆りだされるはめになった。高瀬氏の降板や初代辰之助の死がなければ、さほど短期間に近松座と密に関わることもなかったはずだから、やはり人生は何によって左右されるかわからないものだとつくづく思う。

それにしても、私はわが人生で最もシビアな時間を青山劇場で過ごすはめになろうとは知る由もなかった。

この劇場は厚労省の外郭団体によって運営され、現場担当には「劇団四季」の出身者が多かったので、もともとは規模の大きいミュージカルの上演を想定して建てられたのだろう。歌舞伎の上演には不向きな劇場であることが、当時まだド素人だった私にもすぐにわかった。最新設備を謳った当時まだ珍しいコンピュータ制御による舞台機構は、開場間なしで不馴れな劇場スタッフを大いに手こずらせ、さまざまな問題を続出させたのだった。

近松作の上演作品は『百合若大臣野守鏡《ゆりわかだいじんのもりのかがみ》』で、これは扇雀の長男・中村智太郎《ともたろう》（現翫雀《かんじやく》）が自らの勉強会で試演したものをほぼ流用するかたちだった。武智師としては立て続けの急ごしらえで、苦しまぎれの再演という面もあっただろう。

何しろ近松の浄瑠璃作品の多くは節付け（作曲）が今日に残らないため、復活する際には新たに作曲する必要が出てくる。再演の場合はその手間が省けるだけでも好都合なのだ。

『百合若大臣野守鏡』は幸若舞曲《こうわかぶきよく》の「百合若大臣」に基づいた作品である。百合若は名前の響きが古代ギリシャの英雄ユリシーズと似ている点や、孤島から苦難の末に帰還するという大まかなストーリーによって、ホメロスの叙事詩「オデュッセイア」の翻案とした坪内逍遙《しようよう》の説もある。

近松は許嫁の立花姫が百合若を焦がれ死にして鷹《たか》の精霊と化し、孤島に飛来して百合若との間に男子が生まれるストーリーを設けた。百合若の帰還に伴い、鷹は自らの正体を現して、哀しい子別れをするシーンが全編のクライマックスである。全体に人形劇らしいスペクタクル仕立ての作品だから、青山劇場の舞台機構をフルに活用できるという判断も武智師の中にはあったのかもしれない。

したがって制作的には通常の芝居よりも大道具に力点が置かれ、演出家としても装置家への発注と道具帳の点検が重要なはずだった。

ところが装置家の釘町久磨次《くぎまちくまじ》氏と打ち合わせがあった当日の朝、私は武智師からの一方的な電話を受け取るはめになったのだ。

「ああ、松井さん、僕ねえ、今歯が痛くてねえ」

「はあ？」

「入れ歯の隙間に胡麻《ごま》が挟まって、痛くてたまらないのよ」

「はあ……」

「今日は歯医者に行くんで、釘町さんとの打ち合わせは、あなたのほうでよろしくやっといてちょうだい」

受話器を握ったまま私はしばしぽかんとしていた。師匠が一体何を考えているのか、弟子はその時さっぱりわからなかったのである。

当時すでに八十一のご高齢だった釘町氏は、信じられないほど腰が低くてやさしい方だったし、制作の杵屋花叟師もその場に立ち合われたから、打ち合わせ自体はあまり怖い思いをせずになんとかクリアした。だが自分に果たして武智師の代役が務まったのかどうかを考えだすと、ふるえが来た。何しろありきたりの大道具ではなく、スペクタクルを重視した仕掛け満載だったのだから。

ことに第二幕で御殿から絶海の孤島へ急転換する間にはさまざまな工夫が要求され、その中のひとつで海上に見える厳島《いつくしま》神社の鳥居が焼滅するという仕掛けがあった。

武智師は「遠見《とおみ》」と呼ばれる遠景にして鳥居を小さく作り、それを煙硝火薬で一瞬にして燃やす仕掛けを要求していた。ところが実際にできてきた鳥居は人間の身長をはるかに超え、縁に豆電球をめぐらして、それで燃えているように見せるという、いささかちゃちな仕掛けであることが舞台稽古の直前に判明した。

すべては私が師のイメージをきちんと伝えられなかったせいなのは明らかだった。が、ただならぬ立腹を見せた武智師の前で、花叟師は私をかばって、耳が遠い釘町氏が巧く聞き取れなかったのだろうと釈明した。

しかしそこからが大変だった。武智師はあくまで煙硝火を使うよう強硬に主張する。釘町氏はあたふたしながら、それはもう無理なことを述べられた。

舞台で本物の火を使用する際には消防署の許可が必要となる。古い劇場の場合はすぐに許可が下りるが、オープン間なしの青山劇場だと今から申請しても下りるのは千秋楽の前日。つまり火は使えてもせいぜい二日間でしかない事情を説明されても、武智師は頑として譲らず、冷厳な声が舞台裏の通路に響きわたった。

「二日間でもいいから、やり直してちょうだい」

まるで人が変わったような横暴さで武智師は周囲を唖然とさせた。原因は打ち合わせの失敗と思えるだけに、釘町氏と花叟師が平身低頭で武智師をなだめすかす様子は、私の胸に鋭い痛みを与えずには済まなかった。

二幕目はまた滑車の付いた可動装置を使って、舞台転換のスピード化が図られていた。とはいえ人力で動かすわけだから、あちらとこちらの装置を同時に動かすとなると、人手が足りずつい遅れがちになる。それを見ても武智師はえらく立腹したふうで、もっと転換を早くするよう何度も指示を出し、そのつど私を伝令に飛ばした。客席の中央に設けられた演出家席と舞台の間を私は何往復しても転換をスピードアップさせられないのみならず、

「……そんなわけで、どうしてもこれ以上早くするのは無理みたいです」

と大道具方の言い訳を伝えた瞬間、ドカンと大きな雷が落ちた。

「スタッフの言いなりになってどうする。自分は世界で一番えらいと思わなくちゃ演出なんかできないんだ！」

私はふたたび舞台にすっ飛んで行って駆けのぼり、非力を顧みず、屈強な大道具方の連中に混じって装置をなんとか動かそうと試みながら、彼らからは完全に邪魔者扱いさ

れていた。そんな折しも、

「あれ、あんたこんなとこで何してんの?」

と声をかけた人物がいる。それは歌舞伎界における舞台照明家の第一人者として知られた相《そう》馬《ま》清恒《きよつね》氏で、新しい劇場だけに、照明プランナー自ら顔を出したかたちだったのだ。

松竹勤務時代には「あんたいつも熱心に芝居見てるねえ」と賞められたことがあった相手に、

「いつの間にか松竹からいなくなっちゃったと思ってたら、へええ、こんなとこにいたの」

と非常に驚いた顔をされ、私のほうは四面《しめん》楚《そ》歌《か》状態だったので、地獄に仏という心地がして、それが自ずと顔に表れたものらしい。

「まあ、しっかりやんなさい。そのうちいいこともあるから」

どうやらヘンな同情を買ったような声だったが、とっさに釈明できるほど単純な事情でもなく、またそれをする時間的な余裕もなかった。

この舞台稽古がさんざんだった理由はほかにもある。前述したコンピュータ制御の舞台機構がやはり一番の問題で、まず回り舞台や大ゼリの操作盤が、肝腎の舞台を見ることができない地下に設置されていたのは衝撃的だった。それらのスピードコントロールをするにもコンピュータに不馴れな操作員が再インプットに手間取って、その間は稽古が完全に中断を余儀なくされるので、役者からは苦情が絶えず、スタッフ全員が苛立っていた。

照明もまた一度決めた位置と時間を変えるには再インプットが必要になったが、そもそも歌舞伎の所作は役者の間の取り方でどんどん変わっていくのだから、いくら決めてもそのつどズレまくる結果となり、私は武智師のダメ出しを伝えるために、文字通り劇場中を上から下まで右往左往して駈けずり回らなくてはならなかった。

あれ、なんだか変な臭いがするなあと思い、それが自分の体から出た汗の臭いだと判明したのも相当な衝撃だった。ふだんの汗とは全然ちがう脂汗を全身にかき、足の裏から出た汗で靴が脱げてしまうほどぬるぬるした状態になったのは、後にも先にもその時だけで、私は「油を絞られる」というのが単なる比喩ではないと実感されたのだった。

午前から始まって深夜に及んだ舞台稽古の合間には各自がそれぞれ食事を取っていたが、私はとてもご飯が喉を通る状態ではなかった。当時はまだ喫煙者だったから、ロビーに出て一服するのが唯一の息抜きで、ちょうどその時に事件の種は蒔《ま》かれていたらしい。

歌舞伎には狂言方と呼ばれる舞台監督的な役割を果たす人びとがいるが、ある役者が舞台稽古で狂言方に注文をつけて可動装置の位置を少しずらしたところから事件は始まったようである。本番の初日でその装置が移動した際に、上に乗っていた役者の付けた冠が袖の幕か何かに当たって落下した。それ自体は別に大した事故ではなかったものの、役者にとっては観客に自分の失態と映ってしまうので、当然のごとく激怒した。

終演後の楽屋でも彼はカンカンに沸騰した薬罐《やかん》のごとく誰も手が付けられない状態で、私が部屋に呼ばれた時は武智師もさすがに持て扱いかねたという表情である。

あいにくロビーにいて経緯を全く知らなかった私は、「あんた一体どこで何見てたんだっ」と即座に怒鳴りつけられて返す言葉がなく、その後も延々と続く激しい罵声を甘受しなくてはならなかった。料理職人だらけのわが家で男性の怒鳴り声は聞き慣れていたものの、成人後はめったにそこまで感情的な叱責をこうむったことがなかったから、かなり動揺はしつつも、その役者の怒りは誰かがまともに受け止める必要があるものと覚悟していた。

それでも彼の怒りは収まらなかった。狂言方を今すぐここに呼んで来いと命じられて、私は彼らの部屋に飛んで行った。

だが彼らは彼らで、役者が自分勝手に装置の位置を変更したのに、失敗したからといって自分たちに責任を押しつけられるのはまっぴらご免だと、こちらも相当頭に来ており、てこでも動こうとしない。役者にその旨を告げたところで許してもらえるわけがなく、私は役者と狂言方の部屋を何往復もさせられるはめとなった。

五往復したあたりからそれは私に対する懲罰じみてきて、十往復もする頃には気が遠くなりそうだった。この異常な事態はすぐさま楽屋中の知れるところとなり、各部屋の暖簾口《のれんぐち》から首を出してこちらの様子を窺う目線が痛いほどに感じられるなかで、私は黙々と楽屋の廊下を往《い》ったり来たりしていた。それは永遠に続きそうな罰に感じられて、いっそ狂言方の前で土下座をして頼み込んでみようかという気にまでさせられたが、それをしたら人間としておしまいだと辛うじて踏みとどまった一瞬の心境は、今に忘れがたいものがある。

この間、武智師はずっと役者の部屋にいて、最初は私が叱られるのをちょっと面白そうな顔で見ていた。それからも私が部屋に入るつど、こちらの顔色を窺っている様子だった。いついかなる時も人間の表情を窺うのは、演出家の習い性として当然だろう。

しかしこちらもこちらで後に小説を書きだすような人間だからして、部屋に入るつど武智師の表情をそっと窺わずにはいられなかった。最初は面白そうだったのが、途中からおろおろしだして、ついには居たたまれない表情に変わってゆくのを、私はそんな修羅場のさなかでも見届けるだけの冷静さは備わっていた。

最終的には狂言方が折れ、役者の部屋に出向いたことで事態は収拾がついた。それまで大変な剣幕で役者を罵倒していた彼らが、役者の前に出るといきなりひざまずいたのを見て、私は歌舞伎界の前近代性に少なからずあきれながらも、ほっとせざるを得なかった。

永遠に続くかと思われた罰をようやく解かれた私は、心身ともに疲労の極致に達し、肩を落として長い通路を出口のほうへ向かっていた。その時、師は私の横を歩きながら、まるで独り言のように、だが独り言にしてはいささか熱っぽい口調でこうつぶやいたものだ。

「人間、自分をもうダメだと思っちゃ、絶対ダメなんだ」

ついでながら、この一件以来、雨降って地固まるというべきか、それまで私に冷ややかだった狂言方は笑顔で挨拶をしてくれるようになり、私を叱った役者のほうからも気をつかって一度どこかでご馳走《ちそう》したいという申し出があった。大道具の頭《かしら》や劇場スタッフとはそれ以前からわりあい打ち解けて話ができていたし、私はこの公演で大変な試練をなんとか乗り越えた気にもなっていた。

もっとも芝居の準備が始まって十日間ほどは毎晩三時間ほどしか眠れず、食事も満足にできない状態が続いており、おまけに舞台稽古でさんざんな目に遭ったから、初日は武智師の重いカバンを捧げ持って楽屋を歩くのも、蹌踉《そうろう》とした足取りだったのは無理もない。

ふたり並んで楽屋の通路を歩みながら、武智師はさりげなく私にこう話しかけた。

「昨日はうちのママさんも心配してたよ。松井さん青い顔してたけど、大丈夫かしらって」

うちのママさんとは再々婚相手の川口秀子夫人のことであり、ちなみにこの結婚で武智師は川口家に入籍して本名は川口鐵二《てつじ》に変わっている。

川口夫人は典型的な明眸皓歯の華奢《きやしや》な美人だが、見かけによらず肝っ玉がすわった、いかにも玄人の女性だったから、若い同性の目にも惚れ惚れするようだった。ゆえに後年、私は時代小説のヒロインを描く際に、気がついたらこの夫人をモデルにしていたケースがいくつかある。

舞踊家川口秀子についてちゃんと書けば、これまた優に一冊の本ができてしまうので省筆せざるを得ないが、少女の頃に各方面の名人から舞踊の天凜《てんりん》を見いだされて薫陶を受け、戦前に国家から承認を受けた数少ない家元のひとりであることは間違いない。私個人もまた幼い頃からさまざまな日本舞踊の名手をこの目で見てきて、数少ない本物の名人のひとりだったと断言できる。ただし天下の問題児武智鉄二との結婚によって、芸の盛りに公的な舞踊会からは閉めだされた格好で、自主公演でしかその艶姿が見られなかったのは、ご本人のみならず、同時代の日本舞踊愛好家が大いに悔やんでしかるべきだったろう。

一方、武智師のほうもまた舞踊家としての川口秀子を経済的に支えることで、自らの活動の場を結果的に狭めたり、支持者に去られたりもしていたのではなかろうか。

双方共に優れたアーチストとして互いを認め合い、良きパートナーでもあった反面、最大の理解者を最も身近に得た充足感が他人の評価を気にしないことにつながったのだとしたら、それはそれで、ふたりは悪縁だったといえるのかもしれない。

ともかくも武智演出で舞踊シーンがあれば川口夫人が必ずといっていいほど振付師として参画し、この公演でも当然のように稽古場へ姿を見せていたのである。

私は負けん気の強い母親に、断じて人前で泣いたり、辛そうな顔をするものではないと躾けられたせいで、無意識のうちに虚勢を張る癖があったらしい。「うちのママさん」に「青い顔」を見られたのは失態以外の何ものでもなかったから、澄ました顔で咄《とっ》嗟《さ》にこういわずにはいられなかった。

「いや、別にどうってことは……」

武智師に向かってにっこり笑いかけようとした刹那《せつな》、凄まじい落雷が鼓膜をビリビリと震わせた。

「あんたはそうやって人に余計な気ィばっかりつかってるから疲れるんだっ」

文字通り雷電に打たれたごとく全身が硬直して棒立ちとなり、私は真っ赤に熾《いこ》った師の顔を呆然と見ていた。後にも先にも師がこの時ばかりは本気で怒っているのがわかった。そして本気の怒りは、長い年月をかけて私の人格をつるんと覆っていた硬質の膜のようなものを、みごとに突き破ったのである。

その夜はふとんの中であれこれと反芻した。歯痛を装った師が大切な打ち合わせをすべて私に任せてくれたことや、わざと横暴に振る舞って演出家の権限がいかに絶大なものかを見せつけたこと。最後まで逃げ場を与えなかったことを含めて、この公演は師が何もかも私を教育する場として利用したように思えた。それはまるで泳げない人間を舟で沖まで連れて行き、いきなりそこから水に突き落とすような教え方だったといえる。危うく溺れそうになって苦い塩水をたっぷりと飲まされながらも、私は男ばかりの芝居の現場で、なんとか泳ぎ切るこつを実に短期間に習ったというわけである。

そう悟った瞬間、私は初めて泣いた。ふとんの中で声を殺さずに思いきり泣けて、その夜はようやく久々の安らかな眠りに就けた。

以上が武智鉄二を生涯の師と仰ぐようになったその日の、切なくも懐かしい想い出である。

二十七　芸術家のお手伝い

青山劇場公演『百合若大臣野守鏡』の千秋楽は昭和六十二（一九八七）年の五月十九日。近松座第六回定期公演『けいせい仏の原』の初日が同年の八月二十九日だから、この間は武智師とまめに連絡を取り合い、面会を重ねていたのは確かだろう。だが当時は、メモすらほとんど取っていなかったので、残念ながら、いつどこで何を話したか想い出す手がかりもない。

そもそも私は自分が武智師の話を、こうした生々しい形で書くことになろうとは夢にも想わなかったのである。

「あなたは僕のことを伝えてくれたらいいのよ」

と言われていたにもかかわらずだ。

『百合若大臣野守鏡』の上演はあきらかな失敗に終わって幕内でも悪評芬々《ふんぷん》とし、初日の幕が閉じたあとの武智師は劇場にいても一種の四面楚歌状態だったのを想い出す。芝居が当たれば楽屋で嬉々《きき》として歓迎してくれる役者たちも、無惨に終わるとこうも演出家を冷たくあしらうのかといった印象が今でも強く残っている。

失敗した責任の一端を担うどころではない私は気の毒な師のそばを片時も離れず、孤立感がふたりの距離を急速に縮めたようなところはあった。しかし上演期間中ほとんどガラガラだった客席にふたりがほぼ毎日のように足を運んで何もすることなく劇場を立ち去ったあと、喫茶店でただお茶を飲んだり、映画を観に行ったりしていたのは一体なぜだったのだろうか。

私の気持ちは実に明瞭だった。劇場に行けばそこで師と会えるのがただ嬉しかったのだ。卵の殻に亀裂が入ったようにして表面的な人格を壊された私には、それまではなかった恋愛感情にも似た気持ちが芽生えていたのかもしれない。

ガラガラの客席で適当な椅子に腰をおろして舞台を観ていると、背中がじんわりと熱くなり、ああ、師が来て今うしろに座ったのだとはっきりわかる瞬間があった。背後から指先で軽く肩を小突かれるのさえいくぶん官能的に覚えたほど、私は武智鉄二という男に惚れてしまったのだ。それを今に隠す気はさらさらない。

好きになったり惚れるのはあっても、他者を本当に愛することのできる人間は、本当はそう多くないのではないか。親子の間柄でさえ、その愛情が自己愛の延長線上にあるものではないと果たして誰がいいきれるだろうか。私はそんなふうに周囲を常に冷めた目でみざるを得ない、いわば薄情な人間だったし、本質的には今も変わりがないように思う。

その私が武智鉄二の愛情は疑ったことがなかった。それは私に対する愛情という意味ではなく、彼が他者に振り向ける愛情、対象の多くは彼の認める芸術だったりもするが、それらはすべて本物の愛情なのだろうと信じられるくらいに、根っからの多情多感な人物と見受けられた。だからこそ彼は多くの芸術家の心を動かし得たのだろうし、また多くの女性と関わりが持てたのだろう。

私に対するそれは、芸術家に対するものでも女性に対するものでもなく、恐らくは父性愛のごときものだったのだと想像される。

直木賞受賞直後のインタビューで、ある男性記者から「武智さんとは男女の関係があったんですか、なかったんですか?」とズバリ訊かれたことがある。

その時、私は即座に笑って答えたものだ。

「はい。まったくありませんでした。まことに残念ながら」と。

当時は今でいうパワハラセクハラまがいが横行し、目上の男性からどさくさまぎれに手のひとつも握られるといったことは日常茶飯事で、いちいち気にしてもいられなかったが、武智師と私との間にはそういうことすら全くなかったのだと、これは明言しておく。

武智鉄二は見境なしに手を出すほど人生で女性に不自由した経験はなかっただろうし、好みも実にはっきりしていた人だったように思う。私は残念ながら明眸皓歯の美人ではなかった。

世間的にはとかくセクシャルな言動で目立っている人物だったが、実際に接してみるとシャイな坊ちゃんみたいな印象を受けることが多かった。恐らくは谷崎譲りともいえそうな一種の露悪趣味が、ああしたスキャンダルな言動を取らせるのだろうと私は見ていた。

『けいせい仏の原』の上演準備をしていた時期には、一方でホンバン映画と話題を呼んだ『白日夢』パート2の撮影に入っていた。ある晩、私は銀座東急ホテル一階のティールームで師と打ち合わせをし、帰宅してテレビを点《つ》けたら「イレブンPM」という番組がちょうど始まったところで、いきなりショーツ一枚の女性が逆さ吊りにされた映像が流れた。その女性の股間を嬉しそうに撫でさすっているのはなんと先ほどまで会っていた人なのだから、開いた口がふさがらなかった憶えがある。

行動ばかりでなく時に顔相までガラッと変わって、武智鉄二はあたかも多重人格者であるように見えた瞬間が一度ならずあった。もしかしたら本当にそうだったのではないか、と疑う気持ちも少しある。

金銭に関するトラブルも日常茶飯事に聞こえてきた。

私自身、突然の電話で、

「あなた今すぐ五十万円用立ててもらえないかしら」

といわれた時のショックは忘れもしない。幸いにしてそれだけの大金を右から左へ動かすほどの経済力がなかったから、

「先生、それはちょっと……」

口ごもったとたん、

「ああ、ならいいの。今の話はご放念ください」

あっさり電話は切れた。

次の日に打ち合わせで顔を合わせても、昨日の電話は幻聴だったのかと疑うくらい、何喰わぬ様子で話されるのが却って恐ろしかった。

こうした電話が二度あったが、いずれも「ご放念ください」で切れてしまい、そのあとは何事もなく過ぎたのだった。

思えば私は武智師からテープ起こしのバイト料を頂戴したのに始まって、その後ポルノビデオの制作デスクもバイトで勤めたが（これはなかなか面白い仕事だったが、語りだせば長くなるので割愛せざるを得ない）、武智塾は助手として参加したから月謝はまったく払わなかったし、金銭的にも頂戴する一方だったのである。

何も今になってこうしたあからさまなことを書かなくてもよさそうだが、武智鉄二がその業績に比して不遇な晩年を過ごした背景の一つには、こうした金銭問題があった事実を、私は敢えてキレイ事にしないではっきり指摘しておきたいのだ。

莫大な資産家であった当時、師の周りにはさまざまな影響のみならず経済的な援助をも受けた人が数知れずいたはずである。その多くが師の周りから去り、最晩年まで長く付き合いが続いたのは恐らくかなりの少数派とおぼしいが、そのひとりである吉村雄輝師は、

「あの頃は武智センセのそばにいたら、どこへ行こうが、こっちは財布持たんでも、ホンマにええ思いさせてもらいましたなあ」

と実に懐かしそうに話されていたのを想い出す。

「僕は金銭の貸し借りをすると友人関係が壊れるからといって断ったら、途端に絶交状が来て参りましたよ」

と、ご自分のほうから、武智師の死後、私に打ち明けられたのは木下順二先生だった。それは私がお会いするずいぶん前の話だったようで、いったん絶交状を出した相手に、けろっとしてまた仕事を依頼するあたりが、いかにも武智鉄二らしいというべきだったのかもしれない。

木下先生も先生で、いったんは渋りながらも、武智師の仕事を最晩年まで支持されて、『けいせい仏の原』の上演に尽力されたのだった。

結果的に、歌舞伎演出における最後の仕事となったこの『仏の原』で、最愛の弟子扇雀が主演し、吉村雄輝や富山清琴といった人間国宝が参加したのに加えて、木下順二の協力を仰げたことは、武智鉄二にとって実に本懐だったであろう。

ある日、これも場所は銀座東急ホテルのティールームだったと記憶するが、

「木下先生は僕なんかと違って本物の芸術家です」

と師はいつになく厳かな口調でいったものだ。

「だから僕やあなたは、木下先生のような、本物の芸術家をお手伝いする気持ちにならなくちゃいけない」

その言葉は瞬時にして私の心を痺《しび》れさせた。それは師の神髄たる初心に溢《あふ》れたものとして実に感動的に聞けた。

終戦直前に「断絃会」を組織する際、武智師は自らが師と仰いだ吉田幸三郎に相談して訓辞されている。名人級の古典芸術家と関わるなら、彼らをパトロナイズするという意識は決して持たずに、ただ「お手伝いして、お助けするという気持ちにならなければいけません」と。

「僕やあなた」は師が私を自分の同類とみなした言葉であった。それは幼い頃から名馬よりも伯楽を志向していた人間にとって、まさしく生き方の理想型を目の前に提示されたような無上の喜びだった。

だが如何《いかん》せん、私と師の大きな隔たりは、「お手伝いして、お助けする」だけで世渡りができるほどの資産を、私はまったく持ち合わせなかったという点だ。それが結果的に私の人生を師匠とはまったく異なるものにした理由だと弁明したら、冥途から厳しいお叱りが飛んでくるだろうか。

師が亡くなった直後に呼びだされて、確か国立劇場の喫茶室でお目にかかった木下先生はしみじみと仰言った。

「大切なことが何もかもわからなくなってしまいそうな時代だから、武智さんにはやはりもうちょっと長生きをしてもらいたかった」

そして私に対しては次のようにいわれたのである。

「あなたは武智さんのことを書かなくちゃいけない。書く義務があるんじゃないの」

しかしながらその時、私は木下先生に対しても、自分にはそのつもりがないと断言したのだった。

「武智先生は生前もっと高く評価されてしかるべき方だったと思いますし、それを身近にいた私が書いても、ただの身びいきに受け取られるだけなので、客観的な立場の方にお書き願ったほうがいいように存じます」

そうはっきりといった私には、当時その書き手についての心当たりがあったのである。

二十八　最後の対談相手

『けいせい仏の原』の上演期間は、わが人生でも数少ない幸福感に包まれた日々だった。私の名前はチラシやポスターで木下順二と武智鉄二といった両巨匠の間に挟まれたかたちで、八月二十九日から九月一日までの東京公演は武智師ともども毎日お濠端の国立劇場を訪れていた。

歌舞伎の場合、初日から三日間は演出のダメ出しができることになっていて、国立の最終公演の次の日からは地方公演になるので、師匠ともども結局四日間の公演全部を見通すはめになった。

もちろんそんなことは言い訳に過ぎず、私は自身がかなりの役目を果たしたと自惚れる芝居をただ見るのが嬉しくて、日参していたにちがいない。武智師もまたこの間はかつてないご機嫌の表情で、幕間のロビーをいそいそと歩きまわっていた姿が想い出される。

何しろ元禄上方歌舞伎の復活は師にとってのライフワークといっていいほどの重みのある仕事だった。その認識は研究者の間でも共有されたらしく、初日は演劇研究者や評論家がこぞって訪れ、私もお世話になった先生方と久々にお目にかかって晴れがましくご挨拶をした。

「早稲田の先生方が勢ぞろいとは凄いですねえ」

幕間のロビーを見まわしながらそっと耳打ちしたら、

「みんな、あなたのことが心配で来てるのよ」

と師は笑い声で応じた。

ロビーで師の横に並んでいられることの幸福感に私は酔っていたといってもいい。つい四ヶ月ほど前にさんざん叱られて泣かされたことがまるで嘘のように、この間の武智師は気味が悪いほど私に優しかったのだ。

腰かけに並んで座っていた時に、こういわれたのが今でも忘れられない。

「来年、僕らは客席でこうして並んで見てればいいから楽よ」

翌年の公演は余人の脚本による『出世景清』と決まっていた。

しかし、それをふたりで並んで見ることはついに叶わなかった。

「再来年は、また僕が頼まれてるんだけどねえ」

「何をなさるおつもりですか？」

「いっぺんちゃんと『夕霧阿波鳴渡《ゆうぎりあわのなると》』をやってみようと思ってるのよ。近松の中で、実は僕、あれが一番好きなのよ」

と師は初めて打ち明けたのだった。

『夕霧阿波鳴渡』は『けいせい仏の原』で主演した初代坂田藤十郎が亡くなったあと、盟友として筆を振るった近松が彼の当たり役を偲んで書いた作品である。大金持ちの息子藤屋伊左衛門《ふじやいざえもん》が放蕩《ほうとう》のあげく勘当されて零落し、妻子に悲惨な思いを味わわせた末に、自罰的な気分にかられるストーリーが、痛いまでのリアルな筆致で描かれている。

武智師にとっては大変身につまされる作品なのではなかろうか、と、私はその時ひそかに考えていた。

折しも私たちのもとへ案内されたひとりの女性がいて、それは最後の対談相手となる作家の富岡多恵子氏だった。

昭和三十年代の武智歌舞伎を若い頃にご覧になっていた富岡さんはとても嬉しそうな笑顔で現れて、旧知のごとく大阪弁で親しげに話しかけられた。さらには武智師の評伝を書かせてもらいたい気持ちがある旨、はっきりと告げられたのである。

武智師もまた満面の笑みで愛想よく応対をされていたが、幕間の休憩時間は意外に長く、話がちょっと途切れかけたので、私は富岡さんの顔を窺ってつい余計な口をはさんでしまった。

「今は盛岡においでになるんですか？」

「……ちがいますけど、なんでまたそんなこと訊きはるの？」

不審に慌てて答えたものだ。

「いえ、あの、『白光』を読ませて戴いたので……」

「へええ、あれ読んでくれはったん」

途端にこちらを見る目がきらっと輝いたのを想い出す。

富岡さんのご夫君である美術家・菅木志雄《すがきしお》氏の出身地、盛岡を舞台にした小説『白光』は、この時まだ文芸誌の「新潮」に発表されたばかりで、単行本にもなっていなかった。私は「ぴあ」でお世話になった友人の進藤さんから薦められて同誌を借り受け、たまたまそれを読んだばかりだったので、思わず声をかけてしまったのだが、文芸誌を読む人はふつうよほどの文学愛好者だからして、そう誤解されても仕方がなかったのである。

思えば客商売の家に生まれ育った私は本来が自閉的な性格のわりに比較的物怖じをせず、若い頃はだれかれなしにうっかり関わって、思いがけない成りゆきを自ら招き寄せたようなところが多々あったかもしれない、と、今に深く反省している。

富岡さんとの関わりも、そんなうっかり声をかけたことに始まった。

それから三ヶ月後に學藝書林の仕切りで富岡さんと武智師の対談が始まった際、私は自ら立ち合いを志願して、両氏共に快諾をされた。そこには本物の富岡ファンだった進藤さんに、その人となりをひそかに観察して報告しようという、いささか不純な動機も潜んでいた。

ただし正式にご挨拶をするにあたっては、自身でその著作をある程度読破しておくことも忘れなかった。『漫才作者　秋田實《あきたみのる》』の評伝を世に問うた直後の作家が、武智師の評伝を書くつもりであるらしいことは、願ってもない僥倖《ぎょうこう》だと思えた。

近代漫才の創始者ともいえる秋田實には、東京帝大で左翼運動をしていた過去があった。武智師は京都帝大時代に滝川騒動の渦中にいた。ふたりは大阪出身のインテリでかつ社会運動の経験を持ちながら、日本の中でも非常に因循が支配的な芸能界に関わった点が共通している。

対談は『伝統芸術とは何なのか』という一冊の単行本にまとめられた。富岡さんは

「あとがき」の中で、武智師のことを「知識の長者としては容易な、伝統芸能の案内人にも解説者にもならなかった」人物であり、日本の伝統芸能を生んだのは「農の原理」に基づいた社会であったという「イデオロギー」を前面に打ち出した一種の思想家として紹介されている。

さらにまた武智師が「名人」と呼ばれた一流の伝統芸能者のみを「芸術家」と認識する「芸術至上主義者」であり、彼の中では「生きている人間を深く感動させるものこそ芸術であり、それをこの世に出現させてくれるのが芸術家であるのだから、二流の芸術家というのは論理矛盾であって存在しないのである」と喝破した。そして「存在するはずのない、あるいは存在してはいけない（？）二流以下の芸に対する嫌悪とそれへの痛罵によって誤解と敵を製造することにもなった」と端的にその問題点を指摘している。

武智師にとって、もしかしたら最高の理解者だったかもしれない人物との対談は、年内に三度（そのうちの一回は昼夜にまたがって）行われ、私がいずれにも立ち合えたのは、やはりそれなりの御縁があったということなのだろうか。

そのあと入院された武智師に成り代わって、私は校正刷りに目を通し、脚注をつける中で、富岡さんと面談する機会を何度か持つことになった。

それればかりか刊行後も長らく交際を続けたのは、師を亡くした喪失感が癒えない私の中で、富岡さんに対する甘えの気持ちも多分にあったのだろう。十八歳年上で仕事に脂がのりきった同性の社会人は、当時精神的にも社会的にも非常に不安定だった私にまぶしく見えたのである。

「あんたは女に珍しい、偏屈のニヒリストやねえ。私の若い頃によう似てるわ」

そういわれたことで、富岡さんは武智師のみならず、私にとっての理解者でもあるように思えた。

とはいえ「似てる」と感じた点はほとんどない。富岡さんは武智師が「芸術家」と認めた数少ない作家のひとりであった。私はあくまでその「お手伝い」をする立場の人間であるという一線を引くことは忘れなかった。

対談で横からしばしば口をはさんだ私が、うっかり「富岡さん」と話しかけたら、即座に武智師から「富岡先生」というように注意されたので、以来ご本人に向かっては必ず「富岡センセ」と呼ぶようにしていた。これを書くに当たってもかなり迷いつつ結局「富岡さん」にしたのは、なまじ「先生」と書くことで、万が一にも小説の師匠のようにみられたら向こうが迷惑なさるにちがいないと思うからである。

木下先生とお目にかかった折に武智師の評伝の書き手として私の念頭にあったのは、富岡さん以外のだれでもなかった。その「お手伝い」をすることこそが、私の大切な役目と考えていた。それゆえ資料を集め、年譜も作ったりして富岡さんに手渡したにもかかわらず、案外はかばかしい進展はみられなかった。

ついには「あんたが書きなさいよ」といわれて、私は木下先生の前でいった言葉を繰り返すはめになった。最晩年に最も身近にいた弟子の気持ちとしては、やはり客観的な立場で師匠の再評価をしてくれる人物が本当に必要だったのだ。

それにしても二十一世紀の今日は「経済至上主義」が世界を支配し、インターネット社会で「表現の平等」がもたらされた時代だから、武智師が若い頃に影響を受けた「芸術至上主義」そのものが多くの人にとってはまったく理解のほかであろうことも大方想像はつくのである。

だが一方で今日の「経済至上主義」と「表現の平等」が人類のこの先に何を残してくれるのか、私にはまったく想像がつかない。たぶん何も残らなくなってしまうのだろうし、人類自体が滅んでしまえば残すことにも何ら意味はない、と、ごく自然に考えられてしまう程度に、人類は今や来るところまで来ている気もする。

そしてそれは別に私が「偏屈のニヒリスト」だからではなく、今やだれもが心の底ではそんなふうに思えてしまうのではないか、という気もしている。

ともあれ武智師の根底では優れた表現者に対する謙虚さこそが優れた享受者を生み、優れた享受者こそが人類の文化を守るという考え方が基調をなしていたのではなかろうか。そこでは優れた表現者のみならず、優れた享受者にもそれなりの立場がある。しかしながら「二流以下の芸」と、その享受者は存在すら許されないのだ。そうした苛烈さが「平等」を信じる多数の人びとに受け入れられるはずもなかった。

私はもともと自らが表現者になりたいタイプの人間ではなかったことを、ここに再度くり返しておく。その理由は一流のプロの表現者を比較的早くに知る機会があった都会っ子であるために、自ら拙い表現をする気は最初《はな》から起きなかったという点で、存在自体が嫌みな人間と受け取られても仕方がないことを百も承知している。

それを敷衍《ふえん》して類推するのはいささか畏れ多いが、若い頃から豊かな経済力で優れた表現者を身のまわりに集め、優れた芸術の享受者となり得た武智師は、嫉妬深い人間社会において、存在自体が疎まれた面も大いにあったにちがいないと想像されるのだった。晩年の孤独と不遇も本質的にはそのことに根ざしていたのかもしれない。

もちろん武智師は自らが表現者でもあったし、自らの表現をすべて「二流以下」と決めつけていたわけではなかった。ただし「本物の芸術家」ではないという自覚があったのは確かで、それは恐らく自らの内側から表現したい欲求が湧きあがるよりも、他者の表現を享受したい欲求で支えられた表現者だったからではないかと思う。

自身の演出した舞台を袖から覗くのではなく客席で堂々と、しかも一番いい席で観賞するのが武智流だった。私はある時、客席で隣に座っていて「僕こういうのが見たかったのよ」と師が感に堪えぬように呟くのを聞いた瞬間、武智鉄二の本質はディレッタンティズムだと直観した。

芸術至上主義がまだ健在であった時代、画家がこれなら売れると思って制作した絵画をパン代稼ぎの絵という意味で「パン絵」と蔑称したようだが、武智師は後年あからさまな「パン絵」を手がけていた。それはディレッタンティズムの芸術至上主義者として出発した人にとっては、実に無惨な転落というべきだったかもしれない。ただし谷崎潤一郎に感化を受けた人としては、そうした転落もまた自らが望んだ快楽だったといえるのだろうか。

若い頃に名人善竹弥五郎の指導を直に受け、茂山千五郎（千作）・千之丞兄弟ともよく仕事を共にした武智師から聞いた能狂言に関する話で、私が聞いて忘れがたいのは次のようなものだ。

「狂言は太郎冠者《たろうかじゃ》が主人をやり込めたあと、必ず『やるまいぞ、やるまいぞ』と追いかけられるところでお終《しま》いになるんだけど、あのあと太郎冠者は主人に捕まって、大変酷《ひど》い目に遭わされるわけなんですよね」

いわれるまでそんなことを想像もしなかった私は、聞いた瞬間ぞくっとして、実人生の暗喩と受け取ったものだ。

ドラマは大概クライマックスがあった直後の、いい感じのところで幕が引かれるが、実人生は幕が引かれたあとも長々と続いてしまうのだった。

四十三歳で妻子と全財産を置いて「夫の家出」を敢行し、五十歳で歌舞伎座を借りて自らの引退公演を催そうとした武智師にとって、クライマックスがいつだと感じられたのかはわからないが、実人生の幕がその後も長く引かれなかったことだけは確かであろう。

二十九　人生のピーク

私はその日を人生のピークと呼んでいて、今でもそう思う気持ちは変わらないし、死ぬまできっと変わらないような気がする。にもかかわらず正確な日付の記憶がないのは甚だ不本意ながら、昭和六十三（一九八八）年のたぶん三月初旬だったのではないだろうか。とにもかくにも私はその日、まだ三十四歳の若さで、早くも人生のピークに達したという実感を得たのである。

それよりひと月ほど前に、私はＮＨＫの馬場順プロデューサーから突然のお電話を頂戴していた。呼びだされた場所は確か当時ＮＨＫの前にあったコロラドという喫茶店で、神南の事務所からもほど近い場所だった。

私の本業は相変わらず編集プロダクション経営というわけだが、芝居にうつつを抜かしたせいで、この頃はもう共に立ち上げた仲間に去られてしまい、毎度企画に応じて新たなメンバーを募るかたちを取っていた。個人的には『マンガ歌舞伎入門』を上梓《じょうし》した直後で、このあと『ぴあ歌舞伎ワンダーランド』や昭文社のロンドン旅行ガイドを手がけるなどしたものの、二足のわらじが早晩立ち行かなくなる兆しはすでにあったのだ。が、世はまさにバブルへ突入して、将来に対する危機感がだれしも薄かった時代である。

初対面ながら、馬場プロデューサーはすぐに私の顔を見つけられた。それは前年の教育番組「ETV8」で『けいせい仏の原』のメイキングが取りあげられた際、NHKに初出演したからだが、今回はどういった用件なのか見当もつかないままお目にかかった馬場プロデューサーが、開口一番こういわれたのは忘れられない。

「松井さんは、僕がこれからお願いすることを、絶対にお断りにならないでください。もし断られたら、僕は腹を切らねばなりません」

唖然とするとはこういうことかと思うような瞬間に、私の頭は目まぐるしく回転するも、口では「まあ、どうぞ、仰言ってください」としかいいようがなかった。

「実はこの四月から『芸を語る』という新番組が始まるんで、第一回目は何がなんでもやっぱり歌右衛門さんにご出演を戴くんですが、松井さんに聞き手としてご登場をお願いしたいと存じまして」

「私が……ですか……」

これまた呆然とするとはこういうことか、と思うような瞬間が訪れていた。まるで夢を見ているようなふわふわした気持ちで、私が即承諾をしたのはいうまでもあるまい。

　そもそも歌舞伎を熱心に見始めたきっかけは歌右衛門その人であり、私の人生を変えたというより、前半生を作りあげたといってもいいような人物なのである。一ファンとして楽屋訪問したり、京都駅に見送りに行ったことはあっても、きちんとしたかたちで対面したことは一度もない相手と初めて話す機会が訪れ、それをＮＨＫで全国放送されると聞いては、舞いあがらないほうがおかしいだろう。

「正直いいますと、ほかにも何人か候補がいらして、そのリストを持ってあがったところですねえ……」

　と馬場プロデューサーは話を続けられた。

リストに私の名前が加わっていたのは「ＥＴＶ８」の出演に拠るものだったらしい。

「歌右衛門さんは大変難しい方なんで、なかなかＯＫが出なくて、松井さんの名前はご存じなかったんですが、たまたまそばにいらした松江さんが『ああ、この人、僕知ってる』と仰言ったんで、それなら、ということになったんですよ」

　松江さんこと現中村魁春《かいしゅん》丈は歌右衛門の養子で、『けいせい仏の原』に遊女今川の役で出演されていた。

　要するに『けいせい仏の原』の上演を手伝ったことで、これ以上はないというようなご褒美を私は授かったのである。

聞き手として何を話してもらいたいかという意見もしっかり述べさせてもらった上で、撮影はぶっつけ本番、収録は世田谷の岡本町にあった歌右衛門邸で行われた。

前夜は興奮のあまりどうしても寝つけず、当日はあきらかな睡眠不足で、コンタクトレンズをはめてもゴロゴロする感じだった。

歌右衛門の私邸は意外なほどの洋風建築で、収録が行われた部屋はアールヌーボー調にまとめられ、主人の趣味を反映した大きな犬の縫いぐるみが置かれていた。この人の縫いぐるみ蒐集癖はつとに有名で、玄関の帽子掛けまでが大きな鳥の縫いぐるみだったのをよく憶えている。

放送時間は三十分で、しかも舞台の録画がかなりの部分を占める番組だったが、収録にはたっぷり二時間を要した。前半は『本朝廿四孝《ほんちようにじゆうしこう》』の八重垣姫《やえがきひめ》について、後半は子供心に強烈なインパクトがあったあの『伽羅先代萩』の政岡について聞いたが、放送されたのは前半のみだ。

歌右衛門はこの時すでに七十一歳。独特の髪型に散髪された半白の頭は紫の染め粉できれいに覆われていた。皺《しわ》がほとんどなく、肌が驚くほどつやつやして、鼻の穴の形までが整ったまるで作り物じみた顔は、何やらあやかしを見るような気分だったのを想い出す。黒眸《くろめ》がちの眼がまたガラス玉のごとき異様なほどのきらきらした輝きを見せて、常人にはない大きな動きをする。その眼をまともに向けられると、こちらは金縛りに遭ったように顔がそらせなくなって首筋がこわばった。

こちらの質問に対し、考え考えしゃべる一言一句はずしんとした重みがあった。それは内容が高度であるとか、深みがあるとかいうのではなく、息を溜《た》めて、溜めて、ぱっと放たれる声の圧力によるものだった。つまり会話にも舞台と同じ独特の間の取り方があって、こちらはすっかり相手の呼吸に引き込まれ、しだいに自分の意識が遠のいてしまうような感じになるのは、舞台を見ている時と少しも変わらなかった。

ただ舞台とちがうのは互いが至近距離にあることで、収録の後半だんだん興に乗ってきた相手が時折「そうなのよ、あなた」といいながら、ぐぐっとこちらへ身を乗りだすと、いわゆるオーラのようなものをまともに浴びてくらくらした。私は歌舞伎に限らず多くの芸能人を間近で見てきたが、あれほど強いオーラに当てられてたじたじとなった経験は後にも先にもない。

収録が無事終わった瞬間、歌右衛門は深々とお辞儀をし、顔をあげながら私の顔を覗き込んで、

「京都の実家《おうち》のことはよく存じておりますのよ」

ささやくようにいって、にやっと微笑《わら》った。

まったくの初対面を装いながら、私が京都にいた子供の頃からの大ファンだったこと

を憶えていた、というよりも会う前に調べてわかったのだろう。が、収録前はそれをおくびにも出さず、武道の当て身のような絶妙のタイミングでこちらをポンと突いてコロッと転がしたのが、いかにも歌右衛門らしい怖さだとつくづく感じ入ったものだ。

相手が収録の部屋から先に立ち去るのを見届けた瞬間、私は文字通り目の前が真っ暗になって椅子に倒れ込んでしまった。朦朧《もうろう》とした気分でタクシーに乗り込み、今夜はさすがにぐっすり眠れそうだと思って帰宅した。

ドアを開けると玄関に置いた留守番電話の点滅ライトが目に止まり、腰もおろさずにすぐ再生したが、一瞬何を聞いているのかよくわからなかった。二度目に聞いたところで、ようやく中村扇雀のマネージャーの声だというのがはっきりした。

「武智先生が入院されました。詳しいことはわかりませんが、重篤なご様子だそうです」

現実感がまったく湧いてこないまま聞かされた悪夢のごとき電話で、私はぐっすり眠れるどころか、またしてもまんじりともしない夜を過ごさねばならなかった。

事実は小説より奇なりとはいえ、実人生にこんなドラマチックな一日があっていいのだろうか、と冷静に振り返ることができたのはずいぶん経《た》ってからのことである。

三十　通り魔

武智師の元気な姿を私が最後に見たのはそのひと月半ほど前の、渋谷駅の構内だった。銀座線に向かう階段をゆっくり昇ってゆく後ろ姿が、今もまぶたに焼きついている。

その夜は珍しく私のほうから誘って共に芝居を見たのだった。場所は下北沢の小劇場ザ・スズナリで、「ちかまつ芝居」という文学座のユニット公演である。演目は確か『国性爺《こくせんや》合戦《かっせん》』を石川耕士《こうじ》がアングラ風に書き替えて演出したものと記憶する。

これ以前に、武智師は岩波の講座か何かで歌舞伎塾と同じような発声指導をしたことがあったようで、「石川耕士君という人は僕の真似がそっくりできたのよ。そういう人は珍しいんだけどねえ」と聞かされた覚えがあった。

武智師は何かで気に入った人を、そのつどさりげなく側近に洩らす癖があったとおぼしい。テープ起こしが気に入られた私は、『定本武智歌舞伎』の編集プロデューサーを通じてさまざまな仕事の依頼を受けたのだった。それゆえ今は最も身近にいる以上、師が名前を挙げた人には私がなるべく会う機会を設けなくてはならないとしていた。

東京藝大の大学院に在籍していた田中悠美子氏からもらった手紙が気に入ったといわ

れた時も、青山の喫茶店に彼女を呼びだして会わせた記憶がある。彼女は後に女義太夫の三味線弾き鶴澤悠美《つるざわゆみ》として芸術選奨文部大臣新人賞を受賞し、今は日本の伝統芸能を踏まえた現代音楽のパフォーマーとして世界中を飛びまわっている。

現在、歌舞伎の脚色や演出で活躍している石川耕士氏も、この時はまだ文学座の演出部に所属し、自作デビュー間なしだったのではなかろうか。「ぴあ」か何かで公演を知った私のほうから師を誘って、石川氏と会わせるきっかけを作りたいと思ったのは確かだが、師をスズナリまでどうやって案内したのかは記憶が定かでない。

師は年齢のわりに大柄で恰幅《かっぷく》がよかったから、二百人ほどしか入らない小劇場の座席がとても窮屈そうに見えたのを想い出す。芝居の感想は「僕のような年寄りにはわからないねえ」という意外に素気ないものだったので、楽屋を訪問するのは止《よ》しにして引き揚げた。

道ですぐにタクシーを拾おうとした武智師に、

「先生、贅沢しちゃいけません」

つい止めてしまったことを、私は後々まで大いに悔やんだ。

「僕、どうやって帰ったらいいの」とつぶやく師を私は下北沢の駅まで歩かせて井の頭線に乗せ、自身も同じ電車に乗り込んだ。

私は当時、三軒茶屋に住んでいたので、下北沢からだと茶沢通りをバスでまっすぐに行けば帰り着けた。武智師を先にタクシーに乗せてしまえばよかったのに、そうしないでわざわざ渋谷駅まで見送ったのは妙に離れがたい気持ちがあったせいだろう。

しかし、それがまさか元気な姿を見送る最後になるとは思わなかった。

二月上旬のとても寒い夜で、武智師は持病の神経痛が出て辛そうな話をしていたにもかかわらず、私は小劇場の狭い座席に押し込め、「先生、贅沢しちゃいけません」と容赦なく歩かせたのだった。

二月いっぱい互いに何の連絡もなく、NHKからの話があったことも伝えてはいなかった。急用や問い合わせ以外で自分のほうから師に電話をしたり、会った時に訊かれもしないで弟子が自分の近況報告をするようなことはまずなかった。師弟関係とは本来そうしたものだったのである。

かくして私には、武智師の仕事を手伝うことで得られた最高のご褒美を、師に報告する機会が永久に喪われたのだった。

鎌倉の病院にお見舞いする機会もなかなか得られなかったのは、絶対安静の状態だからという理由で断られ続けたからである。私はしつこいほど川口夫人に連絡をして、面会の許しを乞うた。なんとか会うことができたのは、陽春四月五日にNHKの「芸を語る」第一回が放送されてしばらくが過ぎ、初夏になりかけた頃だったと記憶する。

病室に入ってベッドに仰向けで横たわった師を見た瞬間、私はその場で凍りついた。

声をかけようにも、何ひとつ言葉が浮かんでこない。

「パパちゃん、わかりますか？　松井さんがお見舞いに来てくださったのよ」

ごく自然に声をかけながら師に笑顔を向ける夫人を見て、私はせめて変な表情だけは見せまいと踏ん張りながらも、正直見舞ったことを後悔していた。これだから夫人は会わせまいとしたのかもしれないと思えるほどに、面窶《おもやつ》れが激しかった。土気色でげっそりと頬がこけ、顎と鼻柱と口吻《こうふん》の尖《とが》った顔は古鼠《ふるねずみ》の化け物を見るようだった。そこには元気な頃の面影が微塵もなくて、私はまるで見ず知らずの他人と会っているような気分に陥った。

「松井さん、何とか言ってやってよ」

と促され、早く元気になってくださいというようなことをつぶやきながら、精いっぱい力を振り絞って笑いかけた瞬間、ぐしゃっと何か嫌な物音が体内で聞こえたような気がした。胸が潰れるとはまさにこういうことを指すのだと、病室を出た途端に呻《うめ》きながら思った。

末期の膵臓癌《すいぞうがん》だと知らされて、武智師が稽古場でコーラを片時も手放さなかったことや、レストランで「僕は近ごろ牛肉を食べると必ずあとで苦しくなるのよ」と愚痴っぽくいわれたこと。医者嫌いで、体調が悪くてもなかなか病院に行こうとしないのを夫人が嘆いておられたことなどがいっきに想い出された。病魔は一体いつ頃から師の体を蝕《むしば》んでいたのだろうか。

夫人の前で私はずっと泣き続け、病院を出ても涙は止まらなかった。そればかりではない。横須賀線で鎌倉から品川までの間、私はずっと泣きっぱなしで、声こそあげなかったが、涙を拭おうともしなかった。車中の人びとがこちらをこわごわ見ているのに気づいても、私は泣くのを止めなかった。いや、止められなかったのだ。

今でもときどき車中で泣いている人を見かけると、私はあの日のことを想い出す。公衆の面前で涙を見せるほどの、何かよほど辛い出来事があったのだろうと勝手に想像して、同情する。

それにしても、当時は自分がそこまでのショックを受けたこと自体ショックだったといえそうだ。

師弟関係の実質はさほど長いものではなかった。武智師が扇雀の前で頭を下げて跡継ぎ宣言をしたのはわずか二年前のこと。青山劇場の舞台稽古でさんざん叱られ、初日に泣かされてからちょうど一年。時期が悪かったのか、良かったのか、いずれにしろ武智師は絶妙の間合いで倒れたのである。そして私は幼い頃から心にまとった鎧《よろい》を解かれた直後だったから、一瞬にして通り魔に遭ったような深傷《ふかで》を負ってしまったにちがいない。

今にして思えば、武智鉄二は私というひとりの観客の前で、実にみごとな自身の幕切れを演出して見せたのだった。

当時はとてもそんなふうに思えるはずもなく、師が急に自分の前から姿を消すことは想像できなかった。そもそも武智鉄二のようなこれまで無茶苦茶な人生を送ってきた人が、ふつうに病死するのはおかしいような気がした。

「僕は占いでみたら九十二歳まで生きるそうだから、松井さんが演出する時は僕が演出助手になってあげる」

一年前、あなたはそう約束したではないか、と私は潰れた胸のうちで激しく師をなじった。

あんな風に見えても、病魔はいつの間にか師の体を通り過ぎて、奇跡的に回復することだってあり得るのではないか。本気でそんなふうにも思えたのが今にして哀しい。だがそれに同調するかのように、

「来年の近松座は先生にやってもらうことが決まってんだから」

と、制作の杵屋花叟師もいうのだった。

花叟師は私とちょうどふた回り違いの巳年《みどし》で、母親と同い年だが、ふしぎにそうした年齢差をまるで意識しないお付き合いをさせてもらった特異な人物である。当初は私に対して敬語を使われており、それがいつの間にかお互いタメ口になったので、私としては年上に対して失礼なしゃべり方をしているという意識がまったく芽生えなかった。おまけに武智先生や木下先生や、他にも高齢のスタッフが多い中では、比較的年齢が近い

者同士という感覚もあったのだろう。

ちなみに芝居の世界では年齢差よりも経験や立場のちがいがものをいう。三十代半ばの私でも、台本を書いたり演出をすれば、はるかに高齢の役者やスタッフから「先生」と呼ばれた。ただしそれは水商売で客がよく「社長」や「先生」と呼ばれるのと同様、外部の人間の名前をいちいち憶えるのは面倒だから「先生」と呼ぶのだろうと想像された。

歌舞伎に限らず芸能界は人気者に経済的な依存度が高くなるため、彼らと行動を長く共にする人びとは、どうしても彼らの扱いに遠慮が出てしまう。それゆえ歌舞伎の場合は近代の段階で外部から識者を呼んできて、脚本や演出を担当させる仕組みが生まれた。そうした外部からの協力者がまとめて「先生」と呼ばれ、「先生」と呼ばれた時点で、つまりは身内扱いをされていないことになるのである。

歌舞伎の世界で身内扱いをする場合はどうやら本名のファーストネームを呼び合うらしく、役者たちのほとんどがそうしている。扇雀と花叟師から、私は一貫して「今朝子さん」と呼ばれていた。

「今は先生なんていったって、あんた、昔でいう芸能ゴロみたいな連中ばっかりだからねえ」

と花叟師がよくぼやいていたのを想い出す。

芝居の現場や興行に携わる人たちの間で、よくいわれる外部の識者は意外なほどに少ないのが現実だった。片や外部の識者は多くが現場に興味を持って、実際に関わりたい気持ちが強いようだった。大学院から松竹に入り、そこからさらにまた近松座で現場に触れた私は、図らずもそうした感想を持つに至っている。

近松座が「近松」の名で研究者や評論家に興味を持たれやすかったのは大変なメリットで、つまりは外部の識者の協力がとても得やすかった。にもかかわらず花叟師は武智鉄二以外の人物が現場に関わろうとするのをあまり歓迎しなかった。理由はただ一つ、扇雀を筆頭に現場で役者たちをしっかり抑えられるのが、結局のところ武智師しかいないという判断であったにちがいない。昭和三十年代の武智歌舞伎に参加した人としては、自身が本当の意味で「先生」と認められる人物が、武智師ただひとりだったということになるのだろう。

「いいかい、今朝子さん、芝居ってのは、幕の外から観てるのと、内側で観るのとじゃ大ちがいなんだ。どんなにお勉強をなすった先生でも、外から観てる分にゃ素人さんだ。素人さんはちょっとでも幕の内側に入った途端にえらく嬉しがるような、ミーちゃんハーちゃんが多いから困るんだよ」

と花叟師はよくぼやいたが、これは彼に限らず幕内関係者に共通した思いだったのではないか。そしてこれは芸能界全体に、関係者が一般人を警戒する傾向にあることと無縁ではなかったはずだ。

人気が元手の芸能界は常に不特定多数の人間を周りに集めるがために、関係者に必要以上の警戒心があることは、わずかの間でも興行会社に籍を置いた身として、私もまんざら知らないわけではなかった。

三十一　別れの時

「演出は武智先生に来年まで生きててもらうことにして、台本のほうは、今朝子さん、あんたがちゃんと書かなきゃダメだよ」

と花叟師にいわれた時は大きな逡巡《しゅんじゅん》があった。

実をいうと私は『けいせい仏の原』の上演を潮時として、近松座からきれいさっぱり足を洗うつもりでいたのだ。

二足のわらじがさすがにきつくなってきたのもあるが、それは煎じつめれば、芝居の道一足で進むのを拒否していたことにほかならない。

興行会社に勤めるならともかく、フリーランスで芝居の世界に関わると、へたをしたら人生が破滅に導かれるかもしれないという恐怖心が根強くあった。それは松竹の企画芸文室にときどき訪ねてくる劇作家崩れの老人を見たり、花叟師のいう「芸能ゴロ」を関係者がいかに唾棄《だき》するか知ったことも理由にカウントされる。だがそれらもろもろの理由の中でも、武智鉄二の晩年を間近で見ていたことにまさるものはなかった。

大概の人間は実人生にドラマチックな展開を期待しつつも、知らず識らず平穏無事に過ごせる道をたどるものだ。ところが芝居に惑溺すると、平穏無事な実人生に退屈するあまり、自己劇化《セルフ・ドラマタイゼーション》という表現が妥当かどうかはともかく、時に自ら事を起こして人生をドラマチックにしたがるのではないか。四十三歳で妻子と全財産を捨てて家出をした武智鉄二は、その最たる例のように思われた。

芝居に関わることのそうした怖さを「芝居は血を荒らす」と昔の人は表現して、安易に深入りする愚を戒めたのだった。

「血を荒らす」には血を熱く滾《たぎ》らせるというニュアンスも含まれている。よくドラマの共演者が結ばれたりするのも一種の副作用といえて、ドラマは関わる人を興奮させ、敏感にさせ、互いの距離感を急速に縮めるものだ。その間、関わる人は体温が上がって、まるで皮膚が薄くなったように、他者とのちょっとした触れ合いでも心がひりつく刺激を感じるのである。

ふだんわりあいクールに見られていた私は、近松座に関わっている間、読書どころか新聞の活字も追えないほどのハイテンションになり、友人からは電話で話す声のトーンがまるで違うと突き上げを喰らっていた。

　ある日、神南の事務所のそばを歩いていたら、地方公演に出ていた近松座のメンバーが車でたまたま前を通りかかった。思いがけない場所での再会にお互い顔がほころんで、私は彼らに手を振って見送るや否や、急に泣きだしたいような淋しさに襲われ、すぐに彼らの後を追っかけたい気持ちにかられて、これはまずい、と判断した。

　ほんのわずかの間に、私は芝居の急性中毒にかかったらしいと自覚し、だからこそなるべく早く手を引くに越したことはない、という気持ちになったのである。

　実をいうと武智師にもその旨をそれとなく打ち明けていた。武智師は聞き流したふうだったが、決して聞いていないわけではなかった。

　富岡多恵子さんとの対談で、何かの流れから話が私の身の上に及んだことがあった。その時、武智師は急にこちらを振り返って静かに声をかけた。

「あなたはもう芝居は嫌なんだよねえ……」

　何もかも了解したようなちょっと切ないトーンで、不意を突かれた私は目頭がじんわりして、思わず顔を背けたのが忘れられない。

『けいせい仏の原』の上演は師の畢生《ひっせい》の大仕事であり、私がそばにいた意味もあったと今でも自負できる。故にこれは芝居から足を洗う絶好のタイミングでもあって、私の青春時代の理想的な幕切れと見えた。

折しも降って湧いたNHK番組における歌右衛門との対談はあたかもカーテンコールに大きな花束を手渡されたようなもので、人生何もかもこんなに巧く行くのが怖いように感じられた矢先に師が病に倒れたのは、まさに寸善尺魔というべき痛恨事だったのである。

以前から、私は近松座に深入りして本業が疎かになっていることを心配し、それを花叟師に何度も訴えていた。すると横にいる大島やす子さんが笑いながら決まってこんなふうに口をはさんだものだ。

「今朝子さん、もうジタバタしないほうがいいですよ。あたしだって別の仕事してて、今よりずっと稼ぎがよかったのに、親父《おやじ》に巻き込まれて、気がついたらこんなことしてんですから」

彼女は花叟師のひとり娘で、近松座の制作を手伝いながら、いつの間にか扇雀のマネージャーも務めるようになり、電話で私に武智師の入院を伝えてくれた女性である。

一時東宝に移籍した扇雀と行動を共にした父花叟師は、そこで邦楽の指導や舞台音楽の作曲に当たり、山田五十鈴《いすず》を始めとする大女優や美空ひばりらとも家族ぐるみで親交があった。幼い頃から舞台人や映画人とばかり接した彼女は、女性の身の振り方を女優しか思いつかなかったために、自らも宝塚歌劇団に入団して、しばらく舞台に立っていた経験がある。

いわば根っからの玄人である彼女に、私はある時こういわれたのだった。

「今朝子さんは自分がどんなに素人だといい張っても、親父の目からは全然素人に見えないんですよ。限りなく黒に近いグレーって感じかなあ」

たしかに祇園町の料理屋に育ち、歌舞伎役者の縁戚に列《つら》なる私は、純然たる素人とはいいがたい面があったのだろう。実際のところ、歌舞伎役者はもとより数多くの芸能人を幼い頃から見馴れているので、ミーハーにはなりようがなかった。また子供の頃には料理職人の男性従業員が遊び相手だったから、男性ばかりの歌舞伎の現場でもあまり抵抗なく過ごせていた。

つまり花叟師という幕内の人の目からは、比較的邪魔にならない存在に見えたのだろう。もちろん彼はそれだけの理由で私に次回公演の脚本を書かせようとしているわけではなかった。

「今朝子さん、あんたが台本を書いてくれるんなら、俺はそれをチラシに刷って、武智先生にお目にかけようじゃないか」

そういわれたら、もはや断るすべがなかった。

公演の告知を早くしたい場合は、チケットの売り出し前に配るカラー印刷の本チラシとは別に、一色刷りの仮チラシを用意する。花叟師はまだ今年度の公演も始まらないうちから、早くも来年度の仮チラシを印刷させた。

薄いピンク地の紙面に墨一色大きく印刷された芝居のタイトルは、師が国立劇場のロビーで私に一番好きな近松作品だと打ち明けた『夕霧阿波鳴渡』。その横に松井今朝子脚本・武智鉄二演出と銘記されていた。

花叟師と私は共にその仮チラシの束を持って鎌倉の病室を訪れた。ベッドで横たわる人に向かって、

「先生どうぞ来年はこれでお願い致します」

花叟師がチラシを一枚手渡すと、師はもがくようにしながら上半身を起こして、それにしっかりと目を通した。私はベッドの脇に立って、幽鬼のごとく病み衰えた師の横顔を、ただ見つめていた。

土気色の顔をこちらに向けた師は、がりがりに痩せ細った腕を伸ばし、やおら私の右手をつかんでぎゅっと握りしめた。思えば私はその時初めて師に手を握られたのだ。それは明日をも知れぬ病人とは感じさせない、凄まじい握力だった。私の小さな手は師の大きな掌《てのひら》に圧し潰されて、握り返すこともできなかった。

このまま共に奈落の底へ引きずり込まれるのではないかという恐怖を感じたくらいに、師は私の手を握って長らく放さなかった。

ようやく手を放した途端、今度は上半身をふたつに折って頭を抱えた。

「こんなことしちゃいられない。僕はまだまだやらなくちゃならんことがあるんだ」

振り絞るような声で、そうはっきりといった。

その声は死に行く覚悟がついたとはほど遠い心境を窺わせた。そしてそれはすでに私がどこかで諦めた気持ちになっているのを、鋭く指弾するようにも聞こえた。

「人間、自分をもうダメだと思っちゃ、絶対ダメなんだ」

と自らを鼓舞するようでもあった。

意識がなくなる寸前まで、師は自分がまだまだ生き続けると信じていたらしいという話を、最期を看取った川口夫人のお弟子さんから後に聞かされた時に、私はやはり先生らしいなあと納得した。

武智鉄二に悟りすました最期は似合わなかった。最後の最後まで運命に逆らって、抗《あらが》って、閻魔《えんま》の庁で文句をつけてくれるようでなくては、武智鉄二らしくなかった。

つまりはそういう人物に出会って、最後に手を強く握られたことが、私の人生をくるわせたのだった。私は手と共に心のどこかを強く握られたのだろう。その後長らく心身に変調を来してしまった。

鎌倉の宝戒寺《ほうかいじ》で執り行われたお通夜でも葬儀でも、私はずっと泣きっぱなしだった。あげく目の前の人に抱きついて号泣するという、それまでの自分からは想像もできない取り乱し方をした。あれっ、私は一体どうしちゃったんだろう、これがヒステリーっていうものなんだろうか、と頭の中ではめまぐるしく考えながら、慟哭が一向に収まらない自分に驚いていた。

以来、人通りの多い道で歩いていても、友人となんでもない話をしている最中でも、ふいに涙があふれ出して戸惑うことがしばしばあった。当時は心身症という言葉が流行りだしていて、自分はてっきりそれだと思ったものだ。怖い夢で夜中によく目が覚めて、体調も優れなかった。

一方で、この間の出来事すべてが何やら妙に芝居がかっているような感じは、当時からもあった。それが現実であることの不思議さによって、私は体内に取り込んだ芝居の毒を排泄《はいせつ》できずに、感情がコントロールしにくくなっていたのだろうと、今にして思う。

三十二　救いの手

その頃のひとつの救いは、当時としては意外にも、物を書くことだった。

誕生して間もない歌舞伎学会が発行する「歌舞伎——研究と批評」誌の創刊号に寄稿を依頼された時は、折しも武智師が危篤状態で、課されたテーマは奇《く》しくも『義経千本桜』の「すし屋」。すなわち歌舞伎塾で武智師が最初に取りあげた作品だったのである。

当時まだ黒い画面に緑の文字が映しだされるワープロ機に向かって、私はひたすらキーを打ち込んだ。電子画面に向かっている時は不思議と心が静まるので、執筆に集中した。「運命をかたる人々」と題したその論考は、それまでに私が書いたいわゆる学術論文とはおよそかけ離れた、いささか感情的な文章だった。

師の没後ほどなくして「歌舞伎」誌が刊行されると、当時毎月楽しみに読んでいた朝日新聞の「文芸時評」に、その論考が取りあげられた驚きも今に忘じ難いものがある。いわゆる純文学を対象にした「文芸時評」に自分の名前を見た私は唖然として、思わず新聞を取り落としそうになった。その年の「文芸時評」はたまたま富岡多恵子氏が担当されていたため、そうした異例の事態が生じたのである。

武智師の死を契機に、私はいわばメタモルフォーゼを遂げつつあったのだろう。無難にまとまった表面的な人格の殻に亀裂が走り、亀裂を入れた人の死によって、殻は完全に崩壊した。あたかも脱皮液がじくじくと流れだすようにして文章を綴り始めた最初が、その論考なのかもしれなかった。

もっとも、身近な人の死や、失恋や、その他もろもろの喪失感が、何らかの表現欲求に結びつくのは実にありふれた話でもある。直接的な表現者への道を封印していたはずの私でさえ、この時期は封印が破れかけていたらしい。作家富岡多恵子はさすがにそういうことに敏感だった。

近松座が琴平《ことひら》の金丸座《かなまるざ》で公演した際、私は富岡さんと同行し、参道の途中でふいにこういわれた。

「あなた小説を書きなさいよ。私があと押しをするから」

それはあまりにも唐突な発言で、後々まで、いや、いまだに不可解に思えてならない出来事だ。

メタモルフォーゼを起こしつつあった私の心がいかに「表現」を欲求していたにせよ、当時はまさか自分が「小説」を書くことなぞ想像もしなかった。しかも富岡さんのいう「小説」とは純文学だからして、今でもそれを書く自分のことはまったく想像ができないのである。

富岡さんは当時の純文学の状況を「今は評論こそがフィクションになる時代で、逆にフィクションが評論になっちゃってるのよ」と解説されていたが、私に書かせたかったのは果たしてフィクション的な評論だったのか、はたまた評論的なフィクションだったのかは定かでない。ただ具体的な「表現」の場を提示されたのは事実である。

富岡さんの息がかかった大手老舗出版社の編集者が相次いで執筆の依頼に訪れたのは、望外の、というよりもまったく意想外の成りゆきで、私は対応に苦慮しなくてはならなかった。あげくこの間の富岡さんの温情を拒絶する態度に出たのは若気の過ち以外の何ものでもないが、当時の私としては武智師からいきなり芝居の現場へ放り込まれて、今度はまた文学の世界へ飛び込まされては、とても身が保《も》たない気がしたのだろう。

人だれしも年を取って来し方を振り返れば、若かった頃の自分の前にはさまざまな岐路があったのを想い出すことになるのだろうが、三十代半ばで師を喪った私は、まさに岐路亡羊として立ち尽くした。

せっかく武智師にならしてもらった芝居の道を進むよう、強くあと押しをしたのは杵屋花叟師である。彼の制作によって、私は『夕霧阿波鳴渡』を皮切りに平成八（一九九六）年まで脚本や演出を担当し、且つ制作関連の相談に応じたりもして、近松座にしっかりと関わった。そのおかげで九代澤村宗十郎や五代中村富十郎といった名優の舞台で脚本や演出に与《あずか》れたのは、大変にいい想い出だといえる。

私が身近に見た数々の役者の中でも宗十郎は皮膚感覚的に最も歌舞伎役者らしい人に感じられて、さすがに谷崎潤一郎が執心した人物だけのことはあると納得させられた。それこそ私が幼少のみぎり芝居で観て興奮した『瘋癲老人日記』には、この人への並ならぬ讃辞が綴られているのを思うと、自分の前半生は芝居を通じておかしなくらいにひと続きであったことも、今にして実感される。

富十郎は日常でも歯切れのいい口調に惚れ惚れさせられたし、若手の役者に対して演技以前の基礎的な動作を熱心に指導している姿がまぶたに浮かんでくる。想い出せば当時からすでに歌舞伎界のいわゆる御曹司の中にも、襖の開け閉めといったことでさえ教わらないとできない若者が出始めていたのだった。

この間に近松座は、扇雀の三代中村鴈治郎襲名がきっかけで、松竹が制作に乗りだすこととなった。結果、武智歌舞伎以来の盟友関係にあった扇雀と花叟師が袂《たもと》を分かった経緯や、それにまつわる興行界のもろもろの軋轢《あつれき》を、私は渦中で逐一見聞するはめにもなった。そのすべてを生々しく書けば、それなりに面白い読み物がまた一冊できあがるかもしれないが、本書の趣意には沿うまい。

ともあれ武智師の最晩年から没後にかけてしばらく芝居の道を歩んだのは花叟師の計らいによるところ大だったし、それに伴って実にユニークなアルバイトも経験した。

世の中にはスポーツや音楽や絵画やさまざまな趣味に没頭する人たちがあるが、私はそのアルバイトを通じて、芝居好きは地域的な偏りがあるのではないかと思ったほどだ。当時人口が四十万人ほどの高松市には、アマチュア劇団の数が二百もあると聞かされて絶句した。その中の一つが私のバイト先だった。

「道具も衣裳も本格的に『四谷怪談』をやりたいんで、助けてくれって泣きつかれてねえ。道具や何かはこっちが手配するから、今朝子さんが向こうに行って教えてやってくれねえかなあ」

と花叟師にいわれて、私はその劇団から結構な日当と旅費を頂戴するかたちで演技指導に出向いた。

アマチュア劇団といえど、中にはいくつもの劇団にかけ持ちで出演するプロはだしの役者がいるし、年齢も職業もまちまちだから、東京の学生劇団なんかよりも却って個性的で魅力的なメンバーだった。按摩《あんま》の宅悦《たくえつ》を演じた役者の本業はお寺の住職だから鬘が不要だったし、大道具はプロの大工さんが作るので、仏壇返しの仕掛けが本物以上に堅牢だったりもした。

たった一日一回の公演に一千万円近い制作費をかけて上演するという破格のアマチュア劇団は毎年次々と大作を上演し、私は年に三、四回ほど呼ばれて、行くと一週間近く滞在をさせられた。その間にたとえば歌舞伎役者から聞いた髪梳《かみす》きの仕掛けを教えたのみならず、発声練習や基本的なセリフの指導もした。それは高校の文化祭以来の芝居の楽しさを私に想い出させた。

芝居のシの字も知らずに員数合わせで引っ張られて迷惑そうだった年輩の人たちが、完全な棒読みから徐々にセリフらしくいえるようになって実に嬉しそうな顔をしたこと。ちゃらちゃらした茶髪の青年が舞台で素晴らしいトンボを切って会場を沸かせたこと。稽古場の隅でいつもだんまりを決め込んでいた若い女性が、いつの間にか皆と和気藹々《わきあいあい》と話していたことを今に懐かしく想い出す。

中でも面白かったのは、柄の良さだけを買われて「忠臣蔵」の大石内蔵助《くらのすけ》を演じることになった中年の男性が、最初は実に性格がいい加減だと他の劇団員によくなじられていたにもかかわらず、稽古が進むにつれて、日常でもだんだん人柄が変わってきたと噂されたことである。本番では楽屋にいても大石内蔵助になりきったように堂々として、頼り甲斐のある雰囲気を漂わせていたのが実に印象的だった。

それらさまざまな風景に触れて、私は芝居が持つ本来的なパワーというものに目を見開かれる思いがした。

私はずっとプロの芝居を観てきた人間だが、芝居は観るものとしてでなく、本来やるものとしての価値や効用のほうが高いのではなかろうか。新たな娯楽がさまざまに増えてゆくなかで、ひょっとしたら観るものとしての寿命はいずれ尽きてしまうかもしれないけれど、やる価値は今後ますます認められてくるのではないか。そんなふうに考えたほど、高松のアマチュア劇団との出会いは私にとって画期的だったのである。

最初に高松の地を訪れたのはまだ武智師が存命の頃だった。師はとにかく甘い物が大好きだったので、私は入院先に当地の和三盆を送ったりもした。

当時まだ高松行きはYS－11型のプロペラ機だったので、離陸時は不安定でひやっとさせられることがしばしばあった。

武智師が亡くなった直後に、飛行機が激しく揺れて、落ちるのではないか、ああ、いっそ落ちてしまったら……という心境に一瞬なったことがある。

だが次の瞬間、私は自分の年齢を考えて、あと五十年もたてば嫌でもまた再会できることを思った。あとたった五十年ではないかと考えて、妙に救われたような気がした。

三十三　託された者

「僕はまだまだやらなくちゃならんことがあるんだ」

そういった人から最後に手を強く握られたことは、私にとっての大いなる呪縛ともなった。

ただし「やらなくちゃならんこと」のほんの一部しか私は想像がつかなかった。

一つは師が初めて本格的に書きだした自伝だったように思い、せめて草稿を読ませてほしいと川口夫人に訴えたが、家の中がひっくり返っていて何もわからないといわれ、諦めざるを得なかった。それらが無雑作に散逸したのであれば残念でならない。

武智師は以前にも自伝めいた著作が全くないわけではないし、過去の仕事を語るにも、あっけらかんとした自画自賛が却って面白く読める文章がいくらもあった。

しかしながら私が出会った年輩の方にしては珍しく、会話の中で過去を蒸し返すことはまずなかったのを再度繰り返しておこう。

よく聞かされたのは次に何をやるつもりか、何をやりたいかであった。たとえばシェイクスピアの『真夏の夜の夢』で古典芸能の様式を交えた演出の構想や、小淵沢《こぶちざわ》に某スポンサーが新たに劇場を建て、そこの運営を全面的に任されるという話などなど、かりに存命でも実現したかどうか不明な話を私は黙って聞かされていた。やりたいことを話す時の眼はいつも無邪気に輝いており、七十五歳で「まだまだやらなくちゃならんことがある」といいきった人の幸福を、私は今この年齢《とし》になって、しみじみ思わずにはいられないのだ。

その中にはお金のためにやむなく引き受けざるを得ない仕事もあったのだろう。が、それさえも最後の最後まで必要とされる仕事があったことの幸福ではなかろうか。

功成り名遂げて組織の長や理事の肩書きを得たところで、現在なすことに重要性があまり感じられなければ、とかく白い目で見られてしまう昨今である。最晩年ですら周囲から死を待たれるようなことがなかったのは、やはり大変に、大変に、幸運な人生だったのだと、慟哭して骨を拾った私は今にしみじみ思うのである。

「やらなくちゃならんこと」で当面代役を果たす義務があると感じたのは近松座の仕事だ。そして代役を引き受ける以上は、原作を重視した師の姿勢をなんとか貫き通そうという気負いと、それに伴う大きなプレッシャーが生じた。

たとえば、いかに近松の文体を尊重した台本にしても、役者が勝手に直して七五調のセリフまわしにする可能性は多分にあったのだ。

そもそも歌舞伎の台本は役者あってこそのもので、江戸時代はアテ書きが基本である。したがって浄瑠璃の原作がある場合でも、台本は各時代の名優に当てて書き替えられたものが残っており、彼らの演出が型として伝わっているのが歌舞伎なのだ。それゆえ役者は本来的に自己演出をする存在だし、セリフは台本通りにいわなくても概ね間違っていなければよしとするから、ふだん少々のいい間違いは逐一指摘されることがめったにないのである。

しかしながら近松座という、作者の名前を冠してそれを売りものにしている一座である以上、いかに歌舞伎であっても原作者の言葉を無視するわけにはいかないはずだった。日本語は助詞によって七五調のリズムにするのが和歌の昔から一般的であるにもかかわらず、近松がそうした「無用のてには」を使って字配りをすると、却って「詞《ことば》づらいやしく聞《きこ》ゆ」と喝破したことは今日に銘記されるべきだろう。口調の良さは内容を聞き流しにされてしまう恐れがあるのを、彼は三百年以上も前にきちんと指摘していたのである。

それほど文章にこだわった作家の原作を、当時のことに無知な現代の歌舞伎役者が安易にいい替えてはならない、というのが武智師の基本的な考え方であった。とはいえ私がそれを現場で実行するには多大な神経を払わなくてはならなかった。

かりに稽古場でくどくどと注意をしても、それで役者が気分を害して、肝腎の本番で無視されてしまえばおしまいなのが芝居の世界である。何事も納得ずくでなくてはならず、頭ごなしに抑えつけるのはもってのほかだ。かといって何もかもなあなあ主義で済ませれば、結果的に台本も演出もなし崩しになってしまう。

いつぞやある雑誌の企画で演出家の蜷川幸雄氏と対談した折、私は世界的な巨匠に向かって厚かましくも次のような発言をした記憶がある。

「歌舞伎の稽古場で学んだのは、巧い喧嘩のやり方だったように思います」

灰皿をぶつけるわけにはいかない以上、私は最初にこちらが絶対譲れない点をいくつか決めておき、それについては喧嘩腰に近い強硬姿勢で主張した。その代わりに、役者のほうからもセリフのいい替えや演出の変更要求があった場合に、一つは必ず認めるといったバーター方式を採用した。スタッフとの駆け引きも同様である。

私はもともと他人と真っ向から衝突するのが苦手な、ある意味で典型的な日本人だった。周囲になるべく波風を立てないよう、無意識のうちに余計な気をつかい過ぎる点で、武智師から厳しい叱責を喰らった人間である。そんな私が、役者にしろスタッフにしろ、当時いずれも自分よりはるかに年上の男性たちと、それなりに渡り合っていたのは長《ちょう》足《そく》の進歩だったと思う。師匠の死で、いわば火事場のくそ力的な精神力が発揮されたのだろうし、また脂がのりはじめた年齢の体力がそれを支えてもいたのだろう。

思えば互いに楽をするため、なあなあ主義がはびこるのは歌舞伎の世界に留まらないし、そこで異を唱えることには相当な勇気が要る。オトコ社会では存在自体が異物の女性にこそ、却ってそうした勇気を示す機会が訪れやすいのかもしれない。ただし、それが通用するかどうかは相手によりけりだろう。

幸か不幸か近松座の主宰者である中村扇雀は、何しろ夫人が国土交通大臣や参議院議長まで務めた人物だからして、女性が差配的な役割を果たすことにまったく抵抗を感じないという、当時の日本ではめったにいないような貴重な男性だった。

武智師はさすがにその点もよく見抜いていたらしく、

「扇雀君は男からへたに何かいわれるより、多少きついことでも女の人からいわれたほうがいいのよ」

と聞かされた記憶が私の中にはっきりとある。

だからだったのか、という思いもある。

武智師からいきなり演出助手にさせられた経緯が、私には長らく不可解で、人違いではないかと疑ったほどだという話はすでに書き尽くした。

要は扇雀と私が縁戚で、もともと知らない仲ではないと気づいた日に、武智師はその偶然に縁を感じて、最愛の弟子である扇雀のそばに置いておくのにふさわしい人材として、私を再発見したということだったのだろうか。

それにしても、である。

「演出は世界で自分が一番えらいと思わなくちゃできない！」

と私を叱咤《しった》した師の表情は真剣そのものだった。ふだんどこか揶揄するような響きの混じる師の声ではなかった。

最晩年か前年のある寒い一夜に、新大久保かどこかの稽古場にお供をさせられた記憶がある。師はたしか二期会のオペラ『修善寺物語』で、演技指導を頼まれていたのだった。歌手らはピアノ一台の伴奏で歌いながら、武智師に手取り足取りされて日本式の古風な所作を教わっていた。その帰り道で「オペラは一番きちんとした収入になるから、いずれあなたに譲るつもりなのよ」といわれ、私は楽譜もきちんと読めないような人間に、いくら何でもオペラの演出は無理でしょうと笑って取り合わなかったが、それもあとになって妙に心にひっかかったのである。

果たして武智師は本気で私を演出の跡継ぎにしようとしていたのだろうか？

「師よ、なぜ私なのですか？」

と私は問いたかった。

それは死後さらに激しい、

「なぜ私だったのですか？」

という問いに取って代わった。

その問いに対する明確な答えは、ついに出てこなかった。

今はもう単なる偶然だったのだ、と思うことにしている。

武智師が生涯で出会った人は山のようにいて、それこそ弁天小僧のセリフではないが、私はほんの頭数《あたまかず》にすぎないであろう。そしてその多くが何かしらの約束や、褒詞《ほうし》や、叱責や、訓戒や、激励や、その他もろもろの言葉を受け取ることで、人生に何らかの影響を与えられたのではなかろうか。

私が受け取った時はそれがたまたま死の直前だったために、多大なショックまで受けざるを得ず、それが長らく呪縛として尾を引いたのだろう。

その後の数年間、私は私なりに精いっぱい力を尽くしたつもりだった。が、如何せん、途中で力が尽きてしまった。経済的にも回らなくなり、精神的にも追い込まれて、ついには芝居の世界を去ることになった。

芝居の道に進むにしては、やはり根が自閉的に過ぎ、かつそのわりに周囲が気になり過ぎるという矛盾した性格が仇《あだ》になったとおぼしい。

目の前に大手を広げて立ちふさがったり、そっと足を出して躓《つまず》かせようとしたりすることも含めて、芝居の世界はとかく自分に構ってほしくて何かをせずにはいられない人たちの集まりといってもいい。私のような人間が、そういう人びとの相手をするには並ならぬ気力を振り絞らねばならず、結局はそのことに疲れ果てたのであった。

もちろん肩を貸したり、尻を押してくれた人たちが沢山いたのに、それに応えきれなかったのは力不足以外の何ものでもなかった。そこでもまた「なぜ私だったのですか？」という問いかけが自らを苦しめたものだ。

武智師にとって最大の誤算は、私が祖述者にも不向きな人間だった点かもしれない。

「あなたは僕のことを伝えてくれたらいいのよ」

といわれたにもかかわらず、私は芝居の現場でも、そこから離れてからも、意識して師の言葉を伝えようとはしてこなかった。

評伝めいたものもきちんと書いたことはなかったし、これを書くに当たっても通常の評伝スタイルは採っていない。ここに書いたのはあくまで私の心に留まる師の想い出に過ぎない。

所詮、人は自分という人間を通してしか他人を理解はできない。従って、いかなる評伝も書き手の理解で捉えられた人間像でしかない。そう割り切った上で、自分には客観的な資料を駆使して外側からストイックに人物の輪郭をデッサンする評伝には向かないと感じている。むしろ他人のイメージを自らの内側に取り込んで、フィクションの登場人物として蘇らせる方法が私にはふさわしい気がしたのだった。

フィクションは妄想の産物である。幼児期に親と離れた淋しさから生じたとおぼしき妄想癖を、私は早くに封印していた。武智師の死で受けたショックがその妄想癖を復活させて、私を直接的な表現者に駆り立てたのだとすれば、なんとも皮肉な結末といえそうだ。

今回フィクションの形を取らず、武智師の想い出をストレートに書いてみる気になったのは、この年齢にして、人生における出会いというものの面白さがようやくわかり始めたからかもしれない。

人だれしも生まれてから死ぬまでの間に親をふくめて多くの人たちと出会うが、何げない出会いが自身の能力や努力を超えて、人生を大きく左右したと感じられる向きは決して少なくないだろう。私もまた数々の出会いによって、幼い頃には想像もしなかった人生を歩んできたことが、今にして面白く思えるのだった。

武智鉄二との出会いをひと口で締めくくるのは難しいが、世間を相手に闘い続けてきた人は、他人様にどう思われようが、自身の殻を打ち破って全開で生きることの必要を私に説いたのだった。

他者との闘いというものを教わった点では、人生の父といってもいい存在なのかもしれない。女性が人生での闘いを教える父と出会えるのも、当時はまだ稀なことだったような気がする。

戦前の日本で滝川事件を契機として反権力に目覚め、戦時下では国家を向こうにまわして断絃会を組織し、戦後もまだまだ自ら闘いの場を積極的に求めて歩いたような師父とはちがい、私はやはりなるべく他人と争わずに生きていきたいと念じる凡庸な人間だ。

しかしながら、それでも人生は時に他人との闘いを避けられず、常に自分との闘いの場であるという認識を、今日までずっと持たされ続けてきたのは、まぎれもなく武智鉄二のおかげだった。

今後も死ぬまで、いざという時は決して闘いを辞さない覚悟でいると、冥土の師父に報告することをもって、この拙文の締めくくりとしよう。

註釈

一　複雑なお家の事情

＊1　**『俳諧師』**　正岡子規に師事して近代的な俳句の基礎を築いた高浜虚子の若かりし頃を髣髴《ほうふつ》とさせる自伝的小説。明治四十一（一九〇八）年に発表。筆者の生家である料理店名は「西石垣《さいせき》の千本《ちもと》」とある。

＊2　**『祇園物語』**　明治四十四（一九一一）年に、伝奇的なロマンチシズムの作風で知られる泉鏡花が、祇園の芸妓《げいこ》お岸と旅の僧との不思議な関わりを描いた小説。主人公たちが親密に語り合う場所に「西石垣の千茂登《ちもと》」が使われている。

＊3　**二代實川延若**　（一八七七—一九五一）　明治末期から大正・昭和にかけての関西を代表する名優のひとり。上方ならではの和事《わごと》を得意としながら豪快な役柄も演じており、古風なマスクを活《い》かした「山門」の五右衛門は伝説の名舞台である。

＊4　**初代中村鴈治郎**　（一八六〇—一九三五）　容姿、技芸ともに優れて、明治から昭和初期にかけての関西で常にトップスターの地位を保ち続けた名優。たびたび東京にも進出して高い評価を得る。訃報は新聞の号外にもなったという。上方の和事を得意とし、中でも近松門左衛門の作品を近代の舞台に蘇《よみがえ》らせた功績は非常に大きい。

＊5　**林又一郎**　（一八九三—一九六六）　初代鴈治郎の長男だが、先祖の名前を芸名とした。病弱で舞台に立つことが少ないながら、舞踊は名手の評判を得ていた。長男の林敏夫は戦死。敏夫の子である与一は時代劇スターとして映画やテレビで活躍。ＮＨＫ大河ドラマ『赤穂浪士』の堀田隼人《ほったはやと》役でお茶の間の人気を得て一世を風靡《ふうび》した。

＊6　**二代鴈治郎**（一九〇二―八三）　初代の次男で、容姿は初代に及ばなかったが、芸の巧《うま》さにおいて観客を唸《うな》らせた。一時期舞台を離れ、映画俳優としても活躍。小津安二郎、市川崑《こん》、川島雄三、黒澤明といった名監督の映画に数多く出演したことが、むしろ歌舞伎よりも人びとの記憶に残っているかもしれない。彼の長男である現坂田藤十郎の妻は後に政治家となった女優の扇千《おおぎち》景《かげ》。長女中村玉緒の夫は俳優の故・勝新太郎という芸能一家でもある。

＊7　**長谷川一夫**（一九〇八―八四）　初代中村鴈治郎の弟子で、林長二郎の芸名をもらい、歌舞伎の女形として出発するが、映画にデビューして一躍国民的なアイドルとなる。松竹映画から東宝に移籍した際に林長二郎の芸名を返上し、以降は本名で芸能活動を続けた。日本映画が衰退してからは「東宝歌舞伎」という洋楽を取り入れた歌舞伎風の演劇を創出し、昭和の時代に最も熱狂的な女性ファンを獲得した第一号ともいえる。没後に三人目となる国民栄誉賞を授与された。

＊8　**素人義太夫**　幕末から明治・大正期にかけては義太夫節《ぎだゆうぶし》の習い事が盛んだった結果、アマチュアでも芸名を付けて盛んに競演会を催すなどしており、公式の番付まで発行されていた。ちなみに筆者の祖父二代松井新七の芸名は「喜美笑《きみしょう》」である。

＊9　**六代目尾上菊五郎**（一八八五―一九四九）　近代の歌舞伎を代表する名優。立役《たちやく》、悪役、女形、舞踊すべてを完璧にこなして「兼ル」役者と称され、初代中村吉右衛門《きちえもん》と共に「菊吉時代」と呼ばれるエポックを画し、今日に観《み》られる歌舞伎の芸に多大な影響を与えた人物。十八代中村勘三郎の母方の祖父にあたる。

＊10　**十五代目市村羽左衛門**（一八七四―一九四五）　実父がフランス人だとする説が有力なほどバタ臭い美貌の持ち主で、戦前の日本を代表する二枚目役者だった。容姿のみならず、

高音の声と歯切れのいい口調が江戸っ子らしさに溢《あふ》れ、その天性の明るい芸風で観客を魅了した。

＊11 **『大奥』** 一九六八年から六九年にかけて関西テレビで放送されていた。これに先立って吉屋《よしや》信子原作『徳川の夫人たち』がＴＶドラマ化され、少女たちの間でも大奥ブームを巻き起こしていた。

＊12 **森枡楼** 勤王浪士を助けたとの言い伝えを筆者は実父から聞いた記憶があるが、近年発見された土佐藩京都藩邸史料によって、池田屋事件で新撰組に襲われた土佐藩士、野老山《ところやま》吾吉郎《あきちろう》が脱出後に一時匿《かくま》われていた料理屋と判明した。

四　ミッションの学び

＊1 **長岡藩** 戊辰《ぼしん》戦争で幕府側として家老の河井継之助《つぎのすけ》を中心に徹底抗戦して敗北し、その後有名な「米百俵」の逸話を生んだ藩。筆者の母方の曾祖父は藩主牧野氏の側室に生まれるも、藩の崩壊で北海道に渡り、その後南下して大阪に落ち着いたと聞かされている。

＊2 **四条家** 平安時代から始まるとされる四条流庖丁《ほうちょう》道《どう》の家として知られ、今でも四条流庖丁式と呼ばれる日本料理の最古といってもいい儀式が伝わっている。幕末には倒幕派の公卿《くぎょう》として七卿落ちの一家ともなった。

＊3 **藤間流と坂東流** 藤間流は歌舞伎の振付師であった藤間勘兵衛《かんべえ》を祖とする日本舞踊の流派、坂東流は歌舞伎役者の三代坂東三津五郎を祖とする流派。筆者の家の近所には共に同門の高弟である故・藤間勘五郎師と故・坂東三津美《みつみ》師がお住まいだった。

＊4 **井上流** 井上八千代を家元とする座敷舞を主とした流派で、能楽や人形浄瑠璃の人形

のフリを多く取り入れて、数多い日本舞踊の中でも際立った特徴が見て取れる。三世家元が明治五（一八七二）年に京都博覧会の余興として催された「都《みやこ》をどり」の振付師として大成功を収めたことで、祇園町で独占的な師匠の地位を確立。以来、祇園町の芸子舞妓の必須の習い事となり、年に一度の「都をどり」も今日に継続されている。筆者が子供の頃は四世八千代が日本舞踊界を代表する名手として尊崇を集め、その稽古の厳しさが鳴り響いていた。他の流派と違い、名取りや師匠の資格を得た者が極端に少なく、習う人びとが限定されてきた結果、古格が比較的崩れておらず、日本人本来の身体性を知る上でも非常に貴重な流派といえる。筆者は成人してから習い、フリと躰《からだ》の使い方が非常に難しいのを実感した。

五　〝オカセン〟のこと

＊1　**ソンディテスト**　一組八枚の人物写真から好きな顔と嫌いな顔を二枚ずつ、さらに残りからまた嫌いな顔を二枚、それを六組の写真から選ばせることで、被験者の無意識の衝動を探るテスト。筆者がそれらのテストの名前を知ったのはむろん後年のことだ。

＊2　**『赤穂浪士』**　NHK大河ドラマの第二弾として一九六四年に放送された。原作は大佛《おさらぎ》次郎の同名小説。大石内蔵助《くらのすけ》役の長谷川一夫ほか、歌舞伎界、新劇界の大物俳優がずらりと顔を揃《そろ》えた豪華配役で、大河ドラマの人気を決定づけた作品といえる。

＊3　**宇野重吉**（一九一四―八八）　戦前から左翼的な新劇活動を行い、戦後は「劇団民藝」を創立して演劇界のリーダー的存在となった。自身リアリズム演技の名優であり、舞台演出も数多く手がける一方、映像の脇役としても存在感を発揮した。寺尾聰《あきら》の実父としても知られる。

＊4　**木下順二**（一九一四―二〇〇六）戦後の日本を代表する劇作家。「鶴の恩返し」に取材した『夕鶴』を始め民話劇を数多く発表する一方で、ゾルゲ事件をモデルにした『オットーと呼ばれる日本人』のような社会派ドラマ、実験的な群読劇『子午線の祀《まつ》り』などでも知られ、幅広い分野での評論やシェイクスピア劇の翻訳も手がけている。作品の多くが「劇団民藝」で上演されて、宇野重吉とは盟友関係にあった。

六　子供の目に残った芝居

＊1　**弁天小僧**　河竹黙阿弥《もくあみ》が書いた歌舞伎劇『青砥稿花紅彩画《あおとぞうしはなのにしきえ》』に登場する美少年の盗賊。女装でゆすりをして、男だと見破られると急に開き直って、手にしたキセルを操りながら「知らざあ言って聞かせやしょう」と啖呵《たんか》を切るのが見せどころ。

＊2　**『光明皇后』**　有吉佐和子作・戌井市郎《いぬいいちろう》演出の舞台で、一九六二年、翌年に大分裂をする直前の文学座で上演された。タイトルロールの光明皇后を演じたのは杉村春子。

＊3　**『瘋癲老人日記』**　昭和三十六（一九六一）年から翌年にかけて「中央公論」誌上に発表。全体が七十七歳の卯木老人の日記として書かれており、彼の観念的な性欲が嫁の颯子の若々しい肉体に向けられてさまざまな痴態に及び、驕慢《きょうまん》な彼女に翻弄されてマゾヒズム的な快感を得るさまが克明に描かれている。彼女の素足に対するフェチシズムも重要なモチーフになっている。

＊4　**花柳章太郎**（一八九四―一九六五）戦前から戦後にかけて活躍した新派を代表する名優。若い頃は美貌の女形として人気を得たが、しだいに男役も手がけるようになり、水谷八重子とコンビを組んだ『鶴八鶴次郎《つるはちつるじろう》』などがよく知られている。晩年はこうした老人役も演

じていた。

＊5　**初代英太郎**（一八八五―一九七二）　新派の男優。戦後はお婆《ばあ》さん役を得意として、TVドラマ『七人の孫』にもお婆さん役で出演していた。

＊6　**初代水谷八重子**（一九〇五―七九）　日本の女優の草分けともいえる存在として戦前ですでに大活躍をしながら、戦後も長く新派の大黒柱であり続けた名優。五十七歳で乳癌《にゅうがん》を発病しており、『瘋癲《ふうてん》老人日記』の颯子役は闘病後の復帰の舞台だと親に教えられたのを記憶する。バスタオル姿で舞台に登場しながら、とてもそんな年齢には見えなかったものだ。

＊7　**八寸**　日本料理で酒のおつまみ的な前菜を指し、八寸《はっすん》四方の容器に盛ることが多いのでこういう。向付《むこうづけ》の名称はお膳の中央より向こう側に容器を置くことから来ていて、中身は刺身か膾《なます》である。

＊8　**辰巳柳太郎**（一九〇五―八九）**と島田正吾**（一九〇五―二〇〇四）　共に「新国劇」を代表する名優で、辰巳の豪放磊落《らいらく》な芸風と、島田の沈着冷静な芸風が好対照をなし、それが相俟《あいま》って同劇団の舞台を盛りあげていた。同劇団は映画やテレビにもよく使われる「殺陣《たて》」という用語を誕生させたくらい日本流のアクションシーンを得意とし、それだけを見せる『殺陣　田村』という演目まであった。

＊9　**二代渋谷天外**（一九〇六―八三）　「松竹新喜劇」の創立メンバーのひとりで、役者としても座付き作者としても中心的な役割を果たした喜劇の名優。弟子ともいえる藤山寛美（一九二九―九〇）との名コンビは数々の舞台をヒットさせ、初期のテレビ界でも人気を呼んだ。館直志《たてなおし》のペンネームで書いた代表作のひとつが『親バカ子バカ』で、寛美が得意とするアホ芸を広く世に知らしめた。寛美の娘は藤山直美。

＊10　**芥川比呂志**（一九二〇―八一）　戦後は「文学座」の中心的な男優として活躍し、『ハムレット』の伝説的な名演が知られている。文学座を脱退後は演出家の福田恆存《つねあり》らと共に現代演劇協会を設立し、附属劇団「雲」で役者としても演出家としてもリーダー的な役割を果たした。後白河法皇の役は一九六六年に放送されたMBS系のTV番組「怒濤《どとう》日本史」シリーズの中で演じられたもの。父は芥川龍之介、作曲家の芥川也寸志《やすし》は弟。

＊11　**巨人大鵬玉子焼き**　一九六一年の流行語。

七　インセンティブは歌右衛門

＊1　**顔見世興行**　もとは江戸時代の各座で歌舞伎役者が一年契約の年度替わりに総出演する興行を意味したが、歌舞伎興行が松竹にほぼ独占された近代以降は年に一度の豪華配役という程度のニュアンスで用いられている。

＊2　**ミラノ・スカラ座**　イタリアオペラの最高峰とされる劇場の一座で、初来日は一九八一年。

＊3　**六代中村歌右衛門**（一九一七―二〇〇一）　戦後を代表する歌舞伎役者で女形の最高峰とされた。近代の名優五代歌右衛門の次男とされ、父亡きあとは初代中村吉右衛門の薫陶を受けて若い頃から相手役に抜擢《ばってき》された。外部出演は極力控えてストイックに歌舞伎の芸を追求し、海外にその魅力を紹介した最大の功労者でもある。

＊4　**「娘道成寺」**　『京鹿子《きょうがのこ》娘道成寺』。安珍清姫《あんちんきよひめ》の名に代表される道成寺伝説に基づきながら、女の恋をテーマにしたさまざまなモチーフが軽やかなスケッチ風に綴《つづ》られた舞踊。女形舞踊の最高峰とされる。

＊5 **「十種香」** 戦国時代の武田上杉の争いを背景にした『本朝廿四孝《ほんちょうにじゅうしこう》』という大長編劇の中で、上杉謙信の娘八重垣姫が、目の前に現れた青年を死んだはずの許婚者《いいなずけ》武田勝頼と確信して、女のほうからいい寄る場面。亡き勝頼のために香を焚《た》くのが場面タイトルの由来。

＊6 **二代尾上松緑**（一九一三―八九） 戦後を代表する歌舞伎役者のひとり。近代の名優六代目尾上菊五郎の薫陶を受け、没後は菊五郎劇団の大黒柱ともいえる立役として活躍。洒脱で活きのいい江戸っ子でも、重厚な時代物の主人公でも好演して、ことに舞踊は名手だった。

＊7 **三代中村梅玉**（一八七五―一九四八） 若くして初代鴈治郎の相手役を務め、鴈治郎没後も関西を代表する女形として活躍。晩年はよく東京に招かれ、戦後歌舞伎の復興を支える名女形として好劇家の目を瞠《みは》らせた。

＊8 **「合邦」** 『摂州合邦辻《せっしゅうがっぽうがつじ》』という芝居の中で、義理の息子の命を救うために、彼へ偽りの恋をしかけた玉手御前が、そのことに激怒した父親合邦の刀で刺し殺されて、断末魔に胸中を告白する場面。

＊9 **『風と共に去りぬ』** 一九六六年、帝国劇場の再開場に当たってマーガレット・ミッチエルの同名小説を菊田一夫が脚色・演出・制作して世界初のストレートプレイによる舞台化を試み、一部二部併せて二年間のロングラン公演となった。スカーレット・オハラは有馬稲子と那智《なち》わたるの、レット・バトラーは宝田明と高橋幸治のダブルキャスト。

＊10 **番頭さん** 歌舞伎役者のマネージャー的な役割をする傍ら、公演チケットの販売も手がける。ふたつの役割を兼ねずに別人が担当するケースも多い。

＊11 **モギリ** 劇場の入り口でチケットの半片をもぎり取ることやその場所を指す。

＊12 **十七代中村勘三郎**（一九〇九―八八） 戦後を代表する歌舞伎役者のひとり。近代の歌

舞伎には菊吉と並び称された六代目尾上菊五郎と初代中村吉右衛門という名優がいるが、吉右衛門の弟に生まれたこの人は菊五郎の女婿ともなって双方の当たり役を受け継ぐのみならず、出発点である女形の役もよくこなした。愛嬌《あいきょう》のある芸風を持ち味とし、演技の巧さには定評があった反面、ときどき舞台で手抜きをすることが知られていた。

＊13 **松王丸** 『菅原伝授手習鑑《すがわらでんじゅてならいかがみ》』に登場する三つ子の三兄弟のひとり。筆者が観たのは、わが子を菅原道真の子の身替わりに殺させて、その首を受け取りに来る苦衷を描いた「寺子屋」の場面。

八　劇評家への道

＊1 **『熊野』** 一九五五年に三島由紀夫が歌右衛門のために書き下ろした舞踊劇で、「熊野松風に米の飯」といわれるくらいポピュラーな能の演目に取材した作品。平宗盛の愛妾《あいしょう》熊野が、母の重病を知って案じながらも、宗盛の花見に付き合わされて舞いを披露し、切なる一首の歌を詠んでついには帰郷が許されるというストーリー。

＊2 **梅幸** 七代尾上梅幸（一九一五―九五）。戦後歌舞伎を代表する名優のひとり。近代の名優六代目菊五郎の薫陶を受け、六代目没後は菊五郎劇団の立女形《たておやま》として十一代目團十郎や松緑の相手役を務め、同年代である歌右衛門の良きライバルと目された。江戸の市井の女を演じさせたら右に出るものがなく、さっぱりした嫌みのない芸風を持ち味とし、温厚かつ鷹《おう》揚《よう》な紳士的人柄で知られていた。

＊3 **戸板康二**（一九一五―九三） 歌舞伎の劇評及び演劇評論や啓蒙書《けいもうしょ》を数多く手がけて一時代を画した一方で、歌舞伎役者の中村雅楽《がらく》を探偵役にしたバックステージ物のミステリー

作家として活躍し、「ちょっといい話」の名エッセイストとしても知られている。

＊4 **安藤鶴夫**（一九〇八—六九） 義太夫節の芸人竹本都太夫《つだゆう》の長男に生まれ、戦前は都新聞の文化部記者として歌舞伎や文楽の劇評を手がけた。戦後は古典落語を再評価して活字で世に広く知らしめた功績があり、また三越落語会を皮切りにした、いわゆるホール落語の仕掛け人でもあった。

＊5 **『巷談本牧亭』** 戦後の東京にただ一軒残った講談専門の寄席、上野の本牧亭に身を寄せて慎ましやかに生きる芸人の暮らしぶりを活写した小説。

＊6 **豊竹山城少掾**（一八七八—一九六七） 明治から昭和にかけて活躍し、近代屈指の名人として、現在の文楽における太夫の語りのベースを創りあげた人物といっても過言ではない。音遣いの巧みな精緻な芸風で知られ、戯曲に対する解釈が優れて数々の古典曲に近代的な息吹を与えて今日に残した功績は非常に大きい。

＊7 **二代野澤喜左衛門**（一八九一—一九七六） 六代鶴澤寛治《つるざわかんじ》と並んで戦後の文楽を支えた三味線弾きの名人。四代竹本越路太夫《こしじだゆう》の相三味線として姉さん女房的な立場で語りを巧みにリードし、繊細なバチさばきによる心理的な情景描写に抜群の腕を発揮した。

＊8 **太棹** 三味線は細棹、中棹、太棹に大別され、義太夫節の伴奏に用いる太棹は胴回りも大きく、弦も太くて重低音が鳴らせる。

＊9 **『比較演劇学』** 一九六七年南窓社刊。主に歌舞伎がシェイクスピア劇と比較されており、『ハムレット』の日本移入の過程が綿密に辿《たど》られる中で、口絵には初期に上演された『ハムレット』の写真や文献が多数掲載されている。

＊10 **『かりの翅』** 太平洋戦争前夜の昭和十四、五年頃に書かれた歌舞伎や文楽や新劇や宝

塚の劇評集で、初版本は武智師が軍隊に入営中に親友の鴻池幸武《こうのいけよしたけ》氏の手で編集、上梓《じょうし》されたという。復刻版は昭和四十四（一九六九）年に刊行された。

＊11　**花登筐**（一九二八―八三）　日本の高度経済成長期にあって、大阪商人の逞《たくま》しい商魂や不屈の精神を描いたドラマで一大ブームを巻き起こした超売れっ子シナリオライター。当時は新幹線の車内でも原稿用紙に向かっていたという噂《うわさ》が広く知られて、生涯に六千本以上の脚本を手がけたとされている。

九　政治の季節の終焉

＊1　**ゲマインシャフト**　ゲゼルシャフトと共にドイツの社会学用語で、前者は共同体組織と訳され、血縁や地縁を含めたゆるやかな集団であるのに対し、後者は機能体組織と訳され、何らかの目的を有する集団組織を意味し、営利を目的とする法人企業などが代表例である。

＊2　**演劇博物館**　坪内逍遙博士の古稀《こき》と『シェークスピヤ全集』の完成を記念して一九二八年に設立された演劇・映画専門の博物館。蔵書十五万冊のほか錦絵、舞台写真等、国内外の演劇・映画関連資料数十万点に及ぶ膨大なコレクションを誇り、十六世紀の英国の劇場を模した外観も特徴的である。

＊3　**『海辺のカフカ』**　作中に登場する佐伯さんという図書館の管理をする女性は過去に恋人を亡くしているという設定だが、その恋人が殺された経緯と様子は実際の事件に酷似している。

＊4　**『小栗判官車街道』**　小栗判官の伝説に基づく戯曲は古くから数多《あまた》あって、概《おおむ》ね小栗判官とその妻照手姫《てるてひめ》の苦難と再生を大きな主題としたストーリーである。表題の原作は元文三

（一七三八）年に人形浄瑠璃が初演したが、早くからさまざまなバージョンの台本で歌舞伎化もされていた。この時の公演では奈河彰輔《なかわしょうすけ》がそれまでにあった歌舞伎台本を取りまとめる形で表題の原作とはおよそかけ離れた脚色を施し、それは後に市川猿之助《えんのすけ》主演の『当世流《とうりゅう》小栗判官《おぐりはんがん》』にも流用されている。

見どころはまず二幕目の小栗判官が馬にまたがって碁盤の上に乗る曲馬のシーンで、小栗判官の役は中村扇雀（現坂田藤十郎）が演じていた。三幕目は万長《まんちょう》屋敷の娘お駒が小栗判官に切ない恋をして嫉妬に狂い、それを諫《いさ》める母親が聞き分けのない娘をついには殺してしまうという悲劇で、母親のお槙《まき》を演じた澤村訥升《さわむらとつしょう》（後の九代宗十郎）の好演が印象に残った。四幕目はかつての家来である漁師浪七の忠義が描かれるが、激しい立ち回りもするこの豪快な役柄を、当時もっぱら歌舞伎では女形を務めていた扇雀が小栗との二役で演じ、しかも好演したのはちょっと意外だったのを記憶する。

十　演劇の季節

*1 **劇団木霊** 大隈講堂の裏にアトリエを持つ学生劇団。佐藤B作や長塚京三らの俳優を輩出し、アナウンサーの久米宏や政治家の田中眞紀子が在籍したことでも知られている。

*2 **別役実**（一九三七―） サミュエル・ベケットの影響を受けて日本の不条理劇の先駆者となった劇作家。電信柱が一本立つだけといった殺風景で静謐《せいひつ》な舞台に没個性的な人物を登場させ、ナンセンスな、しかし緻密に論理的な会話を延々と続けさせる独特の文体で知られる。『黄色い～』は初期の作品。初期の代表作は『マッチ売りの少女』。

*3 **劇研** 早稲田大学演劇研究会の略称。早稲田で最も伝統のある学生劇団で、古くは森《もり》

繁久彌《しげひさや》ら多数の俳優を輩出し、「第三舞台」や「遊◎機械／全自動シアター」など人気劇団の前身母体ともなった。

＊4　**清水邦夫**（一九三六―）　別役実が理知的でドライな作風だとすれば、対照的にこちらは詩情溢れる文体で情念に満ちた世界を展開させる劇作家といっていいかもしれない。演出家の蜷川幸雄と組んで舞台化した初期の昨品は反体制的な若者の真情を反映して同時代の大きな支持を得た。『狂人～』も初期の作品だが、これは「劇団俳優座」に書き下ろしたものである。

＊5　**天井桟敷**　まず歌人として世に出た寺山修司（一九三五―八三）が『青森県のせむし男』で旗揚げして、怪優奇優ぞろいを標榜《ひょうぼう》した前衛劇団。『青森県～』や同じく初期の作品『毛皮のマリー』で主演したのは丸山（美輪）明宏で、他にも初期のメンバーは後に東京キッドブラザースを結成する東由《ひがしゆ》多加《たか》やグラフィックデザイナーの横尾忠則ら多彩な顔ぶれだった。著者の学生時代には市街地全体を舞台に見立て、ゲリラ的に同時多発のパフォーマンスを繰り広げる市街劇『ノック』が話題を呼び、人騒がせなイベントとして社会問題にもなった。

＊6　**鈴木忠志**（一九三九―）　初期はもっぱら別役実の作品を演出していたが、「早稲小」の結成で女優白石加代子という逸材とめぐり逢《あ》い、『劇的なるものをめぐってⅡ』上演の成功をきっかけに独自の演劇観や演劇理論を広く社会に提示した。同作品はベケットの『ゴドーを待ちながら』や鶴屋南北の歌舞伎『桜姫東文章《さくらひめあずまぶんしょう》』や泉鏡花原作の新派『湯島の白梅』等々を部分的にコラージュした台本で、狂気に憑《つ》かれた女が夢うつつに彷徨《さまよ》う姿を白石加代子が迫真性をもって表現した。以後、長らく白石を中心とした公演活動を行う一方で、日本

の古典芸能における身体の使い方を踏まえた独自の舞台俳優トレーニングメソッドを確立する。七〇年代後半からは活動の拠点を富山県の利賀《とが》村に移して「早稲小」の劇団名も「SCOT」と改称し、日本初の世界的演劇祭を開催するなどして海外の注目を集めた。

＊7　**ベケット**（一九〇六―八九）　代表作『ゴドーを待ちながら』で知られたアイルランド出身のフランスの不条理劇作家。同作品は一本の木が立つ殺風景な一本道でふたりの浮浪者がゴドーが来るのをただひたすら待っているが、結局ゴドーは現れないまま幕になるという、つまり舞台で劇的に重要なことが何も起こらない芝居として演劇史上に一大エポックを画した。こうした不条理劇は従来の演劇概念を否定する作品としてアンチテアトル＝反演劇とも呼ばれた。

＊8　**イヨネスコ**（一九〇九―九四）　ベケットと並んで同時代を代表するフランスの不条理劇作家。平凡で静かな日常の風景が突如何かの増殖や氾濫でしだいに狂騒的な雰囲気に支配されて破滅に向かうといった作品が多く見られる。代表作は意味不明の言語が氾濫する『授業』やルーマニアにおけるファシスト運動の高まりに触発されて人間が次々に動物の犀《さい》と化す恐怖を描いた『犀』など。

＊9　**ジァンジァン**　一九六九年から二〇〇〇年まで渋谷の東京山手教会の地下に存在した収容二〇〇人未満の小劇場。前衛劇の上演や若手小劇団の拠点となり、ほかにも音楽ライブやトークショーなどで長期にわたって出演し続けた著名なアーチスト、文化人が知られている。

＊10　**『授業』**　イヨネスコの代表作。教授が女生徒に個人授業をする中でしだいにナンセンスな言語学の理論を狂騒的にまくし立てるようになり、女生徒のほうは徐々に思考力を喪《うしな》

って歯の痛みを訴え続け、ついには苛立《いらだ》った教授が女生徒を刺殺するが、そうした惨劇は過去に何十回も繰り返しており、今後もまた続くことが暗示された幕切れとなる。一九七二年から十一年間にわたって毎週金曜日にジァンジァンで上演され、演劇集団「円《えん》」の代表でもあった名優中村伸郎《のぶお》が教授を、彼の次女である女優の中村まり子が女生徒を演じていた。

＊11 **『不条理の演劇』**　第二次大戦後の欧州知識人の間では人間存在そのものの無意味さに対する不安と恐怖が蔓延《まんえん》した。それを文字通り無意味なシチュエーションやナンセンスなストーリーの中で展開する不条理劇の作家として、ベケットを筆頭にアルチュール・アダモフやジャン・ジュネ等十数人を取りあげて克明に論じている。

＊12 **状況劇場**　劇作家と俳優を兼ねる唐十郎（一九四〇―）が主宰した劇団。巨大な紅《あか》テントを演劇空間とすることで、近代劇場の殻を打ち破って前近代の芝居小屋が有していたエネルギッシュなダイナミズムを蘇らせ、いわゆる「特権的肉体論」により「かぶき者」的な俳優陣を擁し、リアリズムを離れてイメージの連鎖による夢幻的なストーリー展開を図る唐の戯曲もまた近代劇よりむしろ歌舞伎の作劇法に近いものを感じさせた。唐の妻でもあった李礼仙が一貫して主演女優となり、相手役の二枚目には根津甚八、次いで小林薫が起用された。初期には舞踏家の麿赤兒《まろあかじ》や人形作家の四谷シモンも参加していた。

＊13 **『トロイアの女』**　エウリピデス作のギリシャ悲劇。トロイア戦争で敗戦して敵国ギリシャの奴隷とされる女たちの悲惨な運命が王妃ヘカベの目を通して描かれる。七四年の岩波ホール公演ではヘカベを白石加代子が演じたほか、能楽界で天才の誉れ高く早世した観世寿《かんぜひさ》夫《お》や新劇界で同じく天才女優と謳《うた》われた市原悦子が共演し、演劇界に大きな一石を投じた。

＊14 **羽田澄子**（一九二六―）　岩波映画製作所出身のドキュメンタリー映画監督の第一人者。

演劇界では十三代目を撮り続けた十時間もの長編記録映画『歌舞伎役者　片岡仁左衛門《にざえもん》』の監督として知られている。

十一　学界とのご縁

＊1　**『雨のひまわり』**　多変数解析函数《かんすう》論で世界的に知られた数学者の岡潔（一九〇一―七八）は戦後の日本を代表する孤高の学者と見られた一方で、数々の随筆によって一般にも割合よく知られる人物だった。これは彼をモデルにした連続テレビドラマで、一九六六年に放送。監督は今井正、脚本は藤本義一。二代中村鴈治郎と中村玉緒という実の父娘が岡潔とその娘の役を演じていた。筆者はこの作品の舞台も見ており、テレビと舞台のどちらが先だったかは曖昧だが、数学に夢中の父親が、たとえば履いていたゴム長靴をうっかり冷蔵庫にしまうといった奇矯な振る舞いのシーンを記憶している。藤本義一は岡潔に密着取材をしてこの脚本を書きあげたという。

＊2　**発生の時点**　「かぶき」はもともと極端に華美な服装や異様な言動で人目を惹《ひ》くといった反社会的な行為を指す言葉であった。片や浄瑠璃は草創期の演目に、語源ともなった『浄瑠璃姫十二段草子《じょうるりひめじゅうにだんぞうし》』や『阿弥陀胸割《あみだのむねわり》』といった神仏の加護や霊験を伴う物語が圧倒的に多かった。

＊3　**真摯でストイックな芸談**　たとえば明治大正期における文楽で名人と呼ばれた太夫や三味線弾きの話を収録した杉山其日庵《すぎやまそのひあん》著の『浄瑠璃素人講釈』はそれらの宝庫である。

＊4　**『デジタル歌舞伎エンサイクロペディア』**　一九九五年に（株）アスキーが刊行。後に『マルチメディア歌舞伎』と改題されたこのCD＝ROM版歌舞伎事典の制作は九二年頃か

ら始動しつつも、肖像権等のクリアで難航した。当初はもちろんマッキントッシュ版のみを想定しながら、刊行前にウインドウズ95の登場が知れて、急遽《きゅうきょ》ハイブリッド対応のプログラミングを余儀なくされた経緯もある。刊行後は通産省系の財団法人が主催するマルチメディアグランプリのパッケージ部門教育作品賞を皮切りに、フランスの世界マルチメディア見本市の Milia D'or 審査員特別賞等々国内外での受賞を果たした。

＊5 **郡司正勝**（一九一一―一九八）歌舞伎研究に折口信夫《おりくちしのぶ》の民俗学を導入して芸態の解明を試みた演劇学の泰斗。多数の評論も発表する一方で、『桜姫東文章』など主に四世鶴屋南北の脚本を補訂して復活上演させた功績がある。

＊6 **河竹繁俊**（一八八九―一九六七）長野県出身で坪内逍遙門下となり、文芸協会の演劇研究所に入所後、逍遙の推薦で江戸の最後を飾った狂言作者河竹黙阿弥の娘、糸女《いとじょ》の養子に入って河竹姓を名乗るようになった。歌舞伎史を中心とした日本の演劇学の学祖ともいえる人物で、近代で歌舞伎の啓蒙に果たした役割は非常に大きい。

＊7 **中村幸彦**（一九一一―一九八）江戸の戯作を中心として、膨大な文献に目を通しながら、実証的な分析を展開した近世文学研究の泰斗。

十二　初めての出会い

＊1 **「役者評判記」** 元禄以前から明治初期にかけて年に一度か二度のわりで出版された主に京、江戸、大坂の三都を中心にした役者の批評書で、上演された内容を知る上でも最適の基礎的な資料として、その翻刻の事業は昭和四十年代から始まっていた。筆者が参加したのはその二期目に当たる事業で、元文二（一七三七）年から明和九（一七七二）年までの評判

記が対象となり、一九八七年から九五年にかけて岩波書店で刊行された。
＊2　**モラトリアム人間**　一九七八年に出版された小此木啓吾《おこのぎけいご》の著作『モラトリアム人間の時代』に始まった流行語。社会的アイデンティティを確立するまでの猶予期間《モラトリアム》が長引いて、社会の中で自分の帰属先を見いだせないでいる、主として若者を指す言葉だった。近年のニートとも似ているが、当時は日本社会がまだ上向きだったせいか、当事者はさほど暗い意味には受け取っていなかったような印象がある。

十三　ショート・プロフィール その一　恵まれた出発点

＊1　**野外オペラ『アイーダ』**　初演は昭和三十二（一九五七）年七月で、甲子園球場と大阪球場で上演されている。『アイーダ』は奴隷となったエチオピア王女アイーダとエジプトの将軍ラダメスの悲恋を描いたヴェルディの有名作で、なかでも凱旋《がいせん》行進曲はサッカーの応援曲として日本でも広く知られるようになった。
＊2　**東京ドーム落成記念に来日公演した海外オペラ**　平成元（一九八九）年、当時カナダに本拠を置いたインターナショナル・オペラ・フェスティバル（ＩＯＦ）による公演。
＊3　**『月に憑かれたピエロ』**　アルベール・ジローの二十一編の詩をピアノ、フルート、クラリネット、ヴァイオリン、チェロなど室内楽の伴奏によって、コロンビーナ役のソプラノ歌手に語り物のような調子で歌わせるのが特徴のドイツ表現主義的な歌曲。昭和三十（一九五五）年十二月の東京産経会館での初演はピエロ役に野村万作、アルルカン役に観世寿夫が起用されて話題を呼んだ。現在人間国宝の野村万作はこの時弱冠二十四歳で、木下順二の『夕鶴』などを通じてすでに武智演出との接点はあったものの、観世寿夫らと共に伝統芸能

の世界からはみ出した舞台活動を積極的に行うようになった原点はこの出演にあるといってもよい。なおこの初演は「木に竹をついだような」という批判もあった一方で、近代の代表的な美術評論家瀧口修造《たきぐちしゅうぞう》からは「新しい舞台造型を通した点」で高く評価され、また三島由紀夫も武智師の「最上の仕事」と思われるのに「世評は全くこの仕事の意味を理解しなかった」としている。

＊4　**観世寿夫**（一九二五―七八）　観世流の分家当主七世銕之丞《てつのじょう》の長男に生まれ、清寿《きよひさ》を名乗っていた二十代前半に「観世清寿を初めて観た時、これで観世流は救われたと思った」と武智師に絶賛させた天才能楽師。能楽に関する研究も熱心で、後年は自ら「冥の会」を結成してギリシャ劇を上演するなど、能楽に留《とど》まらない意欲的な演劇活動を行っていたが、惜しくも五十三歳で早世する。

＊5　**黛敏郎**（一九二九―九七）　戦後の現代音楽を代表する作曲家として知られ、誰もが耳に馴染《なじ》んでいる作品としては日本テレビ系の番組でよく使われた『スポーツ行進曲』がある。東京12チャンネル（現テレビ東京）のち日本教育テレビ（現テレビ朝日）制作の「題名のない音楽会」で長年にわたって司会者を務めたことでもよく知られていた。武智演出の舞台では昭和三十（一九五五）年の舞踊劇『葵上《あおいのうえ》』などを作曲している。

＊6　**武満徹**（一九三〇―九六）　現代音楽で世界的に知られた作曲家。数々の映画音楽やテレビのテーマ曲でよく耳にされている。武智演出の舞台では昭和三十五（一九六〇）年の舞踊劇『心中《しんじゅう》　紙屋治兵衛《かみやじへえ》』などで作曲していた。

＊7　**『修善寺物語』**　岡本綺堂《おかもときどう》原作、清水脩《しみずおさむ》作曲。『夕鶴』と並んで日本の創作オペラを代表する作品だが、昭和二十九（一九五四）年の初演は関西歌劇団で武智師によって演出され

ている。

＊8　**香西精**（一九〇二―七九）　もとは英文学者だが、世阿弥の基礎的な研究に功績があることでも知られている。

＊9　**茂山弥五郎**（一八八三―一九六五）　大蔵流の狂言師。形式本位になりがちだった狂言に人間くさいリアルな息吹を与えたとして高く評価され、戦後は大蔵流で最も早く人間国宝に指定されて、狂言ブームを巻き起こした人物のひとり。金春《こんぱる》宗家から善竹姓を贈られて改姓した。

＊10　**吉田栄三**（一八七二―一九四五）　孤高の道を歩んだ戦前を代表する文楽の人形遣い。心理描写に長《た》けた渋い芸風で知られ、昭和初期には人形の座頭《ざがしら》を務めている。

＊11　**速水御舟**（一八九四―一九三五）　日本画に画期的な写実主義をもたらして、四十歳の早世を日本の損失と画壇で惜しまれた画家。代表作の「炎舞《えんぶ》」や「名樹散椿《めいじゅちりつばき》」は重要文化財に指定されている。

＊12　**前衛美術との関わり**　『月に憑かれたピエロ』を皮切りとした一連の舞台では現代美術家の北代省三《きただいしょうぞう》を舞台装置に起用。能舞台にモビールオブジェをぶら下げた能様式の『夕鶴』など、当時のいわゆる「前衛」と呼ばれた舞台空間を創出した。

＊13　**桜間道雄**（一八九七―一九八三）　金春流の能楽師。近代の名人であった伯父の桜間伴《ばん》馬《ま》や従兄の弓川《きゅうせん》の下で修業と研鑽《けんさん》を重ねながら得た高度な技芸に裏打ちされる繊細かつ艶麗な芸風を持ち味とし、『定家』や『江口』、『西行桜』などの名演で知られた。

＊14　**原武太夫**（一六九七―一七七六または一七九二）　元は武芸にも優れた幕臣だったが、三味線音楽を幅広く修得し、享保年間（一七一六―三六）には三味線の名手として最高峰と

みなされるも、元文元（一七三六）年には演奏をやめて『断絃余論』を著し、三味線についての心得を問答形式で説いた。

＊15　**名人芸の鑑賞会**　能楽では桜間弓川、金春八条《こんぱるはちじょう》、梅若万三郎《うめわかまんざぶろう》、観世華雪《かんぜかせつ》、金剛巌《こんごういわお》、片山九郎右衛門《かたやまくろうえもん》、狂言では茂山弥五郎、歌舞伎舞踊では七代坂東三津五郎、文楽では豊竹山城少掾、京舞の四世井上八千代といった当時を代表する名人が多数出演し、「断絃会観照会」と銘打って昭和二十七年まで続けられた。

＊16　**吉田幸三郎**（一八八七―一九八〇）　坪内逍遙門下で舞台協会を結成・運営に当たった一方で、「白金長者」といわれた地主の三男である経済力を背景に、国宝級の美術品や邦楽古曲を保護したことで知られる。速水御舟の義兄でもあった。

＊17　**関西実験劇場歌舞伎再検討公演**　戦後占領下の日本においてはＧＨＱ指導の下に日本演劇の民主化を進める口実で「実験劇場」という企画公演が催されており、関西におけるそれとして武智歌舞伎はスタートしている。昭和二十四（一九四九）年十二月に第一回、二十五年五月に第二回公演が催され、その後は「実験劇場」とは称さなかったが、武智演出がメインとなる公演は二十七年まで続けられた。

＊18　**四世井上八千代**（一九〇五―二〇〇四）　三世八千代に入門後、多大な精進と研鑽を積んで天才を開花させた舞いの名手。井上流は静的な座敷舞いがある一方で、能や人形浄瑠璃の影響を強く受けてアクロバティックな動きも取り入れたダイナミックな演目もあり、その両者をひとつの肉体に融合させるのは至難の業ともいえるが、四世八千代は重心を低くした舞いぶりがその小柄な肉体に巧く活かされて、若年より名人の呼び声が高く、四世を襲名することになった。

＊19 **『絵本太功記十段目』**「太閤記」に拠《よ》って武智（明智）光秀を主人公とする人形浄瑠璃作品『絵本太功記』に基づいた、いわゆる丸本物《まるほんもの》の演目。十段目は光秀がわが母親を過って刺し殺し、さらにわが子の戦死を見届けるという悲劇のクライマックスシーンで、歌舞伎では俗に「太十《たいじゅう》」と呼ぶこの場面のみをよく上演する。

＊20 **四代中村雀右衛門**（一九二〇―二〇一二） 大谷廣太郎時代は名子役として知られ、父六代大谷友右衛門《ともえもん》の後継として立役に進むはずが、長い兵役を経て戦後に復員してからは女形に転向する。昭和二十年代後半は映画の二枚目スターとして人気を博し、映画引退後はしばらく関西を活動の場として関西歌舞伎の女形名跡である雀右衛門を襲名した。女形としてのスタートが遅かったため比較的不遇な時代を長く過ごしていたが、晩年はそれまでの分をいっきに取りもどしたような活躍をし、たぐい稀《まれ》な若くてみずみずしい舞台姿を見せることで観衆を唸らせ、歌舞伎界の重鎮として君臨した。

十四 ショート・プロフィール その二 反権力・反権威主義の末路

＊1 **五代中村富十郎**（一九二九―二〇一一） 坂東鶴之助を名乗っていた若年の頃からセリフも踊りも達者なことで「天才」の呼び声が高かった。しかしながら、母である舞踊家吾妻《あづま》徳穂《とくほ》が十五代目市村羽左衛門《うざえもん》の庶子とされたところから、市村竹之丞《たけのじょう》を名乗ったことで逆に劇壇での住み心地が悪くなり、私生活面にもさまざまあって、実力がありながらも長らく不遇な時代を余儀なくされた。実父の名跡富十郎を襲名後は芸の真価が急速に明るみに出て、そのキレのいい踊りや爽やかなセリフまわしは晩年に至るまで観客を魅了した。

＊2 **市川雷蔵**（一九三一―六九） 元は三代市川九團次《くだんじ》の養子で莚蔵《えんぞう》を名乗っていたが、武

智師が才能を見込んで奔走し、当時関西劇壇の重鎮だった三代市川壽海《じゆかい》と養子縁組をさせて八代雷蔵を名乗らせたという経緯がある。生まれながら門閥の出身者ではなかったために歌舞伎界ではやはり不遇に終わったものの、映画俳優に転身後は一躍トップスターとして輝いた。晩年の代表作「眠狂四郎《ねむりきょうしろう》」シリーズのニヒルな役作りは今も語りぐさで、コンテンポラリーではないファンも多く獲得している。昭和三十九（一九六四）年には日生劇場における武智鉄二プロデュース第一回歌舞伎公演の『勧進帳《かんじんちょう》』に富樫《とがし》の役で素晴らしい演技を見せ、舞台への復帰が待たれたが、その五年後には早世して「雷蔵の死と共に、私の歌舞伎も、死んだのである」と武智師を嘆かせた。

＊3　**『鍵』**　ある初老の男性とその妻の日記が交互に綴られる体裁で、その日記は互いに盗み見られるであろうことを予想しながら書かれているという、男女の複雑な心理を織り込んだ設定の小説。初老の男は妻と若い男木村をわざと接近させて、ふたりの仲を嫉妬することで興奮を得るという性癖の持ち主でもある。市川崑監督の映画化では初老の男を二代中村鴈治郎、妻の郁子を京マチ子、木村を仲代達矢が演じた。

＊4　**茂山千之丞**（一九二三―二〇一〇）　京都の大蔵流狂言師三世茂山千作《しげやませんさく》の次男に生まれた。兄は四世千作。岩田豊雄（獅子文六《ししぶんろく》）作・武智演出の『東は東』で狂言のセリフ指導に当たったのを契機として同作品や能様式オペラ『夕鶴』に出演し、その後も次々と歌舞伎や映画など狂言以外の武智作品に関わりを持ち、一時は能楽協会から退会勧告を受けるほどだったという。後年は自身もよく演出を手がけるようになった。

＊5　**八波むと志**（一九二六―六四）、**由利徹**（一九二一―九九）　共に脱線トリオを結成していた喜劇人。八波は浅草の舞台出身でセリフもカラダもキレがよく天才的な芸達者だったが、

惜しくも早世した。由利徹は新宿のムーランルージュ出身で泥臭い芸風を持ち味とし、晩年に至るまでよくテレビに登場していた。

＊6　**トニー谷**（一九一七―八七）　赤塚不二夫のキャラクター「イヤミ」のモデルになったとされるボードビリアン芸人。つりあがったメガネがトレードマークで、怪しげな英語を操りながら発揮される毒舌芸が戦後混乱期において人気を博した。六〇年代にはテレビの視聴者参加番組で「あなたのお名前なんてえの？」とラップ風にリズムを刻みながら司会することで世間に広く知られていた。

＊7　**劇映画**　武智監督のデビュー作はドキュメンタリー映画『日本の夜／女・女・女物語』である。

＊8　**『戦後残酷物語』**『黒い雪』も横田基地の売春宿を舞台にして、進駐軍を相当批判的に描いているが、この作品は清純な娘が米兵にレイプされたことが元で転落の人生をたどるという設定である上に、米兵の集団が病院を襲って看護婦や妊産婦を暴行するという凄《すさ》まじいシーンまである。

＊9　**滝川事件**　昭和八（一九三三）年、京都帝国大学法学部の滝川幸辰《たきがわゆきとき》教授が刑法の解釈をめぐって内務省から著書の発禁処分を受け、さらには時の文部大臣鳩山一郎から罷免要求が突きつけられて、滝川は休職に追い込まれた。こうした弾圧に抗議する教授陣は辞表を提出。法学部の学生は全員退学届を出した結果、他学部の学生も立ちあがって全学を巻き込んでの大騒動となった。

＊10　**土方巽**（一九二八―八六）　日本人の身体性と脱西洋近代に対するこだわりから土着性への回帰を強く感じさせる「暗黒舞踏《あんこくぶとう》」という新たな舞踊ジャンルを創出した人物で、この

ジャンルは世界から日本独自のパフォーマンスとして注目を浴びた。土方自身は谷崎原作の武智映画『紅閨夢《こうけいむ》』にも出演している。

十五　腐っても鯛

＊1　**ナンバ**　緊張するとこういう状態になる人を、半世紀前まではよく見かけたものだ。日本舞踊ではフリの用語として今でもよく使われている。そもそも日本人の歩行は本来あまり腕を振らずに、出た足と同じ側の上半身がわずかに動く程度であり、手足を高く上げて歩くようになったのは近代になって軍隊や学校で西洋式の訓練をほどこした結果だとするのが武智師の論である。陸上の末續慎吾《すえつぐしんご》選手のナンバ走法発言によって、近年この理論にふたたびスポットが当てられた。

＊2　**服部幸雄**（一九三二―二〇〇七）　国立劇場の芸能調査室に長らく勤務して『歌舞伎成立の研究』を始めとする画期的な研究書を次々と発表する一方で、幅広い視点に立った啓蒙書の分野でも数多くの著作を手がけ、後年は千葉大学名誉教授として歌舞伎研究の第一人者と見られていた。

＊3　**増田正造**（一九三〇―）　能楽研究者。武蔵野大学名誉教授。『能の表現』を始め多数の入門書で知られる。

＊4　**加藤道子**（一九一九―二〇〇四）　ＮＨＫ専属の東京放送劇団第一期生として初期のテレビドラマで活躍し、紅白歌合戦第一回の紅組司会者を務めた女優。

＊5　**五世花柳芳次郎**（一九三一―）　二〇〇七年に四世壽輔を襲名し、現在は二代寿應《じゆおう》を名乗る花柳流家元。若い頃は俳優としても活躍し、また宝塚歌劇団その他の振付指導に当たっ

て、自身で創作舞踊を盛んに発表していた。

＊6　**芸能座**　俳優の小沢昭一が一九七五年から八〇年にかけて主宰していた劇団。井上ひさし作『しみじみ日本・乃木《のぎ》大将』を初演したことでも知られている。

＊7　**『義経千本桜』三段目「すし屋」**　『平家物語』を題材にした人形浄瑠璃の作品で、作中に吉野名物の釣瓶鮨《つるべずし》を取り入れ、平家が壇ノ浦で滅亡した後も平維盛はその鮨屋に匿われているという設定のストーリー。鮨屋の不良息子であるいがみの権太が維盛一家を救おうとしながら、父親に誤解されて殺されるという悲劇的な結末になる。

十七　オーストラリアに行ったらいい

＊1　**松竹**　白井松次郎（一八七七―一九五一）と大谷竹次郎（一八七七―一九六九）の双子による文字通りの合名会社として明治三十五（一九〇二）年に発足。明治大正昭和初期にかけての大スター初代中村鴈治郎との提携によってまず関西の劇壇を席巻し、白井が関西の地盤を固める一方で大谷は東上して歌舞伎座を獲得したほか、大小さまざまの劇場や俳優陣を傘下に収めて、昭和初期には日本の演劇界を制覇した観があった。

片や大正九（一九二〇）年に出発した映画部門は林長二郎（長谷川一夫）の時代劇で当てたほか、田中絹代ら映画初期のスターを多数輩出し、初のトーキー（有声映画）『マダムと女房』や戦後初のカラー映画『カルメン故郷に帰る』を手がけるなどして業界の牽引役《けんいんやく》を果たした。蒲田《かまた》から大船《おおふな》に移った撮影所では大谷の女婿城戸四郎《きどしろう》の下で蒲田調・大船調と称されたもっぱらホームドラマ的な作品を数多く生みだしており、その代表的な監督が世界的に有名な巨匠の小津安二郎である。

＊2　**東宝**　阪急電鉄の創業者である小林一三（一八七三―一九五七）が沿線にある宝塚温泉の客寄せに結成した宝塚歌劇団を母胎にして誕生した興行会社。歌舞伎役者を引き抜いて松竹を脅かす存在となった時期も戦前・戦後に二度ほどあって、いずれもはやばやと撤退を余儀なくされたが、コメディアンを擁した喜劇や和製ミュージカル等の上演で本領を発揮し、戦後の新時代の大衆を観客として迎えることに成功した。

昭和十一（一九三六）年にスタートした映画部門でも松竹や日活から多数の監督やスターを引き抜く形で躍進を遂げ、やはりオリジナルの喜劇映画や音楽モノでヒットを飛ばし、さらには大作の上映などで戦前において松竹と業界を二分する勢力だった。ところが戦後は事態の収拾に当たってアメリカの進駐軍まで出動したという労働争議が度重なって、映画の自社製作が不能に陥る時期もあった。これまた世界的に有名な巨匠の黒澤明は東宝映画の前身ＰＣＬの出身で、戦前に東宝から監督デビューを果たしている。

＊3　**『君の名は』**　元は菊田一夫脚本による戦後の連続ラジオドラマだったが、昭和二十八（一九五三）年に松竹が大庭《おおば》秀雄監督と岸惠子《きしけいこ》・佐田啓二《さだけいじ》の主演で映画化して大ヒットさせた。空襲で知り合った男女のすれ違いを描いたメロドラマで、ヒロインのショールの巻き方が「真知子巻き」と呼ばれて若い女性の間で流行したこともよく知られている。

十八　娯楽を商う会社

＊1　**国際劇場**　宝塚歌劇団に対抗するかたちで浅草に誕生した松竹歌劇団（ＳＫＤ）の拠点劇場。ターキーの愛称で知られた男装の麗人、水の江瀧子《みずのえたきこ》ら大スターが多数輩出してＳＫＤが爆発的な人気を呼んでいた戦前にレビュー専門の劇場としてスタートしたため、収容人

員五千人規模の巨大さを誇った。その巨大さが逆にネックとなり、SKDは質を変えて人気を凋落《ちょうらく》させ、さらには浅草の町の衰退とも重なって、宝塚ほどには長続きしなかったという見方もある。劇場はしだいに松竹のお荷物となって昭和五十七（一九八二）年にはついに閉館に追い込まれるが、閉館直前の当時、演劇部ではSKDの人気を回復させる方策がいろいろと練られ、なんとか維持しようとする取り組みが懸命に行われていたのを筆者はよく憶えている。

＊2　**松竹ヌーベルバーグ**　ゴダールやトリュフォーといったフランスのヌーベルバーグ（新しい波）に倣って、松竹撮影所出身の大島渚、篠田正浩、吉田喜重ら一九六〇年代当時の若手監督とその周辺スタッフによる、一連の反権力的且つ先鋭的な映画群に名づけられた名称。水沼一郎氏は篠田正浩監督の助監督を務め、『涙を、獅子のたて髪に』という作品では寺山修司と共に脚本に名を連ねていた。

＊3　**監事室**　関東大震災直後に再建された歌舞伎座に初めて誕生し、その後さまざまな劇場でも設置されるようになった。係員がこの中から舞台を見て大道具の位置を日々チェックしたり、突発的なトラブルに対処するなどしている。その昔は歌舞伎の故実に通じた識者がここで舞台を見て、役者に注意を与えることも多かった。

＊4　**四天王**　『君の名は』や『放浪記』の名作で知られ東宝の重役でもあった菊田一夫（一九〇八—七三）。『鶴八鶴次郎』等で第一回直木賞を受賞し、映画で有名な『愛染《あいぜん》かつら』の原作でも知られる川口松太郎（一八九九—一九八五）。新派の名作『明日の幸福』で知られる中野実（一九〇一—七三）。新国劇の『王将』を始め新派や歌舞伎にも多数の作品を書き下ろして商業演劇界に君臨し北條天皇とまで呼ばれた北條秀司（一九〇二—九六）の四人を指

す。この四人に加えて、歌舞伎の新たな世話物とでもいうべき作品群を書き下ろした宇野信夫（一九〇四―九一）が重鎮的な存在だったといえる。

＊5　**井上ひさしやつかこうへい**　熊倉一雄《くまくらかずお》ら声優を主体とした劇団「テアトル・エコー」の座付き劇作家だった井上ひさし（一九三四―二〇一〇）と、学生演劇出身で七四年につかこうへい事務所を設立してVAN99ホールなどの小劇場で主に活動していたつかこうへい（一九四八―二〇一〇）は、共に三部作を中劇場の紀伊國屋《きのくにや》ホールで八〇年前後に上演して多数の支持を得ていた。もっとも井上作品はそれ以前の七三年に『藪原検校《やぶはらけんぎょう》』が西武劇場で上演されたのをもってメジャー進出したと考えられる。

＊6　**東京キッドブラザース**　寺山修司の主宰する劇団「天井桟敷」創立メンバーのひとり東由多加が一九六八年に旗揚げした和製ロックミュージカル集団。若手スターとして柴田恭兵や三浦浩一を輩出したことでも知られる。ここを退団した深水三章《しんすいさんしょう》が一九七五年に結成した「ミスタースリムカンパニー」では河西健司や中西良太らが活躍し、布施博もここの出身として知られる。

＊7　**蜷川幸雄**（一九三五―二〇一六）「劇団青俳《せいはい》」の俳優として出発し、一九七〇年代の安保闘争前後に「現代人劇場」「櫻社」を率いて反権力的な演劇運動を展開していた彼は、七四年の『ロミオとジュリエット』を皮切りに東宝制作による大劇場の演出を手がけ始め、次々と成功を収めていった。その中でも七九年の『近松心中物語』は、近松門左衛門の『冥《めい》途《ど》の飛脚』をベースにして前衛的な作風で知られた劇作家の秋元松代《あきもとまつよ》が脚本を手がけたことや、劇中に流れる主題曲が猪俣公章《いのまたこうしょう》作曲による森進一の演歌だったり、舞台で本物の水を使うなどして、当時はある意味で今日に残る歌舞伎以上にかぶき的な舞台として話題を呼び、

その後もよく繰り返し上演される人気演目となった。
＊8　**一世一代**　本来は能や歌舞伎役者が引退を前にして最後に演じることを指すが、引退に限らず、その演目を最後に演じることを指した例が過去にないかどうかを、筆者はリサーチさせられた覚えがある。
＊9　**大谷図書館**　大谷竹次郎が昭和三十（一九五五）年に文化勲章を受章したのを記念して翌年に設立された、演劇と映画を専門とする公益財団法人の図書館。現場の資料ばかりでなく古文書の類も多数所蔵しており、初代の館長であった小河明子《おがわあきこ》の手によって、専門家以外の人間にも調査がしやすいような資料整理方法がすでに確立されていた。
＊10　**『白日夢』**　谷崎潤一郎の同名戯曲を武智師が初めて映画化したのは一九六四年で、八一年のリメイク版では主演の愛染恭子《あいぞめきようこ》と佐藤慶が演技でなく本当にセックスしているシーン、すなわちホンバンを撮るということで話題を呼んでいた。

十九　フリーランスの道へ

＊1　**『アプローズ』**　大女優マーゴに憧れて付き人となったイヴが、手練手管を使って自ら女優としての階段を駈《か》けあがる様を描いた内幕物のアメリカ映画『イヴの総《すべ》て』をミュージカル化したブロードウエイ作品。日本では一九七二年に「劇団四季」が越路吹雪《こしじふぶき》のマーゴ、雪村いづみのイヴ役で初演し、四季がこれの成功を皮切りにミュージカル路線に転じたという意味でも記念すべき作品である。
＊2　**『俊寛』**　近松の浄瑠璃『平家女護島《へいけにょごのしま》』に拠った作品で、歌舞伎でも比較的早くからポピュラーな演目として定着している。『平家物語』には鬼界島に置き去りにされた俊寛の哀

れさのみが書かれるが、近松は自らの行為で孤島に残る意志を示した俊寛の悲劇を感動的に描いてみせた。武智師は戦後のいわゆる「武智歌舞伎」において、近松詞の特殊な語り方の指導を文楽の名人山城少掾に仰いだかたちで上演し、その際に主演した三代實川延若（一九二一—九一）を再起用していた。もうひとり重要な人物として登場する海女《あま》の千鳥の役は四代中村雀右衛門が演じた。

＊3 **『恐怖時代』** 谷崎の悪魔主義と呼ばれる時代の戯曲で、大名家のお家騒動の枠組みを借りながら、残忍にして血を好む太守、蠱惑的《こわくてき》な悪女の愛妾お銀の方、目を背けたくなるような残虐行為を平気で繰り返す眉目秀麗の小姓伊織之介《いおりのすけ》、伊織之介に惚《ほ》れながらついには殺されてしまう女中の梅野、お銀の方と共にお家乗っ取りを企《たくら》みながら裏切られて殺される家老の春藤靭負《しゅんどうゆきえ》、甚だしい臆病者でひょうきんな茶坊主の珍斎《ちんさい》などが登場。さまざまな流血の惨劇が繰り広げられた末に、珍斎を除く全員が死んでしまう衝撃のラストを迎え、発表当時は発売禁止になるほどの問題作だった。「武智歌舞伎」においては「一番悪い歌舞伎の見本」としていた幕末の小芝居のやり方を敢《あ》えて踏襲するかたちで、血糊をふんだんに用いた血みどろ芝居に仕立てられた。「古希記念の会」では太守が当代の中村梅玉、お銀の方が六代中村歌右衛門、伊織之介が当代坂田藤十郎、家老が十三代片岡仁左衛門、女中の梅野が五代中村富十郎、茶坊主珍斎が二代中村鴈治郎という超豪華配役陣で上演されて、歌右衛門に髪梳《かみす》きのシーンを長々と演じさせたのが印象に残る。

二十 初めての脚本

＊1 **『玉藻前御園公服』** 天竺《てんじく》（インド）と唐土《もろこし》（中国）で寵姫《ちょうき》に変じて国家を乱した金毛

九尾の妖狐《ようこ》が日本に渡り、鳥羽天皇の前に美女の姿を現して后《きさき》になったところから、正体を現すまでのストーリー。その過程で、鳥羽天皇は生まれ落ちた時に悪臣の子と取り替えられた偽物《にせもの》だったことが判明するといった、南北らしい大胆な脚色がみられる。江戸の初演は当時の芝居の通例として、このストーリーの後に現代劇風な二番目の「世話」の場面が上演されており、『鶴屋南北全集』第八巻（三一書房）にはそれも収録されているが、松竹の「歌舞伎研究会」で使ったテキストはそこを完全にカットした。

八四年の歌舞伎座では原作の「妖狐出現」の場、「紀州和歌山朧山《おぼろやま》」の場、「帝官」の場、「清涼殿」の場を四幕六場に構成し直して上演。玉藻前（菊五郎）にうつつを抜かして政治を顧みない鳥羽天皇（富十郎）を諌めた輔仁親王《すけひとしんのう》（後の後白河天皇）に謀反の疑いがかかり、身の潔白を証明しようとして持ちだした八咫《やた》の鏡が曇っていたところから臣下の那須八郎《なすのはちろう》（吉右衛門）が紀州朧山に参籠し、そこに出現して色仕掛けで鏡を奪い取ろうとする玉藻前を敢然と退ける。次いで善人悪人が入り乱れて鏡や密書を奪い合う「だんまり」となり、最後に玉藻前が鏡を奪って飛び去るシーンに、南北のト書き通りを実現するためレーザー光線が使われた。

続く宮中の場面では、まず天狗《てんぐ》にさらわれて行方不明になっていたという藻女《もくずめ》（梅幸）が登場し、天狗の夫婦の話を聞かせて、痴話喧嘩《ちわげんか》をしていた天皇と玉藻前を仲直りさせるといったコミカルなシーンが展開。その後は那須八郎が神鏡を紛失した責任を取らされて、藻女との間に出来た息子を殺さざるを得なくなり、自身もついには首を打たれるが、それによって藻女と鳥羽天皇は実は取り替え子だったという悪事が判明。偽物の鳥羽天皇は自害し、玉藻前は陰陽師《おんようじ》安倍泰親《あべのやすちか》（吉右衛門の二役）の祈りで正体を現して飛び去っていく幕切れになる。

＊2　**南北作品の上演がブーム**　一九六四年に新劇の「劇団俳優座」が大塚道子のお岩、仲代達矢の伊右衛門で『東海道四谷怪談』を上演。これがまず大変な話題になったが、歌舞伎でブームの皮切りとなったのは六七年に国立劇場で上演された『桜姫東文章』であろう。この時に補綴《ほてい》に当たった郡司正勝が以後も数々の南北劇の復活上演に関わっている。

＊3　**発見の会**　評論家花田清輝の提唱によって一九六四年に瓜生《うりゆう》良介《りようすけ》（一九三五—二〇〇二）らが結成した劇団。六八年には後に「劇団黒テント」を旗揚げする佐藤信《まこと》や津野海太郎《つのかいたろう》らと合体して「演劇センター68」となるも、翌年には脱会して独自路線を歩む。

＊4　**『金幣猿島郡』**　南北の絶筆となった時代物の傑作。「前太平記」の世界を背景にした天慶《てんぎよう》の乱の後日譚《ごじつたん》といった筋立てで、朝敵として滅んだ平将門《たいらのまさかど》の妻滝夜叉姫《たきやしやひめ》と藤原純友《すみとも》が再起を図ろうとするメインストーリーに、道成寺伝説のモチーフが絡み合って複雑怪奇な展開を示した作品である。道成寺伝説をモチーフにした件《くだり》、叶《かな》わぬ恋路に迷って嫉妬に狂い母の手にかかって死んだ娘お清と、同じく叶わぬ恋路に鬼神と化して入水した藤原忠文の霊が合体し、最後に「双面《ふたおもて》」の振りの道成寺を見せる部分だけが六四年に武智演出・猿之助主演で上演された。その五年後に猿之助は自らの主宰する「春秋会」で原作全体のストーリーを復活上演したが、この時は戸部《とべ》銀作《ぎんさく》補綴・演出に変わっていた。

双面はいわば多重人格を表現する演技術であり、滝夜叉姫にも将門の霊が憑依《ひようい》して、姫と将門の双面になる件が見どころだ。滝夜叉姫は朝廷側に立つ源氏の大将満仲《みつなか》の娘でありながら、朝敵の将門と契って子をなしたという設定のもと、将門の首を打った田原《たわらの》秀郷《ひでさと》とは許婚《いいなずけ》の仲という複雑な関係で、こうしたさまざまな葛藤が「女の姿にて心は男」という双面の演技によって表現される。
「発見の会」での武智演出は、ワダエミによる「サイケな衣紋掛《えもんかけ》ふうの衣装」が用いられて、舞台の至る所に張り巡らせた電線に役者がちょっとでも触れると、突然ラジオニュースや音楽が流れだすという仕掛けをほどこすなど、当時流行《はや》りの前衛劇が意識されたものであったことを、主演した月まち子が「花伝」誌で語っている。

*5 **廣末保**（一九一九―九三） 東京帝大出身で法政大学教授を長らく務めた近世文学研究者。『近松序説』を著して一世を風靡した。六一年には「劇団舞芸座」（「青年劇場」の前身）が上演した近松原作の『悪七兵衛景清《あくしちびょうえかげきよ》』で台本を提供し、これを武智師が演出している。『悪場所の発想』で文学研究に留まらない社会学的な近世論を展開して学界や評論界に強い影響を与え、後に江戸ブームの一翼を担う田中優子現法政大総長も廣末門下であった。

*6 **ケレン** 漢字では「外連」と書き、要するに芸の本道から外れたという意味で、見た目本位の奇抜な演出を指し、かつては大衆に媚《こ》びた芸術的価値の低いものとして見られる傾向にあったが、猿之助は敢えてそれを導入して歌舞伎の活性化につなげた。

二十一 憧れの人との対面

*1 **ねんがら** 木下先生の郷里・熊本で子供たちがよくした釘刺《くぎさ》しのような遊びらしい。『夕鶴』は北国の話だとばかり思い込んでいたので南国の遊びとはいささか意外だったが、劇中に使われている方言もわざと地域を特定できないようにしているのだと、この時、先生ご自身の口から木下民話劇の作られ方をお聞かせ戴《いただ》いたのは望外の喜びだった。

*2 **『傾城仏の原』** 元禄十二（一六九九）年に京都で上演されて大ヒットし、名優坂田藤

十郎と近松門左衛門との提携を決定づけた作品。
　傾城とは文字通り男に城を傾けさせるほど魅力的な遊女のこと。大名の若殿や身分の高い武士が傾城に心を奪われる中でお家騒動が起きて追放され、いったん甚だしく零落するも、周囲の助力で元の身分に復するというストーリーを骨子とした芝居が元禄時代の上方で大流行し、それらはいずれもタイトルに「傾城」の文字を含んでいた。その一つである「仏の原」は若殿・梅永文蔵を主人公とし、彼がみすぼらしい紙衣《かみこ》姿で放浪しつつも気高さを喪わずにいる「やつし事」や、かつて廓《くるわ》で遊女と深い仲になった際に起きた珍事件をコミカルに物語る「しゃべり」の芸などを盛り込んで、藤十郎のエンターテイナーぶりを存分にアピールする作品となっている。

*3　**『曾根崎心中』**　元禄十六（一七〇三）年に近松が人形浄瑠璃で初めて手がけた世話物（現代劇）として画期的な意味を持つ作品だが、近松没後は原作とかけ離れた改作の上演しか見られなくなり、近代以降もなぜか復活が遅く、昭和二十八（一九五三）年に宇野信夫脚色でようやく歌舞伎の舞台で蘇り、歌舞伎のヒットにあやかって本家の文楽でも上演されるようになったのは、その二年後の昭和三十年である。
　歌舞伎では主人公・徳兵衛役の二代中村鴈治郎とヒロイン・お初役の扇雀（現坂田藤十郎）という親子コンビが初演以来ずっと上演の回数を重ね、藤十郎のお初役は通算千四百回を超す上演回数での持ち役となって今日に至った。

*4　**『心中天網島』**　ひとりの男をめぐる妻と愛人の葛藤を描いた心中物の最高傑作とされながら、近松没後はこれも長らく『心中《しんじゅう》紙屋《かみや》治兵衛《じへえ》』や『天網島時雨《てんのあみじましぐれ》の炬燵《こたつ》』といった改作版で上演され、近代以降にようやく原作通りの上演が始まった。もっとも文楽、歌舞伎と

もに原題でも改作版で上演されるケースがままあって、主人公の治兵衛が愛人の小春に裏切られたと思い込む「河庄《かわしょう》」の場と、手紙でその裏切りを頼んだ妻のおさんが小春の気持ちを思いやる苦衷を描いた「時雨の炬燵」の場を独立して上演するケースも多い。治兵衛は初代中村鴈治郎の最高の当たり役とされており、その孫に当たる現坂田藤十郎は若い頃に父二代鴈治郎の治兵衛と組んで、小春の役をよく演じていた。

近松座第一回公演（一九八二）では小春を現澤村藤十郎、妻おさんを現澤村田之助、小春の裏切りが妻への義理立てであることを察して感謝する治兵衛の兄孫右衛門《まごえもん》の役を五代中村富十郎が演じた。

＊5　**坂田藤十郎**（一六四七―一七〇九）江戸の初代市川團十郎と並んで元禄時代を代表する名優。主に京都の劇壇を中心に活躍した。落ちぶれても気高さを喪わずにしかもコミカルな雰囲気を漂わせる「やつし」の芸を得意として、同じくコミカルな「しゃべり」やごく自然なセリフ術によって写実的な演技を披露し、当時のいわばハイブロウな観客を惹きつけて、元禄歌舞伎のベルエポックを築いた。

彼がいかに写実的な演技に腐心したかのエピソードが後世の『役者論語』という演劇書に多数収録されており、菊池寛はその中の一つをモチーフにして『藤十郎の恋』という小説を発表。初代鴈治郎がそれを舞台化したことで一躍文壇のスターとなり、その後自分でも戯曲化している。藤十郎の役を初演した初代鴈治郎は自らの藤十郎襲名を望んでいたとも伝えられる。

藤十郎の二代目はほぼ同時代に田舎芝居で活躍していたそっくりさんが襲名し、三代目は初代の甥《おい》である長唄の坂田兵四郎《ひょうしろう》の門下で、悪役を得意とした俳優だった。四代目となる当代は、初代に憧れた初代中村鴈治郎の孫に当たる。

＊6　**小山田宗徳**（一九二七―八六）「俳優座」出身の俳優で、テレビ初期に男優としてもまた声優としても活躍し、『スパイ大作戦』のオープニングのナレーションはことに有名だった。

＊7　**テアトル・エコー**　熊倉一雄を代表とし、声優として活躍する劇団員を数多く抱え、ニール・サイモンら翻訳劇の上演でも定評があるが、キノトールや井上ひさし、岡本螢《おかもとほたる》ら日本の喜劇作家を世に出したことでも知られている。

＊8　**『世善知相馬旧殿』**　天保七（一八三六）年に初演された、山東京伝の『善知鳥安方《うとうやすかた》忠義《ちゆうぎ》伝《でん》』という小説を脚色した作品。平将門の娘に生まれて蝦蟇《がま》の妖術を使う魔界の女、滝夜叉姫が活躍するストーリーで、大詰（フィナーレ）の舞踊劇「将門」と通称される『忍夜恋曲者《しのびよるこいはくせもの》』のみが現行の歌舞伎レパートリーに残されている。

＊9　**前進座**　昭和六（一九三一）年に河原崎長十郎《かわらさきちようじゆうろう》、中村翫右衛門《かんえもん》、中村鶴蔵《つるぞう》を中心として、独占体制に入った松竹を脱退した歌舞伎俳優らが結成した劇団。歌舞伎界の封建的な慣習に反旗を翻した結果、平等主義を謳った民主的な運営に徹し、集団共同生活が原則とされた時期もあった。歌舞伎のみならず時代劇、現代劇、翻訳劇までを幅広く手がけ、長年にわたる地方巡回を通じた組織的観客動員で劇団としての地力をつけ、創立八〇周年を超えてからは創立メンバーの第三世代が活躍している。歌舞伎に関しては創立メンバーが二代市川左團次（一八八〇―一九四〇）の影響下にあったところから、南北劇の復活に定評があるほか、黙阿弥の世話物なども得意としている。

＊10　**『嫗山姥』**　金太郎で知られる坂田金時の誕生秘話を大きなモチーフとし、作品全体は

若き源頼光と四天王との出会いを主に描いた時代物で、金時の父坂田時行と母八重桐との関係を描いた二段目のみが「八重桐廓話《やえぎりくるわばなし》」や「しゃべり山姥」の通称で後世に残された。遊廓で恋仲となって妻にした八重桐と離別して、父の敵討ちを志す坂田時行が、煙草《たばこ》売りに身をやつしてたまたまやってきたのは頼光の許嫁の屋敷。そこにこれもたまたま別れた八重桐が来合わせて、彼女は許嫁の姫の前で時行と恋仲になった当時の廓の騒動をコミカルに物語る。歌舞伎では、このコミカルなシーンをメインに、それを舞踊化して上演するケースが一般的だが、原作はそこから先が非常にシリアスで皮肉な展開になっている。自分が討つはずの父の敵はすでに妹夫婦が先に討ってしまったことを八重桐に告げられて、その不甲斐《ふがい》なさを理詰めで責め立てられた時行は、自らの無力を恥じ、絶望して自害に及ぶ。無念に果てた彼の魂魄《こんぱく》が八重桐の胎内に宿って誕生するのが後の金時であるという設定だ。

武智鉄二脚色・演出の近松座第二回公演では、扇雀が八重桐に、澤村田之助が時行に扮《ふん》して、右のシリアスなストーリーとセリフをしっかり活かしたかたちで上演した。そればかりでなく、コミカルな「しゃべり」のシーンもなるべく舞踊的な表現に頼らずセリフでいわせるようにしており、後に『傾城仏の原』で元禄歌舞伎の「しゃべり」芸を復活させる前哨《ぜんしよう》戦《せん》のようにも見られた。

ちなみに本来これは人形浄瑠璃作品だが、「しゃべり」の部分は当時の歌舞伎の人気女形だった荻野八重桐の芸を写したものとされ、元禄の上方歌舞伎において初代藤十郎に始まる「しゃべり」はとても重要な芸であったことがわかる。

二十二　懐かしい人との対面

＊1　**『冥途の飛脚』**　ご存じ梅川と忠兵衛の悲恋物で、飛脚屋の家業で為替金を扱う忠兵衛が、遊女の梅川と抜き差しならない恋愛関係に陥り、為替金を横領して身請けの金に充て、ふたりで逃亡を図るというのが大枠のストーリーだ。今日の歌舞伎では、忠兵衛が悪友八右衛門の挑発に乗って為替金の封を切ってしまう「封印切り」の場と、逃亡したふたりが忠兵衛の故郷で実父に出会う「新口村《にのくちむら》」の場だけをバラバラに上演するケースが多い。

近松座第四回公演（一九八五）では原作に則《のっと》って、忠兵衛がすでに八右衛門の為替金を流用して身請けの手付け金に充てたことを本人に打ち明けて許しを乞い、八右衛門も友情からそれを了承する「淡路町亀屋内」の場と、忠兵衛が堂島の武家屋敷に三百両の為替金を届ける途中でつい新町の遊廓《ゆうかく》に足が向いてしまう「西横堀米屋町」の場を上演。続く「新町越後屋」の場でも八右衛門が友情による親切心から忠兵衛の行動にブレーキをかけるべく、彼の内情を梅川の周辺にバラしたことで却《かえ》って彼を逆上させ、とうとう三百両の封印を切らせてしまうという原作通りの展開にした。従来の歌舞伎のように八右衛門を単純な悪人とは描かない近松座ならではの脚色・演出だったが、この時は上演時間等の関係で、「新口村」の場をカットしたのが惜しまれた。配役は現坂田藤十郎の忠兵衛、現片岡秀太郎の梅川、現片岡我當《がとう》の八右衛門。

二十三　歌舞伎の台本書きの実態

＊1　**やつし**　「やつれる」の類似語で、本来はみすぼらしくなるという意味だが、歌舞伎では二枚目の色男がよく身を「やつし」た姿になったところから、次第におしゃれをするという意味に変化し、関西では今もその用法が活きている。

＊2　**貴種流離譚**　世界中に普遍的な説話の類型だが、日本では民俗学者の折口信夫がこの用語で説明した。『源氏物語』の須磨・明石の巻もこの用語で捉えられるが、『傾城仏の原』の主人公を初演した初代坂田藤十郎は、京都の劇壇において、光源氏のイメージを持たれていたことも当時の文献によって知られる。

＊3　**『鳴神』**　雨を降らす龍神を滝壺《たきつぼ》に封じ込めて天下に干ばつをもたらした鳴神上人《なるかみしょうにん》の元に、朝廷から雲《くも》の絶間姫《たえまひめ》が派遣され、色じかけで上人を堕落させて呪法を破らせるというストーリーのこの芝居は初代市川團十郎が創作し、二代團十郎が完成させた。七代團十郎は歌舞伎十八番にも加えたが、幕末から明治にかけてしばらく上演が絶え、明治四十三（一九一〇）年に二代市川左團次によって復活上演された。
左團次は同じく歌舞伎十八番の『毛抜《けぬき》』や鶴屋南北の諸作品といった「古劇」の復活上演に熱心である一方、『鳥辺山心中《とりべやましんじゅう》』など岡本綺堂《おかもときどう》らの新作を数多く手がけ、またイプセンの『ジョン・ガブリエル・ボルクマン』を初演して小山内薫と共に「自由劇場」を旗揚げし、新劇運動の先駆者となった人物でもある。

＊4　**『廓文章』**　近松門左衛門の浄瑠璃『夕霧阿波鳴渡《ゆうぎりあわのなると》』の一部を舞踊劇にした演目だが、この浄瑠璃自体が初代坂田藤十郎の得意とした「夕霧伊左衛門」シリーズを人形劇化した作品だ。勘当されて落ちぶれた大富豪の若旦那・藤屋伊左衛門《ふじやいざえもん》が紙衣姿で遊廓に訪れて、相思相愛の遊女夕霧と再会し、痴話喧嘩の果てにめでたく仲直りするというストーリー。

＊5　**十二種類の様式**　「坂田藤十郎を頂点とする元禄歌舞伎」「市川團十郎を中心とした荒《あら》事《ごと》」「義太夫節と操り芝居から派生した歌舞伎劇」「義太夫狂言の影響から直接に生まれた歌舞伎劇（並木正三《なみきしょうざ》や並木五瓶《なみきごへい》らの作品）」「（桜田治助《さくらだじすけ》などを中心に江戸で発達した）豊後節《ぶんごぶし》

系統の演劇」「（五代松本幸四郎に始まる）義太夫狂言を写実化したもの」「南北を頂点とする市井写実劇」「（七代團十郎が初演した『勧進帳』に始まる）能の様式を模倣した作品」「（下座《げざ》を活用して歌舞伎を完全に形式化した）黙阿弥の新音楽劇」「（九代）團十郎の活歴」「狂言の影響を受けた舞踊劇」「二代目左團次による外国演劇の影響を受けた新歌舞伎劇」以上十二種類の様式に分類されるという説が昭和三十三（一九五八）年に発表されている。

＊6　**『松の葉』**　元禄十六（一七〇三）年刊行。全五巻。江戸初期から元禄までの上方の三味線曲の歌詞をそれぞれ端唄《はうた》や長唄や浄瑠璃等に分類して収録したもの。

＊7　**地唄**　本来は地元の唄という意味だが、上方では江戸の唄に対して上方の唄をこう呼ぶようになった。

＊8　**富山清琴**（一九一三―二〇〇八）　地唄箏曲《そうきょく》演奏家。近代の名人富崎春昇《とみざきしゅんしょう》に師事し、師から数多くの古典曲を伝承される一方で、作曲にも優れた手腕を発揮し、文化功労者にも認定された。二〇〇〇年、清翁《せいおう》と改名。

＊9　**杵屋花叟**（一九二九―二〇〇〇）　永井荷風の従弟《いとこ》で長唄の演奏家であった杵屋五叟の長男に生まれる。弟は荷風の養子になった。昭和三〇年代のいわゆる武智歌舞伎で、長唄の立唄《たてうた》（リードヴォーカル）を務めた。その後東宝に移籍して、東宝歌舞伎を始めとする数々の商業演劇の舞台に出演し、和洋楽の作曲家としても活躍した。

＊10　**吉村雄輝**（一九二三―九八）　上方舞吉村流の四世家元。女舞として伝承されてきた同流派の舞を男性で初めて手がけ、上方舞を全国的に普及させた功労者のひとり。無名の頃に大阪の文化祭で武智師がいち早くその天才を見抜いたところから交流が始まって、昭和三十年代にはよく活動を共にしている。

二十四　木下順二の教え

＊1　**四世茂山千作**（一九一九—二〇一三）　京都在住の大蔵流狂言師で近代の名人というべき存在だった。弟の千之丞と共に武智演出に協力してその舞台によく出演もした。武智師が『夕鶴』を能様式で上演した際は、千之丞が与ひょうを、千作が惣《そう》どを演じている。

二十五　演出修業開始

＊1　**アンバー**　照明で夕景などを表す橙《だいだい》色《いろ》系のカラーフィルター。

＊2　**引枠**　車輪の付いた可動装置。

二十六　私が泣いた夜

＊1　**初代尾上辰之助**（一九四六—八七）　二代尾上松緑の長男。NHKの時代劇『池田大助捕物帖』の好演で一躍お茶の間の人気者になり、同じくテレビで人気が出た尾上菊之助（七代菊五郎）、同世代の市川新之助（十二代團十郎）と共に三之助ブームを巻き起こして六〇年代の歌舞伎に若い観客を呼び寄せた。セリフ劇でも舞踊でも、ひと口にいってキレのいい演技を披露し、三之助の中では一番の芸達者と見られたが、あとのふたりのように早い襲名ができなかったのは不運で、飲酒による肝臓病が悪化して近松座の出演を降板。その後舞台に復帰はしたものの、翌年に惜しまれて早世した。

解説

木ノ下裕一

本書を手に取ったが最後、寝食を忘れて一気に読んでしまったという方も少なくはないのではないかと思う。私もそのクチである。読み進めていくにつれて〝物語〟の求心力が増していく。まるで雄大な渦潮のように、はじめはゆっくりと、しかし、あれよあれよという間に潮の螺旋《らせん》運動は加速しつづけ、読み手を捉えて離さない。頁をめくる手が止まらず、気がつけば、最終章にまでたどり着いてしまっていた。

最後の頁を閉じる——。読み終えて「なんと尊い本だろう」と思った。そして、思わず手を合わせたくなるようなこの読後感は何かに似ているな……と思った。はたと気がつく。そうだ！　とてつもなく面白いお能をまるまる一曲観《み》たあとの感覚にそっくりなのだ。なるほど、そう考えれば、本書の構成は、とても能に似ている。

本書は大きく前半と後半とに分かれる。著者の出生から武智鉄二師との運命的な出会いまでが綴《つづ》られた前半。そして、一生の師と仰ぐ武智師との黄金の日々が描かれた後半。

能に例えるならば、前半部分の主人公・つまり前ジテは、著者・松井今朝子氏ということになるのだろうか。本書をあえてカテゴリーに分類するならば「自伝文学」ということになるのだと思うのだが、全体の中で最も〝自伝〟としての要素が強いのがこの前半である。しかし、一般的な自伝を読んでいる感覚とは大きく異なる。往々にして自伝を読む時には、他人の人生を覗《のぞ》き見している〝快感〟を感じつつも、「ふーん、そのような人生もあるのだな……」といった所詮他人事であるがゆえの醒《さ》めた感覚がどこかで付きまとってしまうものだが、本書はそのような〝よそよそしい態度〟をとらせてはくれない。ここで綴られた著者の半生は、単なる個人史ではないからだ。

まず、著者は、自身の人生を「前近代的な『家』の犠牲者としてスタートした」と明言した上で、自らの生い立ちを繙《ひもと》きながらも、〝前近代的なるもの〟の正体を暴いていく。前近代が孕《はら》む不条理や理不尽、それにまつわる不幸などについても、包み隠さず、鋭利な刃物で抉《えぐ》り出すかのように、取り出される。読者である私は、返り血を浴びせかけられているような心地がした。「古き良き伝統」などという手垢《てあか》のつきまくった言葉では片付けられない〝前近代的なるもの〟の複雑さに頭を抱えながら、自分自身が今、まさに生きている〈現代〉について想《おも》いをめぐらさずにはいられなかった。

私たちの〈現代〉は、近代という時代を挟んで、実は前近代と地続きのところにあるのだ。前近代的なるもの（江戸時代的なるものと言い換えてもよい）は、決して別天地のユートピアとしてあるわけではなく、未《いま》だ、現代のいたるところに、ポジティブなものも、ネガティブなものも含めて、転がり、潜み、そして私たちになんらかの影響を与えているはずだ。そこを考えずして、本当は、日本という国のカタチも、私たちが置かれている現代《いま》も見えやしない。数年後に国家的な祭典を控え、表層的なジャポネスクを売り物にしたり、ちゃちな土産物のような〝伝統美〟をもて囃《はや》したりしては、浮足立っている現代の日本《わたしたち》にとって、本書の〈歴史へのまなざし〉は厳しくも心強い道案内になってくれるだろう。

「安易に過去を美化したり、無批判に肯定することは決してしてはならない」という著者の姿勢は、自身の過去を物語化する「自伝」に対しても遺憾なく発揮されており、そこには、感傷的な態度は微塵《みじん》もない。

　幼少期を大きな母性で包み込んでくれた里親・おはるさんの背後に、戦争未亡人の悲しみがべっとり張り付いていたように、著者が出会ってきた人・もの・出来事には、すべて〈時代〉が透けて見える。戦後の混乱、高度経済成長、七〇年安保闘争……それらが著者に有形無形、さまざまな影響を与えていく。戦後昭和史と松井氏の半生を照らし合わせながら、私たちは、そこに活写される〈時代〉の空気や手触りまでをもリアルに感じることができる。そして、〝人が時代をつくり、時代が人をつくる〟さまをありありと見ることになる。

人は、自身の半生を振り返った際に「これこそは、時代や社会からなんら影響を受けず〝自分だけ〟で選び取った道だ」と言い切れるものが、本当にあるのだろうか。社会の中で息をし、なにかしら関わらないと生きてはいけない私たちにとって、外なるものと内なるものの境界は思っている以上に曖昧なはずで、両者を切り離して考えることなど元来できないのではないか。ゆえに、自己の根源を掘り下げれば掘り下げるほど、そこには時代や社会が浮かび上がってくるのだし、時代や社会を煎じ詰めて見つめれば、その中に自己を発見することだってできるはずだ。

本書の前半部分では、その普遍的な〈自己と世界の因果律〉を鮮やかに描き出している。だから「個人史」というレベルを軽々と超えて、ダイナミックに私たちに語りかけてくる力を持っているのだ。「私は、自分の半生を、過去の歴史と現代の間に介在させて、現代《いま》を見つめています。で、あなたは、どうですか？」と、著者から常に問いかけられているのだから、決して、一般的な自伝を読んでいる時のように他人事ではいられない。本書は「自伝文学」という形式を借りた、一流の社会批評であり、個と世界の関わりを知るための指南書だと、私は思っている。

さて、後半になっていよいよ、後ジテ・武智鉄二が登場する。が、その前に、「ショート・プロフィール」として二つの章（十三、十四）が挿入されているのも心憎い。いわばアイ狂言だ。能のアイ狂言がこれから登場する人物を、嚙《か》み砕いて解説してくれるように、武智鉄二という〝怪人物〟の生涯が端的かつ包括的に描き出される。

武智鉄二が成した仕事は怖《おそ》ろしく広範囲にわたるため、その全体像を捉えることすら容易なことではない。しかし、この二章があることで、武智師をよく知らない方でもつまずくことなく、自然と後ジテの出を待つことができる。そればかりではなく、武智鉄二という表現者が、生涯かけてその都度〈何と〉戦ってきたのかを知ることができる。武智その人を知ろうとする場合、〝どう〟戦ったかを理解しようとするより〝何と〟戦ってきたかを考えるほうが、はるかに有効で、戦う相手によって、戦術と武器はおろか、志向や理論、ポリシーまでも変容させてしまうことができたアーティストが武智鉄二なのだ。言い換えれば、常に世の中を批評的な眼差《まなざ》しで見つめ、アンチテーゼを示し続けた人で、激しく揺れ動く社会の中でその都度、自分の存在意義を認識し、〝コンテンポラリーな存在〟で在り続けようとした人だ。

武智師は、晩年まで戦うことをやめなかったのだ——。毀誉褒貶《きよほうへん》の激しい後半生は、その壮絶な戦いの痕以外なにものでもない。たとえ「パン絵」のような仕事であっても、全力で挑む。「パン絵」に対して本気で洒落《しやれ》に徹するということはあっても、決して仕事を投げることはなかったのではないだろうか。そのことが、本書を読むとよくわかる。

本書の中で活写される稽古場での武智師の言動、振舞い、演出家としての手管も素晴らしい。そこには〈戦う演出家〉の姿があった。決して〝お飾りの演出家〟ではなく、作品における〝すべての責任〟を負おうとする。様々な現場的な制約のある中で、妥協せず、最大限のものを創造しようとする強靭《きようじん》な精神、演出家の仕事を「まずしっかり見てあげることなのよ」「芸術家のお手伝い」と明言するやさしさ、そして、常にひとを育てようとした愛情……。「初日冠落下事件」のように、ほんの些細《ささい》なトラブルが大事件へと発展してしまうような歌舞伎の現場において、この姿勢を終生崩さずにいることが、どれだけ大変であったか、どれだけ孤独な戦いであったか……想像を絶する。だから、〝松井今朝子〟という弟子にめぐり合えたことが、武智師にとって、どれだけ心強かったことか、想像するだけで胸が熱くなる。

武智師にとって松井氏はただの弟子ではなかったはずだ。それは、〈同志〉という感覚に近かったのではないだろうか。師と出会うまでの松井氏が格闘してきたもの、あるいは、疑問に感じてきたこと、社会への問題意識などが、武智師のそれと、ぴったり重なり合っている。前近代的なるもの、伝統の封建的なシステム、国家権力の矛盾、伝統と近代の摩擦、日本と西洋の文化的差異……どれも、武智鉄二が生涯かけて格闘してきたものばかりだ。

まるで能『井筒』の後半、井筒の女に業平《なりひら》という男が重なりあうように、両氏は強く結びつき、響き合いながら、仕事を成し遂げていく。深く、濃密で、そして崇高な結びつきだ。「オーストラリアに行ったらいい」「あそこは、文化というものが何もありませんよ」という発言は「あなたも私と同類で、日本という国を捨てられず、伝統と格闘し続けることをやめられない人だろう？」という確信があってのことだろうし、本書全体のハイライトである「あんたはそうやって人に余計な気ィばっかりつかってるから疲れるんだっ」という師の叱咤《しった》も、強固な信頼関係があってのことだろう。

かつて武智師は、二冊目の劇評集『蜀犬抄』（昭和二十五年刊）の序文で、書名に託した想いを、

「蜀の國は霧が深いので、太陽を見ると蜀の犬は吠《ほ》えるのださうである。然《しか》し、日を怖れて怒つて吠えるのか、日に憧れて叫ぶのか、犬の悲しい心は人には判らない。私はさう思う。」

と、綴っているが、自身を蜀の犬に例えるほどの孤独を癒してくれる同志に、晩年出会うことができたのだ。

なんと尊いのだろう。私は、これから、折に触れて、本書を開くだろうと思う。創作に行き詰まった時、何を大切にすべきか迷った時、自らを鼓舞したい時、有頂天の時、ひとを信じられなくなった時、何かを作ることの孤独に耐えられなくなった時……この本を開いて、武智、松井両先生の生き様から「表現することの厳しさと悦び」を何度も何度も教えていただこう。そして、本を閉じた時、きっとこう思うはずだ。「これとい

った才能もない、つまらない人間だけど、先輩が切り開いてきた、血の染み込んだ〈表現者の道〉を、歩むことだけは止《や》めないでおこう。一歩でも半歩でもいいから、後に続く者でありたい――」

余談だが、私は一度だけ、武智先生にお会いしたことがある。といっても夢の中であるが。場所は、大阪四ツ橋の文楽座の前。昭和二十四年頃の壮年の先生は、くすんだ茶色の背広をお召しになっていた。「ちょっと見ていきますか？」と声をかけていただき、武智歌舞伎（関西実験劇場歌舞伎再検討公演）の最終リハーサルを見学した。その頃私は、武智歌舞伎をテーマにした博士論文の執筆中で、提出日を三日後に控え、心身ともに切羽詰まった状態だったから、このような夢を見たのだろうと思う。夢の中の武智歌舞伎は、想像していた以上に熱っぽく、その空気は、歌舞伎公演というよりも、活《い》きのいい小劇場演劇のようにエネルギッシュで、そして、キラキラしていた。観終わった私に、武智先生は「まだまだ、やりたい演目は山ほどあるんです」と言い、ふと目線をそらし、空を見上げた。その眼《め》が、どことなく虚《うつ》ろで悲しそうだったことがとても印象に残っている。

もし、今、再び、夢の中で、あの時の武智先生にお会い出来たら、私はきっとこう言うだろう。

「先生。あと三十年待てば、先生の、その慟哭《どうこく》を、その〝悲しい心〟をすみずみまで理解してくれる〈同志〉が現れます。意外に思われるかもしれませんが、その同志は親子ほど年の離れた女性です。はじめは先生の助手として晩年の創作を支え、先生がこの世を去ったあとは、後継者として、表現者として、語り部として、先生の〈魂〉を〝伝えて〟くれます。だから、先生に直接接することが叶《かな》わなかった人間も、先生の熱を感じることができます。中には先生のあとに続きたい！と、分不相応にも、願う若い人間もきっと出てくるでしょう。だから、どうぞご安心ください。先生は永遠に生き続けます……」と。

（きのした・ゆういち　木ノ下歌舞伎主宰）

集英社文庫

師《し》父《ふ》の遺言《ゆいごん》

2017年10月25日　第1刷　　定価はカバーに表示してあります。

著　者　松井今朝子《まついけさこ》

発行者　村田登志江

発行所　株式会社　集英社

東京都千代田区一ツ橋2-5-10　〒101-8050

電話　【編集部】03-3230-6095

【読者係】03-3230-6080

【販売部】03-3230-6393(書店専用)

印　刷　凸版印刷株式会社

製　本　凸版印刷株式会社

フォーマットデザイン　アリヤマデザインストア　　マークデザイン　居山浩二

ISBN978-4-08-745651-6 C0193